GERD KRAMER

DER HIMMEL ÜBER NORDFRIESLAND

Küsten Krimi

emons:

Bibliografische Information der Deutschen Nationalbibliothek
Die Deutsche Nationalbibliothek verzeichnet diese Publikation in der Deutschen Nationalbibliografie; detaillierte bibliografische Daten sind im Internet über http://dnb.d-nb.de abrufbar.

MIX
Papier aus verantwortungsvollen Quellen
FSC® C083411
FSC
www.fsc.org

Umschlagmotiv: Dirk70/photocase.de
Umschlaggestaltung: Nina Schäfer, nach einem Konzept von Leonardo Magrelli und Nina Schäfer
Umsetzung: Tobias Doetsch
Gestaltung Innenteil: DÜDE Satz und Grafik, Odenthal
Lektorat: Dr. Marion Heister
Druck und Bindung: CPI – Clausen & Bosse, Leck
Printed in Germany 2021
ISBN 978-3-7408-1327-7
Küsten Krimi
Originalausgabe

Ich kann die Bewegungen der Himmelskörper berechnen,
aber nicht die Verrücktheit der Menschen.

Isaac Newton

Prolog

Helena hätte nicht gedacht, dass es so einfach wäre, ihr Leben zu beenden. Sie spürte keine Traurigkeit. Der viele Alkohol und die Tabletten trugen sicher dazu bei, aber sie waren nicht der alleinige Grund. Sie hatte die Zweifel an ihrem Entschluss monatelang mit sich herumgetragen. Am Vortag war ihre Entscheidung gefallen. Seitdem fühlte sie sich frei. Sie würde alle quälenden Erinnerungen ertränken. Niemand konnte ihr mehr wehtun. Alles würde gut werden. Vielleicht hätte sie den Entschluss schon früher fassen sollen, dann wäre mehr Zeit geblieben, in der sie diese innere Freiheit hätte genießen können. Aber möglicherweise hätte sie es sich dann anders überlegt, aus Furcht oder weil sie neue Argumente gefunden hätte, es nicht zu tun. Denn es gab viele Argumente dagegen und nur wenige dafür. Doch diese waren gewichtig und ausschlaggebend geworden.

Zweimal hatte sie auf der Rader Hochbrücke gestanden, um sich fünfzig Meter in die Tiefe zu stürzen. Aber im entscheidenden Moment hatte sie der Mut verlassen. Das konnte in dieser Nacht nicht passieren. Schritt für Schritt watete sie durch das Watt, unweigerlich der Flut entgegen.

Nach einer halben Stunde hatte sie sandigeren Boden erreicht und beschleunigte das Tempo. Dieses Mal würde die aufkommende Angst sie nicht aufhalten können. Der Weg zurück ans Ufer und in das alte Leben war zu weit. Zum Umkehren war es zu spät. Ihr Handy hatte sie ausgeschaltet und in den Schlick geworfen. Niemand konnte sie anrufen und versuchen, sie von ihrem Vorhaben abzubringen.

Kühles Wasser umspülte ihre nackten Füße. Trotz der Dunkelheit konnte sie die weißen Schaumkronen erkennen. Tausend Bläschen kitzelten an ihren Zehen. Sie lachte wie ein Kind, das von seinen Eltern behütet am Strand im seichten

Wasser planscht. Genau dieses Bild hatte sie vor Augen. Eimer und Schaufel in der Hand und einen Strohhut gegen die Sonne auf dem Kopf. Sie wusste nicht genau, ob sie sich an das Erlebnis erinnerte oder lediglich an eine Aufnahme in ihrem Fotoalbum. Erinnerungen verblassten, oft die negativen Erlebnisse zuerst. Aber manches blieb auf Ewigkeit haften und brannte sich tief in das Gedächtnis ein. So wie das Bild von Anna und dem Rettungssanitäter, der vor ihr kniete.

Um Helena herum war es einsam und finster. Nur die dünne Sichel des Neumondes und die Sterne spendeten etwas Licht.

Ihre anfängliche Unbeschwertheit begann allmählich zu bröckeln. Vielleicht ließ die Wirkung der Tabletten nach. Das todbringende Nass reichte ihr nun bis zu den Waden. Würde sie ohne Panik und Schmerzen in den Tod gleiten, so wie sie sich das vorgestellt hatte? Ihr kamen Zweifel.

Der Abend mit ihrem Liebsten war schön gewesen, obwohl sie ihren Plan immer im Hinterkopf gehabt hatte. Oder gerade deshalb. Sie hatte die kostbaren letzten Stunden mit ihm genossen. Nie war die Zeit so wertvoll gewesen, und nie vorher hatte sie so intensiv gelebt. Sie nahm sich vor, an seine Umarmungen zu denken, wenn sie in den Fluten unterging. Und Markus, ihr Mann? Ihre Liebe zu ihm war schon vor Jahren erloschen. Trotzdem fühlte sie sich schlecht, weil sie ihn ohne Erklärungen zurückließ. Aber für einen Abschiedsbrief an ihn hatte sie keine Kraft mehr gehabt. Die Erklärungen, die notwendig gewesen wären, hätten viele Seiten gefüllt. Ein ganzes Buch mit widersprüchlichen Beweggründen wäre es geworden, die er nicht verstanden hätte. Deshalb war es besser so.

Das Laufen durch das hohe Wasser wurde immer anstrengender. Helena stoppte. Es hatte keinen Sinn mehr weiterzugehen. Sie solle lernen loszulassen, hatte ihr die Beraterin eingeimpft. Genau das musste sie jetzt tun. Helena bemerkte, wie ihr Tränen über die Wangen liefen. Sterben war doch nicht leicht. Ihr war entsetzlich kalt. Aber noch schlimmer war die

Einsamkeit in ihren letzten Stunden. Als könnten die Sterne ihr Trost spenden, reckte sie den Kopf gen Himmel. Die Milchstraße zeigte sich in atemberaubender Schönheit.

Über dem Lichterband erkannte sie die Sternbilder Zwillinge und Krebs, tief am Horizont den Widder. Der Große Bär stand hoch am Himmel, mit den sieben hellen Sternen, die den Großen Wagen bildeten. Nicht weit davon der Kleine Bär, auch Kleiner Wagen genannt, mit dem Polarstern am Anfang der Deichsel. Kleiner Bär, Großer Bär. Helena lachte. Die Sternbilder hätten zu ihrem Liebsten gepasst. Sie hatte ihn immer Brummbär genannt, weil er oft so mürrisch wirkte. Doch das hatte sie nie gestört. Aber die Sternbilder Großer und Kleiner Bär gehörten nicht zu den Tierkreiszeichen. Seines war der Löwe. Sie drehte den Kopf ein kleines Stück Richtung Süden und entdeckte das Sternzeichen. So deutlich hatte sie den Löwen noch nie erblickt. Leb wohl, Brummbär! Du hast dich nie mit den Sternen beschäftigt. Und du hast nie daran geglaubt, dass sie unser Schicksal bestimmen. Du hast dich geirrt.

Helenas Sternzeichen war der Schütze. Zu dieser Jahreszeit konnte man ihn nicht sehen. Aber er hatte sie das ganze Leben lang begleitet und bestimmte nun, dass sie in dieser Novembernacht sterben sollte. An ihrem zweiunddreißigsten Geburtstag.

1

Hilgersen stand mit Bürgermeister Schröder vor dem leeren Löschteich.

»Jemand hat das Wasser aus dem Teich geklaut«, sagte Schröder. »Über Nacht! Gestern war es noch da, und heute ist es weg.«

»Löschteich« wurde der Tümpel im Dorf genannt. Allerdings nicht offiziell, denn dann hätte er nach dem Gesetz umzäunt werden müssen. Und das wollten die Anwohner unbedingt vermeiden. Also hieß das Gewässer im amtlichen Schriftverkehr »Fischteich« oder manchmal auch »Freizeitteich«. Bürgermeister Schröder, der auf die sechzig zuging und Bart und Schirmmütze trug, war ein Pragmatiker. Obwohl er aus Kiel zugereist war und nur wenig Plattdeutsch verstand, war er anerkannt und beliebt in der Gemeinde. Seine Frau hatte unbedingt aufs Land ziehen wollen, wegen der frischen Luft und der Ruhe. Er war Beamter in der Stadtverwaltung gewesen. Nach seiner Pensionierung hatte er zugestimmt, und sie hatten sich ein kleines Fachwerkhaus im Zentrum gekauft, in dem sie mit ihrem Labrador Odin lebten.

Hilgersen und Schröder blickten hinunter auf die magere Pfütze, die vom Dorfteich übrig geblieben war.

»Geklaut?« Hilgersen grinste.

»Hat die Polizei eine andere Erklärung?«

»Vielleicht ist das Wasser verdunstet.«

»Einfach so über Nacht, bei Temperaturen von nicht einmal fünfzehn Grad?«

»Hm. Das ist in der Tat eher unwahrscheinlich.«

»Eben.«

»Dass jemand Wasser aus einem Teich stiehlt, ist auch nicht besonders plausibel.«

»Nee. Ist es nicht. Aber wer weiß? Man hat schon Pferde vor der Apotheke kotzen sehen.«

»Das ist auch wieder wahr.«

Die beiden standen eine Weile vor dem ehemaligen Teich und diskutierten, als ein Mann auf sie zukam, rothaarig und von schlanker Statur. Paul Küster hieß er. Küster hatte Ähnlichkeit mit Hilgersen, nicht sehr groß, drahtige Figur, rötlicher Hauttyp. Er gesellte sich zu den beiden. »Und? Wisst ihr schon, was passiert ist?«

»Wir sind noch bei der Beweisaufnahme«, antwortete Schröder.

»Ich hab so 'n Geräusch gehört heute Nacht. Ich bin davon wach geworden.«

»Was für 'n Geräusch?«

»Na, so 'n dumpfen Knall.«

»Ach was? Wirklich?«

»Jo. Ich weiß natürlich nicht, ob das damit zusammenhängt. Mit dem Wasserklau, meine ich. Vielleicht war da ein Blindgänger drin, der hochgegangen ist. Einer aus dem Krieg. Wenn so wat explodiert, dann pffffff!« Küster machte mit beiden Händen eine ausladende Geste.

»Danke, Paul. Du hast uns sehr weitergeholfen. Aber jetzt müssen wir die Beweisaufnahme fortführen«, sagte der Bürgermeister.

Paul Küster nickte. Er ging ein paar Meter und drehte sich dann um. »Die Fassade von Lütt Alex ist mit Schlamm bespritzt. Er hatte sie erst vor vier Wochen frisch gestrichen. Das würde zu meiner Theorie passen. Pffffff!« Er machte die gleiche Handbewegung wie zuvor. Dann trottete er davon. »Dat geiht nirgends so verrückt too as op de Welt«, murmelte er im Gehen und schüttelte den Kopf.

»Wer ist Lütt Alex?«, fragte Hilgersen.

»Alexander Schulze. Er hat seinen Spitznamen, weil er nur einen Meter sechzig groß ist. Er wohnt bei seiner Mutter in dem Haus da drüben.« Schröder zeigte auf ein altes Gebäude in der Nähe, dessen Giebel in ihre Richtung wies. »Was halten Sie von Pauls Theorie mit dem Blindgänger?«

»Nichts. Dann wäre hier ein großer Krater, und die Fensterscheiben in der Umgebung wären vermutlich zerborsten. In jedem Fall müsste man Splitter finden. Das sollte man untersuchen.«

Hilgersen drehte sich langsam um die eigene Achse, um den vermeintlichen Tatort in Augenschein zu nehmen. Der Teich lag am Rand des Dorfes. Zwischen ihm und den ersten Wohnhäusern befand sich eine Wiese. Hier und da blühten Gänseblümchen. Hilgersen bückte sich, pflückte eins ab. Es wies graue Schlammspritzer auf. Er suchte den Boden ab und fand weitere Indizien dafür, dass sich der Schlamm aus dem Teich großflächig in der Umgebung verteilt hatte.

»Sehr merkwürdig.« Hilgersen kratzte sich hinter dem Ohr. »Ich glaube nicht, dass das ein Fall für die Kriminalpolizei ist.«

»Die Leute erwarten Antworten von mir. Was soll ich denen denn sagen? Dass hier jemand den Stöpsel gezogen hat, oder dass Außerirdische das Wasser mit ihrer fliegenden Untertasse abgesaugt haben?«

»Letzteres wäre eine Möglichkeit.« Hilgersen grinste. »Es gibt Menschen, die sich auf so etwas spezialisiert haben. Ufologen nennen die sich.«

»Sie wollen mich doch wohl nicht im Stich lassen.«

Hilgersen hatte keine Idee, was er zur Klärung des Falls unternehmen sollte. Aber die Sache begann ihn zu interessieren. Für mysteriöse Ereignisse hatte er immer schon ein gewisses Faible gehabt. Dazu gehörten UFO-Sichtungen ebenso wie paranormale Vorkommnisse jeglicher Art und insbesondere die Astrologie. Dabei war seine Meinung darüber durchaus zwiespältig. Einerseits traute er aufgrund seiner Erfahrungen als Kriminalbeamter entsprechenden Erlebnisberichten nicht. Andererseits übte die Vorstellung, es könne irgendetwas jenseits der menschlichen Erfahrung geben, eine gewisse Faszination auf ihn aus.

»Okay, die Husumer Polizei übernimmt den Fall.«

»Es beruhigt mich, dass Sie sich der Sache annehmen«, sagte Schröder. »Somit kann ich der Presse mitteilen, dass der Vorfall untersucht wird.«

»Presse?«

»Noch ist wohl nichts durchgesickert. Aber wenn die Wind davon kriegt, geben sich die Zeitungsfritzen hier die Klinke in die Hand.«

Die Aussicht gefiel Hilgersen nicht. Die Leser fuhren auf solche Geschichten ab. Das würde den Druck der Öffentlichkeit auf die Ermittlungen erhöhen und Stress für ihn mitbringen. Allerdings hielt der sich zurzeit in Grenzen. Die Kriminalpolizei Husum war aktuell nur mit kleineren Delikten befasst.

Er verabschiedete sich vom Bürgermeister und stieg in seinen privaten Audi A4. Auf dem Weg zur Arbeitsstelle grübelte er unentwegt über das Teichproblem nach und stellte die absurdesten Theorien auf. Aber keine davon hielt einer logischen Überprüfung stand.

An diesem Morgen war Flottmann vor ihm im Büro.

»Du lässt nach, Gustl«, wurde er begrüßt. »Ich bin schon eine halbe Stunde im Einsatz.«

»Das kannst du leicht behaupten. Außerdem hatte ich einen Außentermin.« Hilgersen setzte sich an seinen Schreibtisch und schaltete den Computer ein.

»Die Sache mit dem Löschteich?«

»Genau. Das Wasser ist tatsächlich verschwunden. Nur noch eine elende Pfütze ist übrig geblieben.«

»Und? Wer ist der Täter?«

»Hellsehen kann ich noch nicht. Solide Polizeiarbeit ist gefragt.«

»Verstehe. Sag mal, könnte es sein, dass …«

»Was?«

»Ach, nichts.«

»Na, sag schon!«

»Ich hab mal so einen Film gesehen, da hat ein Dorf behauptet, es wäre von Aliens besucht worden. Die Bewohner haben sogar eine fliegende Untertasse nachgebaut. Die Gemeinde wollte auf sich aufmerksam machen, um Touristen anzulocken.«

»Was für ein Unsinn!«

»Vielleicht hat der Bürgermeister den Film gesehen.«

»Du glaubst doch nicht ...«

Flottmann zuckte mit den Schultern. »Es ist dein Fall. Aber manchmal liegen die Dinge völlig anders, als man denkt. Sollte doch etwas dran sein, könntest du mit der Aufklärung berühmt werden. Soweit ich mich erinnere, hat es in der Geschichte noch nie so einen Kriminalfall gegeben.«

»Deine Bemerkung trieft mal wieder von Ironie.«

»Ganz und gar nicht, Gustl.«

Hilgersen konnte sich nicht mehr auf seine Arbeit konzentrieren. War es wirklich vorstellbar, dass jemand den Teich unbemerkt ausgepumpt hatte? Nein, das konnte er nicht glauben. Dahinter musste etwas ganz anderes stecken. Vielleicht sogar etwas wirklich Spektakuläres. Sein Ehrgeiz, den Fall zu lösen, war endgültig geweckt.

2

Markus Reinke drehte den Schlüssel wie in Zeitlupe im Schloss um. Nun gab es zwei verschlossene Zimmer im Haus. Das der Tochter hatten Helena und er nur selten aufgesucht. Der Schmerz über ihren Tod war zu groß gewesen. Auch jetzt blieb er an der Schwelle stehen und warf nur einen Blick hinein. Auf Helenas Wunsch hatte alles so bleiben sollen, wie Anna es zurückgelassen hatte. Die Unordnung wirkte wie das eingefrorene Bild ihrer Unbekümmertheit und Lebensfreude, die Spielsachen auf dem Boden, darunter das bunte Einhorn, die Holzkugelbahn, die sie mit viel Phantasie ständig umgebaut hatte, der sprechende Roboter Molly und die Bücher, aus denen er ihr so manches Mal vorgelesen hatte. Für Sekunden sah er sie auf dem Boden hocken, dann verschwand das Trugbild wieder. Er schloss die Tür, ohne den Raum zu betreten.

Vor einiger Zeit hatte Reinke gedacht, das Schlimmste überstanden zu haben, und der Schmerz würde mit der Zeit weiter nachlassen. Und er hatte gehofft, dass auch Helena allmählich ins Leben zurückgefunden hätte. Manchmal war sie sogar gut gelaunt und ausgelassen gewesen. Das hatte ihn irritiert und verärgert, auch wenn er es sich nicht hatte anmerken lassen. Am nächsten Tag war sie wieder in Depressionen verfallen. Das Auf und Ab war für ihn nur schwer zu ertragen gewesen. Und jetzt war auch sie tot. Weder die Therapie noch die Tabletten hatten das verhindert. Vielleicht hätte er mehr für sie tun müssen, anstatt seiner eigenen Traurigkeit nachzuhängen. Die Vorwürfe würde er sich bis ans Lebensende machen. Sie hätte seine Hilfe gebraucht, aber er war nicht in der Lage gewesen, sie zu stützen und zu trösten. Er war nicht einmal bereit gewesen, an einer Selbsthilfegruppe teilzunehmen. Davon hielt er auch heute noch nichts, aber er hätte ihr damit Entgegenkommen signalisieren können und den Willen, mit ihr die Krise gemeinsam zu bewältigen. Jetzt war es zu spät für solche Einsichten.

Er ging den Flur entlang, öffnete die Tür zu ihrem Arbeitszimmer und trat ein. Alles wirkte so, als habe sie den Raum nur kurz verlassen, um etwas zu erledigen. Der Schreibtisch war mit Papieren bedeckt. Neben der Computertastatur stand ein Becher mit eingetrockneten Kaffeeresten. Am Bildschirm klebten Haftnotizen, private und berufliche Erinnerungsschnipsel, private mit grüner und berufliche mit roter Hintergrundfarbe. »Blumen für das Grab« stand auf einem grünen Zettel. Dabei hätte es ganz bestimmt keiner Ermahnung bedurft, um Annas fünften Geburtstag nicht zu vergessen. Die Notizen hatten jetzt keine Bedeutung mehr. Eine Zeit lang hatte ihr Telefon noch ab und zu geklingelt. Aber seit einigen Wochen stand es still. Ihre wenigen Kunden hatten die Versuche aufgegeben, sie zu kontaktieren. Sehr erfolgreich war sie als selbstständige Eventmanagerin nicht gewesen. Aber immerhin hatte sie sich bemüht, etwas zum gemeinsamen Unterhalt und zur Renovierung des heruntergekommenen Hauses, das sie vor vier Jahren erworben hatten, beizutragen. Es lag am Rande der Stadt, mit viel Platz für Anna und vielleicht für weitere Kinder. Das Schicksal hatte alle Pläne zerstört. Schicksal? Unsinn! So etwas gab es nicht. Eine Verkettung unglücklicher Umstände vielleicht, aber keine Fügung und auch keine höhere Gewalt.

Eigentlich hatte er sich vorgenommen, das Zimmer auszuräumen und alles in den Müll zu werfen. Doch er merkte, dass er noch nicht bereit dazu war. Es würden noch Monate vergehen, bis er den Schritt vollziehen konnte. Vielleicht würde er es auch nie schaffen, und es wäre das Beste, wenn er das Haus samt Inventar verkaufte.

Sein Blick fiel erneut auf die Klebezettel. Ein grüner war offenbar abgefallen und lag mit der Schrift nach unten auf dem Schreibtisch. Er nahm ihn in die Hand und drehte ihn um. »BB anrufen« stand darauf. Wer war »BB«? Warum hatte sie den Namen nicht ausgeschrieben? Eine Telefonnummer hatte sie nicht dazu notiert. Vermutlich war sie in ihrem Handy gespeichert, das nicht gefunden worden war. Oder kannte sie die Nummer auswendig? Dann war zu vermuten, dass sie »BB« häufig angerufen hatte. Denn sie hatte sich Zahlen nur schlecht merken können.

Reinke ging in Gedanken alle Namen des gemeinsamen Bekanntenkreises durch. Es war nicht einmal jemand mit dem Anfangsbuchstaben »B« dabei. Er zuckte die Schultern. Vielleicht handelte es sich um eine ihrer Freundinnen, deren Namen er vergessen hatte.

Er verließ das Zimmer und schloss wieder ab. Zuzuschließen ergab keinen Sinn, aber es vermittelte ihm das Gefühl, vorläufig nicht ans Ausräumen denken zu müssen. Er hatte jetzt wichtigere Pläne, und die erforderten seine ganze Energie. Seine Vorhaben würden die Menschen aufrütteln und gleichzeitig Therapie für ihn selbst sein. Mit den Vorbereitungen hatte er bereits vor einiger Zeit begonnen.

***

Helenas Tagebuch, 13. Juli

Ich hab heute Morgen im ganzen Haus nach Anna gesucht. Sie war wie vom Erdboden verschluckt. Aber dann hab ich sie doch in ihrem Zimmer vorgefunden. Sie saß auf dem Boden und spielte mit den Holzkugeln. Sie hat mir zugewinkt. Dann hat sie sich wieder ganz ins Spiel vertieft. Ihre kleinen Schuhe hatte sie abgestreift. Wahrscheinlich drücken sie schon wieder. Ich muss unbedingt neue für sie kaufen.
Markus arbeitet viel. Abends ist er oft müde und geht früh ins Bett. Er redet kaum noch mit mir. Wegen Anna muss ich bei ihm bleiben. Mit Petra kann ich reden. Sie hat immer ein offenes Ohr für mich. Auch meine Astrologin Mila Hus ist für mich da. Die Beratungen sind teuer,

aber sie geben mir Halt. Ich verstehe nicht, was Markus gegen sie hat. Dabei kennt er sie gar nicht. Vielleicht ist es wegen des Geldes. Er ahnt gar nicht, wie wertvoll ihre Tipps für mich sind. Sie kennt sich mit den Sternen aus wie kein anderer. Ich werde sie so oft besuchen, wie ich kann. Jetzt muss ich Anna ins Bett bringen. Ich werde ihr noch eine Geschichte vorlesen. Vielleicht eine von dem kleinen Siebenschläfer. Die mag sie besonders gern.

3

Diana Keller unternahm nur selten Hausbesuche. Aber ihre Stammkundin Irmgard Wohlgemut saß im Rollstuhl und konnte die Wohnung ohne fremde Hilfe nicht verlassen. Außerdem bezahlte sie die Anfahrt, und deshalb war das völlig okay. Zu Dianas Leistungen zählte nicht nur die reine Astrologie, sondern Beratung in allen Lebensfragen. Dabei wusste sie, dass die alte, einsame Frau mehr an ihrer Gesellschaft als an einer Beratung interessiert war. Auch das war in Ordnung. Diana hörte sich geduldig die Geschichten von Tochter, Schwiegersohn und Enkel an, die in Kanada lebten und ein- bis zweimal im Jahr zu Besuch kamen. Manchmal erzählte Wohlgemut etwas über ihren verstorbenen Mann, der Major bei der Bundeswehr gewesen war und in der Julius-Leber-Kaserne gedient hatte.

An diesem Tag blieb Diana fast zwei Stunden bei ihr. Als sie sich verabschiedete, hatte sie das gute Gefühl, der alten Dame ein wenig neuen Lebensmut geschenkt zu haben. Psychologie war fester Bestandteil ihres Jobs. Obwohl sie keine Ausbildung auf dem Gebiet genossen hatte, glaubte sie doch, mit den Jahren Erfahrungen darin gesammelt zu haben.

Sie hatte ihr Auto auf dem Parkplatz »Neue Freiheit« abgestellt. Als sie die Fernbedienung drücken wollte, bemerkte sie, dass die Verriegelungsknöpfe der Tür oben standen. Hatte sie vergessen, den Wagen abzuschließen? Eigentlich achtete sie immer darauf, dass das Auto verschlossen war, auch wenn sich keine Wertsachen darin befanden und ihren alten Ford sicher niemand stehlen würde.

Diana stieg in den Wagen ein und steckte den Schlüssel ins Zündschloss. Sie erschrak zu Tode, als sie im Spiegel eine Bewegung bemerkte, eine Hand, die nach ihr griff. Eine Sekunde später spürte sie einen Stich im Nacken. Sie hatte gerade noch

Zeit, einen Schrei auszustoßen. Dann wurde es dunkel um sie herum.

Wenn nicht diese schreckliche Kälte gewesen wäre, hätte Diana gedacht, sie läge in ihrem warmen Bett und träumte. Über ihr wölbte sich ein prächtiger Sternenhimmel. So klar und deutlich hatte sie die Milchstraße und die Sterne ewig nicht mehr vor Augen gehabt. Einige Sekunden lang erfreute sie sich an dem Anblick. Doch dann ergriff sie Angst, die sich zu Panik steigerte, als das Grauen nach und nach in ihr Bewusstsein gelangte. Sie konnte weder Arme noch Beine bewegen. Der typische Geruch des Wattenmeers stieg ihr in die Nase. Ihre Hände waren hinter dem Rücken gefesselt. Eine schwere Last drückte auf ihren Körper. Die Erkenntnis traf sie wie ein Blitzschlag: Sie war bis zum Hals in den Wattboden eingegraben. Sie stieß einen verzweifelten Schrei aus, der ohne Widerhall und ohne Antwort blieb. Für einen Moment schloss sie die Augen, als könne sie die Wirklichkeit auf diese Weise ausblenden. Aber der Trick, den sie oft als Kind angewendet hatte, funktionierte nicht.

Die liegende Position zwang sie, zum Himmel aufzuschauen. Doch sie konnte den Kopf etwas drehen. Weit entfernte Lichter vom Festland oder von den Inseln drangen herüber. Aber sie boten keinen Trost, sondern verstärkten das Gefühl der Einsamkeit und Verlorenheit.

Die entsetzliche Stille wurde von einem leisen Plätschern begleitet. Das Geräusch ließ sie erschaudern. Ganz in der Nähe musste ein Priel sein. Ein Priel bedeutete höchste Gefahr. Lief das Wasser ab, oder lief es auf? Sie kannte sich mit den Gezeiten aus und wusste, wann in dieser Nacht Hoch- und Niedrigwasser sein mussten. Aber wie spät war es? Ein Blick in den Sternenhimmel bestätigte ihre schlimmste Befürchtung. Sie stieß erneut einen Schrei aus. Die Flut hatte eingesetzt! Keine Stunde würde es dauern, bis sie ertrank.

Wer hatte sie in diese Lage gebracht? Obwohl die Antwort darauf bedeutungslos war, schoss ihr die Frage durch den Kopf. Sie hatte keine Feinde, niemanden, der ihr nach dem Leben trachtete. Jemand musste sie zufällig als Opfer für sein sadistisches Spiel ausgesucht haben. Sie verdrängte weitere Gedanken daran.

Es gelang ihr, die Schultern etwas anzuheben. Vielleicht konnte sie ihren Tod dadurch für kurze Zeit verzögern, wenn das Wasser kam. Ganz abgesehen davon, dass sie den Kraftakt nicht lange durchstehen würde, ergab das nur wenig Sinn. Ob sie einige Minuten früher oder später starb, war schließlich egal.

Doch sie wollte nicht sterben. Sie versuchte, ihren Körper hin und her zu wälzen, um sich mehr Bewegungsfreiheit zu verschaffen. Aber der nasse Schlamm war wie eine zähe Klebemasse, die an ihr zerrte. Nach einiger Zeit gab sie auf. Wenn ihre Hände frei gewesen wären, hätte sie die Arme herausziehen können. Vielleicht wäre es ihr dann möglich gewesen, sich selbst auszugraben. Aber sie fühlte die eisernen Ringe um ihre Gelenke. Sie hatte keine Chance, sich zu befreien. Ihr blieb nichts anderes übrig, als um Hilfe zu rufen. Doch selbst wenn ihre Rufe bis zu einem Ufer drangen, war die Aussicht gering, dass sie zu so später Stunde erhört wurden. Und falls doch? Würde man sie finden? Auch das war unwahrscheinlich. Das Wattenmeer war riesig und die Nacht bei Neumond dunkel.

Diana Keller hob den Kopf ein weiteres Mal an. Das Sternenlicht spiegelte sich im herannahenden Meer. Sie hatte sich nicht verrechnet. Das Wasser im Priel stieg an und flutete das Watt. Noch erzeugte der Wind nur leichte Kräuselungen, aber bald würden die Wellen über sie hinwegschwappen. Wieder schrie sie aus vollem Hals, bis ihre Stimme versagte und in ein klägliches Wimmern überging. Es war Zeit loszulassen.

Diana Keller spürte, wie das kalte Nass an ihren Haaren bis zur Kopfhaut emporkroch. Bald musste sie Wasser schlucken. Sie nahm sich vor, sich nicht gegen ihr Schicksal aufzubäumen. Welch Ironie, dass sie auf diese Weise enden würde. Mit Blick auf die Sterne, die sie stets durch ihr Leben geführt hatten. Zunächst hatte sie die Astrologie lediglich als Hobby betrieben. Doch dann hatte sie sich intensiv damit beschäftigt und sie zum Beruf gemacht. Und jetzt geleiteten die Sterne sie in den Tod. Hatte der Attentäter das etwa beabsichtigt? Der Gedanke war ihr bisher nicht gekommen. Sie wischte ihn beiseite. Auch diese Überlegungen halfen ihr nicht weiter.

Ein Satellit zog seine Bahn gleichmäßig über den Himmel. Ein Meteor kreuzte das Sternbild Jungfrau. Vielleicht schaffte es der Meteorit, der das Leuchten erzeugte, bis auf den Erdboden und wurde von jemandem gefunden. Diana hatte eine kleine Sammlung solcher Fundstücke in ihrem Bücherregal liegen.

Bei einer Sternschnuppe durfte man sich etwas wünschen. Natürlich hatte sie nur den einen Wunsch, nämlich heil aus der Situation herauszukommen. Sie wollte ihre Tochter Lilian in den Arm nehmen. Das war alles. Doch sie schmeckte bereits das Salzwasser auf den Lippen, und das Meeresrauschen, das sie immer so geliebt hatte, kündigte ihren Tod an. An ihrem achtundvierzigsten Geburtstag!

4

»Sei still, Rocky«, murmelte Julia Niedermeyer und drehte sich auf die andere Seite. »Und du auch«, ergänzte sie und meinte ihren Mann Sebastian, der auf dem Rücken lag und schnarchte.

Rockys Quieken ging in Bellen über.

»Aus«, zischte Julia.

»Was ist?«, fragte Sebastian. Ohne auf eine Antwort zu warten, schnarchte er weiter.

»Nichts ist.«

Der Beagle gab keine Ruhe. Er winselte und rannte aufgeregt im Schlafzimmer umher. Schließlich legte er die Vorderpfoten auf die Bettkante und stupste Frauchen mit der kalten Schnauze im Gesicht an.

»Rocky, verdammt!«

Sebastian Niedermeyer richtete sich auf. »Was ist das für ein Zirkus hier?«

»Rocky hat irgendwas.« Julia schaltete die Nachttischlampe ein. Der Hund hatte sich immer noch nicht beruhigt. Er kratzte an der Tür und jaulte erbärmlich.

»Lass ihn raus. Vielleicht will er in den Garten.«

»Riechst du auch was?«, fragte Julia.

Sebastian Niedermeyer sog die Luft hörbar durch die Nase ein. »Das kommt von unten.«

»Also riechst du das auch? Das ist Qualm.«

»Die Keller hat wahrscheinlich wieder Räucherkerzen angezündet.«

»Um diese Zeit? Es ist drei Uhr in der Nacht.«

»Die tickt doch nicht ganz richtig. Wahrscheinlich hat sie wieder eine ihrer Nuancen. Tische rücken und so.«

»Séancen heißt das. Außerdem macht sie so etwas gar nicht, sondern ihre Tochter Lilian.«

»Von mir aus. Schlaf weiter.«

»Ich sehe mal nach.« Julia Niedermeyer wälzte sich aus dem Bett. Die Mittfünfzigerin öffnete die Schlafzimmertür. »Na geh schon«, forderte sie Rocky auf. Doch der bewegte sich nicht vom Fleck und bellte erneut.

Julia knipste die Flurbeleuchtung an. »Feuer!«, schrie sie aus voller Kehle, als sie sah, wie Rauchschwaden unter der Wohnungstür hindurchkrochen. Dann eilte sie an Rocky vorbei, der wie angewurzelt im Türrahmen stand. »Basti! Es brennt! Es brennt! Wir müssen raus hier!«

Endlich kapierte Sebastian Niedermeyer, was los war. Er sprang aus dem Bett, schlüpfte in seine Jeans und schnappte sich den Schlüsselbund. Der Qualm im Flur war unerträglich. Niedermeyer zog ein Taschentuch hervor und presste es an seinen Mund, während er die Eingangstür öffnete. Eine beißende Rauchwolke kam ihm entgegen. Sofort schlug er die Tür wieder zu.

»Da kommen wir nicht raus«, schrie er. »Wir müssen die Feuerwehr rufen!«

Julia Niedermeyer eilte ins Wohnzimmer. Hastig wählte sie die 112 und gab die notwendigen Informationen durch. Zurück im Schlafzimmer, schleifte ihr Mann den völlig verstörten Hund am Halsband hin zum Fenster.

»Mach die Tür zu! Wir müssen auf das Garagendach klettern.«

Niedermeyer zog den Vorhang beiseite und öffnete das Fenster. »Zuerst Rocky!« Er packte das Tier unterm Bauch und hob es über die Brüstung. Der Hund wehrte sich nicht. Gute zwei Meter waren es bis zum Garagendach. Rocky jaulte auf, als er auf die Kiesschüttung fiel, aber er schien den Fall unbeschadet überstanden zu haben.

»Jetzt du!« Niedermeyer streckte die Hand nach seiner Frau aus. Sie zögerte, ließ sich dann aber bewegen, auf die Fensterbank zu klettern. Mit den Füßen voraus hielt sie sich noch eine Zeit lang am Rahmen fest, bevor sie losließ. Sie landete unsanft, fiel hin, konnte sich jedoch wieder aufrappeln.

Niedermeyer drehte sich noch einmal um. Der Rauch erfüllte inzwischen den Raum. Aber noch schien die Erstickungsgefahr gering zu sein. Wichtige Papiere lagen im Kleiderschrank unter der Bettwäsche. Er riss die Schranktür auf und suchte danach. Viel zu lange benötigte er, bis er den Umschlag in Händen hielt. Der beißende Qualm war dichter geworden und brannte in den Augen. Niedermeyer beugte sich vor und hustete. Er schleppte sich zum Fenster und warf den Umschlag bis auf das Nachbargrundstück. Dann wagte auch er den Sprung auf das Garagendach und überstand den Aufprall mit Abschürfungen an Händen und Armen. Noch etwas benommen, richtete er sich auf, atmete tief durch und hangelte sich an der Dachkante hinunter, bis er mit den Füßen den Palisadenzaun des Nachbarn und schließlich festen Boden erreichte. Seine morgendlichen Fitnessübungen zahlten sich aus. Er öffnete das Garagentor, holte eine Leiter heraus und stellte sie so an das Gebäude, dass seine Frau mit Rocky hinunterklettern konnte.

Die Vermieterin!, schoss es ihm durch den Kopf. War die Astrologin noch im Haus? Er sprintete zum Hauseingang, zog seinen Schlüsselbund hervor und fingerte am Schloss. Noch bevor er die Tür öffnen konnte, hörte er das Martinshorn der Feuerwehr. Wenig später sprangen die Männer in ihren Schutzanzügen aus den Fahrzeugen. Sebastian Niedermeyer war froh, dass er ihnen das Feld überlassen konnte. Mit zitternden Knien ging er zur Straße, wo Sanitäter seine Frau behandelten. Rocky stürmte auf ihn zu und ließ sich kraulen. Der brave Hund hatte Julia und ihm das Leben gerettet.

***

Helenas Tagebuch, 20. Juli

Markus ist wieder zum Tennisspielen, und ich kann in Ruhe etwas aufschreiben. Gestern hat er mich geschlagen.

Nein, das stimmt so nicht. Er hat mich geschüttelt, bis mir schwindelig wurde und ich Kopfschmerzen bekam. Nur weil ich ihm erzählt habe, dass ich für Anna neue Schuhe und einen bunten Pyjama mit Mond und Sternen gekauft habe. Dabei waren die Sachen gar nicht teuer. Sie waren im Angebot. Er hat sich die Sachen nicht einmal angesehen.
Ich war den ganzen Tag über traurig. Aber jetzt geht es mir besser. Morgen treffe ich mich mit BB. Markus sage ich, dass ich bei Petra bin. Ich werde den Bus nehmen. Wegen der Tabletten darf ich nicht mit dem Auto fahren, auch wenn ich sie nicht mehr jeden Tag nehme. Sie machen mich müde. Ich hab mir von Mila ein Horoskop aus der Ferne erstellen lassen. Merkur ist in den Krebs gewechselt, und die Venus nimmt Opposition zu Pluto ein. Die Sonne steht ab 23. Juli im Löwen. Die Woche verspricht gut zu werden. Mila hat mir das versprochen. Ich freue mich auf den Abend mit BB.

5

Diana Keller hatte davon gehört, dass das gesamte Leben im Angesicht des Todes im Zeitraffer vor dem inneren Auge ablief. Bei einem plötzlichen Unfall mochten die Erinnerungen zu Sekunden komprimiert sein. Doch bei ihr lief der Film über Minuten ab, denn ihr Tod nahte langsam, aber unerbittlich. Glückliche Tage ihrer Kindheit tauchten auf, Ereignisse, die belanglos waren, aber doch bedeutend genug, dass sie einen Weg in ihr Gedächtnis geschafft hatten. Die Rettung ihrer Katze Susie, die durch die Feuerwehr von einem Baum geholt werden musste, der Lenkdrachen, der sie beim Absturz am Kopf verletzt hatte, und die Torte, die ungenießbar gewesen war, weil sie ihrer Mutter Salz statt Zucker gereicht hatte. Auch ihr verstorbener Mann Günther erschien. Der Tag, als sie sich im Multimar Wattforum kennengelernt hatten, ihre Fahrt mit dem Wohnmobil durch Norwegen, auf der Lilian gezeugt worden war, und die schweren Monate seiner Krankheit. Lilians erster Schultag, ihr Krankenhausaufenthalt nach dem Hundebiss und Lilians Umzug in die eigene Wohnung. All das und weitere Erlebnisse kamen an die Oberfläche, ungeordnet, als gäbe es keine Zeit.

Aus dem Augenwinkel sah Diana ein Licht. Sie drehte den Kopf. Salzwasser floss in ihren Mund. Sie hustete und würgte es wieder heraus. Noch einmal hob sie ihren Oberkörper so weit wie möglich an. Der Lichtpunkt bewegte sich! Und er wurde größer. Ein Boot! Sie war sich ganz sicher. Noch war es zu früh, um laut zu rufen. Sie musste ihre Kräfte schonen. Das Licht wurde mal heller, mal dunkler, so wie beim Schwenk eines Scheinwerfers. Bildete sie sich das ein, weil sie es sich sehnlichst wünschte, oder war man auf der Suche nach ihr?

Minuten vergingen. Endlich hörte sie Motorengeräusche. »Hier bin ich!«, rief sie. Dann übermannte sie die Erschöpfung, und ihr Kopf fiel zurück ins Wasser. Nur noch einen Augenblick ausruhen. Nur noch einen winzigen Augenblick, dann würde sie sich aufbäumen und auf sich aufmerksam machen. Sie würde so laut schreien, dass niemand sie überhören konnte.

Eine Welle tauchte ihr Gesicht vollständig unter. Die Bugwelle eines Bootes, hoffte sie. Als sie die Augen wieder öffnete, traf sie das grelle Scheinwerferlicht. Anstatt laut zu rufen, flüsterte sie nur »Danke«, ohne zu wissen, wem sie danken sollte, dem Himmel, den Rettern oder dem Schicksal. Sie vernahm, wie der Motor gedrosselt wurde. Eine zweite Welle schwappte über sie hinweg, die sie aber nicht in Angst versetzte, sondern für Erleichterung sorgte. Männerstimmen ertönten, jemand erteilte Kommandos. Menschliche Silhouetten tauchten vor ihren Augen auf. Eine Frau redete auf sie ein. Diana Keller verstand sie nicht. Aber sie wusste, dass alles gut werden würde. Sie hörte noch: »Grabt schneller!« Dann verblasste das Licht, und alle Geräusche verstummten.

Als sie wieder zu sich kam, lag sie in einem Krankenwagen, versorgt mit Atemmaske und Tropf. Trotz der Wärmedecke war ihr entsetzlich kalt. Der Geschmack des Salzwassers hatte sich in ihre Zunge eingebrannt, ebenso wie sich das schreckliche Erlebnis in ihre Seele gefressen hatte. Sie würde die Stunden des Horrors nie vergessen. Die Erinnerung daran würde sie ein Leben lang begleiten. Das war ihr bereits in diesem Moment klar. Aber sie lebte!

***

Am Morgen landete der Bericht der Wasserschutzpolizei auf Flottmanns Schreibtisch. Noch konnte er nicht ahnen, dass der Fall ihn an seine psychischen Grenzen bringen würde. In den Jahren als Leiter des Dezernats Tötungsdelikte in Bonn hatte er wiederholt in die Abgründe der menschlichen Seele geblickt. Nach und nach war ihm die Belastung zu groß geworden. Nach seiner Scheidung hatte er sich nach Husum versetzen lassen. Die Bezahlung auf dem neuen Posten war mies, aber dafür würde er in Nordfriesland eine ruhige Kugel schieben – hatte er gedacht. Während er in dem Bericht blätterte, schüttelte er unablässig den Kopf.

»Was ist los?« Hilgersen ließ seinen Schreibtischstuhl rotieren. »Die Sache im Watt?«

»Ja. Woher weißt du davon?«

»Jeder hier, der frühzeitig zum Dienst kommt, weiß davon.«

Flottmann überhörte Hilgersens Spitze. »Wer tut so etwas?«

»Wenn wir das wüssten, wäre der Fall gelöst. Die Hilferufe der Frau wurden von einem Touristen auf Nordstrand gehört. Er konnte in der Nacht nicht schlafen, weil er Zahnschmerzen hatte. Deshalb ist er aufgestanden und um drei Uhr zum Strand spaziert. Seine Zahnschmerzen haben der Frau das Leben gerettet. Manchmal geht das Schicksal merkwürdige Wege.«

»Schicksal?«

»Ja. Oder wie würdest du das nennen?«

»Zufall. Ein glücklicher Zufall. Glücklich, wenn man mal von den unangenehmen Zahnschmerzen absieht. Wie haben die Kollegen sie gefunden?«

»Sie wurde in der Nähe des Heverstroms im Schlick vergraben. Die Kollegen sind das Fahrwasser mit Suchscheinwerfern abgefahren. Wäre sie abseits des Wattstroms verbuddelt worden, hätte man sie sicher nicht entdeckt.«

»Der Täter oder die Täterin hat sie mit einem Boot dorthin gebracht, nehme ich an.«

»Klar. Davon können wir ausgehen. Und er muss ganz schön mit Schlick besudelt gewesen sein, als er fertig war. Wenn er seine Kleidung nicht inzwischen gewechselt hat, müsste er leicht zu identifizieren sein.«

»Ich bewundere immer wieder deinen Scharfsinn, Gustl.«

»Nur keinen Neid, bitte. Diana Keller ist übrigens Astrologin.«

»Ist das ein Beruf?«

»Damit kann man viel Geld verdienen.«

»Humbug ist das. Im Bericht steht, dass sie in die Klinik gebracht wurde. Wir sollten sie so bald wie möglich befragen. Ich werde mit Lena telefonieren und mich bei ihr erkundigen, wie es der Patientin geht.« Flottmann griff zum Hörer. Seine Lebensgefährtin war sofort am Apparat.

»Wenn du um diese Zeit anrufst, kann ich mir schon denken, warum.«

»Äh – ich wollte nur wissen, wie es dir geht.«

Lena Abendroth lachte. »Gut.«

»Und der Patientin aus dem Watt? Diana Keller?«

»Bis auf ein paar Abschürfungen äußerlich ohne weiteren Befund. Aber was sie erlebt hat, wird ganz sicher Spuren hinterlassen. Was genau passiert ist, weiß ich nicht. Aber es muss schlimm gewesen sein. Ihre Tochter ist gerade bei ihr.«

»Wann können wir sie befragen?«

»Ich sag dem behandelnden Arzt Bescheid, dass er dich anruft. Dr. Klemens ist das.«

»Danke, Lena. Bleibt es bei unserem Treffen am Freitag?«

»Ja, natürlich, Herr Hauptkommissar.«

Flottmann hasste es, wenn sie ihn so nannte. Je mehr er das zu erkennen gab, umso mehr neckte sie ihn damit.

»Bis dann.«

»Bis dann, Waldemar.«

Eine Stunde später rief der Arzt an. Die Patientin sei so weit stabil, einer Befragung stünde nichts im Weg.

»Heute Nachmittag können wir zu ihr«, sagte Flottmann zu Hilgersen.

»Da gibt es noch etwas, das du wissen solltest. Ein Brand im Stadtweg. Ist gerade reingekommen.«

»Muss warten.«

»Das Haus gehört Diana Keller.«

»Nee!«

»Doch!«

»Das kann ja wohl kein Zufall sein.«

»Nee.«

»Die Kollegen vom K1?«

»Übernehmen den Fall. Aber wir dürfen mitmischen, bis wir zurückgepfiffen werden.« Hilgersen grinste. Er wusste, dass Flottmann sich mit dem Leiter des Kommissariats 1 in Flensburg, Dirk Hofmann, nicht gerade gut verstand. Flottmann konnte insbesondere dessen Arroganz und Überheblichkeit nicht ausstehen. Die Antipathie beruhte auf Gegenseitigkeit, aber beide waren Profis genug, um daraus keine Behinderung der Zusammenarbeit entstehen zu lassen.

Flottmann schaute auf seine Armbanduhr. »Wir sollten uns die abgebrannte Wohnung ansehen. Kommst du mit?«

»Das wollte ich auch gerade vorschlagen.«

Eine Viertelstunde später trafen Flottmann und Hilgersen vor dem Zweifamilienhaus ein. Das Grundstück war mit Flatterbändern abgesperrt. Auf der Straße standen ein Einsatzwagen der Feuerwehr und ein Streifenwagen. Polizeiobermeister Thomas Jensen empfing die beiden.

»Moin. Sieht nach Brandstiftung im Erdgeschoss aus«, sagte er. »Der Sachverständige kommt heute Nachmittag. Der wird das vermutlich bestätigen. Die Feuerwehr konnte verhindern, dass das Feuer in das Obergeschoss übergriff. Aber auch dort ist der Schaden durch Ruß und Löschwasser natürlich beträchtlich. Die Mieter sind in ein Hotel umgezogen.«

»Gibt es Einbruchspuren?«, fragte Flottmann.

Jensen schüttelte den Kopf.

»Die Kriminaltechniker haben sich schon angekündigt«, sagte Hilgersen. »Die werden das genau untersuchen.«

»Okay, dann gehen wir mal rein.«

Hilgersen hob das Flatterband an, und die Kommissare liefen den Gartenweg entlang zum Haus. Die schwere Eingangstür aus Holz stand offen. Im Flur empfing sie ein penetranter Brandgeruch. Sie nahmen kurz das Wohnzimmer in Augenschein, das bis auf den Teppichboden von den Flammen verschont geblieben war. Der eigentliche Brandherd befand sich in einem Raum, der offenbar als Arbeitszimmer gedient hatte. Ein Metallregal mit Resten von Aktenordnern und ein verkohlter Schreibtisch zeugten davon. Auch ohne den Sachverstand eines Experten war zu erkennen, dass Brandbeschleuniger verwendet worden war. Insbesondere die Ordner und deren Inhalt mussten damit getränkt worden sein.

»Jemand wollte gezielt die Unterlagen vernichten«, sagte Hilgersen.

»Das sieht so aus.« Flottmann ließ seinen Blick durch das Zimmer schweifen. Mit einem Kopfnicken deutete er auf einen Bildschirm. Der Kunststoffrand war in der Hitze geschmolzen, und die Mattscheibe war schwarz von Ruß. Er nahm den ebenfalls zusammengeschmolzenen Stecker des Monitors in die Hand. »Der Computer wurde gestohlen. Vermutlich ein Laptop. Was können wir daraus schließen?«

»Dass es eine Verbindung zwischen einem ihrer Kunden und der Tat geben könnte.«

»Richtig. Und warum gibt es keine Einbruchspuren?«

»Weil der Täter Diana Keller die Schlüssel abgenommen hat.«

»Ich bin stolz auf dich, Gustl.«

»Ach was! So etwas schüttel ich doch aus dem Ärmel. Und das Profil des Täters dazu. Männlich, intelligent, ledig oder geschieden, zwischen fünfundzwanzig und vierzig Jahre alt, besitzt ein Motorboot, kennt sich mit Ebbe und Flut aus und trägt gelbe Gummistiefel.«

»Gelbe Gummistiefel? Hat man Spuren im Watt gefunden? Im Bericht stand nichts darüber.«

»Die wird die Flut wohl bis zur Unkenntlichkeit beseitigt haben. Okay, das mit den gelben Gummistiefeln entstammt lediglich meiner Intuition. Ich hab mir bildhaft vorgestellt, wie der Täter das Opfer mit einem Spaten eingräbt, ohne sich die Schuhe zu versauen und die Zehen abzuhacken. Na ja, und die meisten Stiefel hier im Norden sind doch gelb, oder?«

Flottmann lachte. »Intuition ist eine gute Sache. Ich spreche aus Erfahrung. Aber sich mit Gummistiefeln im Schlick fortzubewegen ist, soweit ich weiß, nicht gerade optimal.«

»Stimmt, aber der Täter könnte trotzdem welche angehabt haben.«

»Einverstanden. Und sein Motiv? Ein Horoskop, das sich nicht erfüllt hat? Oder eine Prophezeiung, die ihm nicht gepasst hat?«

»Ist wohl eher unwahrscheinlich.«

Flottmann nickte. »Gut. Überlassen wir die Wohnung der Spurensicherung. Mit den Mietern, die den Brand entdeckt haben, müssen wir noch sprechen.«

»Ihr Hund hat Alarm geschlagen. Laut Bericht um drei Uhr fünfzehn. So ein Tier ist besser als ein Rauchmelder. Dein Kater hätte wahrscheinlich nur den Schwanz eingezogen.«

»Vergiss nicht, dass auch er mir schon einmal das Leben gerettet hat.«

»Stimmt. Ganz unbeteiligt war ich allerdings nicht dabei.«

»Das hab ich auch nicht vergessen.« Flottmann klopfte seinem Kollegen auf die Schulter. »Es ist noch etwas zu früh, aber wir könnten jetzt trotzdem zur Klinik fahren.«

Die beiden inspizierten oberflächlich die anderen Räume des Hauses und brachen anschließend zum Krankenhaus auf. Nur fünf Minuten benötigten sie bis zum Parkplatz am Erichsenweg.

Diana Keller war nicht in ihrem Zimmer. Nach Angaben eines Pflegers wartete sie im »Patientencafé« der Klinik, das im Erdgeschoss lag. Als sie dort ankamen, waren nur drei Tische besetzt. Flottmann ging auf eine Frau zu, die alleine saß und vom Alter her zu passen schien. Sie hatte kurzes braunes Haar, ein schmales Gesicht und eingefallene Wangen. Zu den Jeans trug sie ein weißes T-Shirt.

»Frau Keller?«

Sie nickte.

»Kriminalpolizei Husum. Mein Name ist Flottmann, das ist Herr Hilgersen.« Die beiden Männer setzten sich zu ihr.

»Wie geht es Ihnen?«, fragte Flottmann.

»Ich bin so weit okay. Man kümmert sich um mich. Morgen hab ich ein Gespräch mit einer Psychologin. Außerdem besucht mich meine Tochter.«

»Sind Sie in der Lage, uns den genauen Hergang zu schildern?«

»Ja.« Sie griff zu ihrer Kaffeetasse.

Flottmann bemerkte, dass ihre Hand zitterte.

»Es war grauenhaft«, begann sie und setzte die Tasse wieder ab, ohne daraus zu trinken. »Ich kam von einer Kundin. Mein Auto hatte ich auf dem Parkplatz ›Neue Freiheit‹ abgestellt. Mir fiel auf, dass es nicht verschlossen war. Ich hab mir aber nichts weiter dabei gedacht. Als ich am Steuer saß, schnellte plötzlich eine Hand von hinten vor, drückte mir den Mund zu und betäubte mich mit einer Spritze. Als ich wieder aufwachte, lag ich in einem Boot. Jedenfalls fühlte sich das so an. Aber ich war nur kurz bei Besinnung. Aus dem Augenwinkel hab ich eine vermummte Gestalt wahrgenommen, bevor ich erneut betäubt wurde. Mit einem Tuch, das nach Äther roch.«

»Können Sie etwas über das Auto sagen, das der Entführer benutzt hat? Über das Boot? Oder vielleicht über den Entführer?«

»Nein. Gar nichts. Das Auto hab ich nicht gesehen. Im Boot hab ich auf dem Boden gelegen. Klein muss es gewesen sein. Ich glaube, ich hab auch Motorengeräusche gehört. Über den Mann weiß ich gar nichts. Groß war er wohl und trug eine dunkle Maske. Eine Skimaske könnte es gewesen sein. Ich bin dann erst wieder aufgewacht, als ich im Watt lag. Zuerst hab ich gar nicht kapiert, was los war. Aber dann …« Sie stockte. Tränen liefen ihr übers Gesicht.

»Lassen Sie sich Zeit, Frau Keller«, sagte Hilgersen. »Ich hole uns inzwischen einen Kaffee. Möchten Sie auch noch etwas?«

Sie schüttelte den Kopf und wischte sich mit der Hand die Tränen ab.

»Du? Kaffee, Tee?«, fragte er Flottmann, während er aufstand.

»Nein, danke.«

Erst als Hilgersen wieder am Tisch saß, fuhr Diana Keller mit ihren Schilderungen fort. Nachdem sie fertig war, senkte sie den Kopf. Ihr war anzumerken, dass sie versuchte, weitere Tränen zu unterdrücken.

Sie lachte gequält. »Ich hab heute Geburtstag. Meine Rettung ist wohl ein Geschenk des Himmels.«

»Wir müssen Ihnen nun einige Fragen stellen, Frau Keller«, sagte Flottmann.

Sie nickte.

»Sind Sie verheiratet?«

»Verwitwet. Schon seit einigen Jahren.«

»Haben Sie irgendeinen Verdacht, wer Ihnen das angetan haben könnte?«

»Nein, absolut nicht. Ich habe niemandem etwas getan.«

»Könnte die Tat mit Ihrem Beruf zusammenhängen? Sie sind Astrologin?«

»Ja. Schon seit fast zwanzig Jahren. Es hat nie Probleme gegeben. Wenn jemand mit meiner Arbeit nicht zufrieden war, erhielt er das Geld zurück. Aber das kam nur selten vor. Vielleicht zwei- oder dreimal, soweit ich mich erinnere.«

»Wir haben leider noch eine schlechte Nachricht für Sie.«

»Was kann das schon sein?«

»Es hat einen Brand in Ihrer Wohnung gegeben.«

Sie lehnte sich zurück und seufzte. »Was ist mit meinen Mietern?«

»Sie konnten sich rechtzeitig in Sicherheit bringen. Der Schaden am Haus scheint begrenzt zu sein. Aber Sie können noch nicht dorthin zurück. Haben Sie Verwandte oder Bekannte, bei denen Sie unterkommen können?«

»Zur Not bei meiner Tochter. Aber sie hat nur eine kleine Mietwohnung. Auch mein Bruder und seine Familie würden mich bestimmt eine Zeit lang aufnehmen.«

»Hat der Entführer Ihnen die Haustürschlüssel abgenommen?«, fragte Hilgersen.

»Ja, sehr wahrscheinlich. Ich hatte sie in meiner Hosentasche. Und sie sind verschwunden.«

»Der Einbrecher, der das Feuer in Ihrem Haus gelegt hat, hatte es offenbar gezielt auf Ihre Kundendaten abgesehen. Ich nehme an, dass Sie die in Ihrem Regal aufbewahrt hatten.«

»Ja. Auch ein Rechnungsordner war darin. Allerdings mit nur wenig Schriftverkehr, da die meisten Kunden bar bezahlen.«

»Hatten Sie einen Computer in Ihrem Arbeitszimmer?«, fragte Flottmann.

»Einen Laptop.«

»Der wurde gestohlen. Vermutlich auch, um jeden Hinweis auf eine geschäftliche Beziehung mit dem Täter zu tilgen. Auch deswegen vermuten wir, dass das Motiv mit Ihrem Beruf zusammenhängt. Hat es irgendwelche ungewöhnlichen Vorfälle in dem Zusammenhang gegeben?«

»Nein. Es war alles normal.«

»Wir möchten Sie bitten, eine Liste mit Ihren Kunden zu erstellen, soweit es Ihnen möglich ist.«

»Viele Namen hab ich nicht im Kopf. Von manchen kenne ich nur die Vornamen. Aber ich werde es versuchen. Die meisten meiner Kunden sind Frauen.«

»Okay. Schicken Sie die Liste an meine E-Mail-Adresse. Und falls Ihnen noch etwas zum Täter einfällt, rufen Sie uns bitte an.« Flottmann zog eine Visitenkarte aus seiner Jackentasche und legte sie auf den Rollwagen neben dem Bett. »Informieren Sie uns bitte, wo Sie unterkommen. Vielen Dank und alles Gute, Frau Keller.«

Flottmann und Hilgersen verabschiedeten sich.

6

Diana Keller wurde nach nur zwei Tagen auf eigenen Wunsch aus dem Krankenhaus entlassen. Da ihre äußeren Wunden gut verheilten, hatte sie keinen Grund mehr gesehen, dort zu verweilen. Lilian holte sie mit dem Auto ab. Sie hatte ihr zum Empfang sogar einen Kuchen gebacken. In der kleinen Wohnung, die sich im Erdgeschoss eines Häuserblocks in Bahnhofsnähe befand, würde es etwas eng werden. Aber beide hatten sich vorgenommen, keine Probleme aufkommen zu lassen.

Mutter und Tochter saßen zusammen und tranken Kaffee. Lilian hatte ihr blondes Haar zu einem Pferdeschwanz gebunden. Für ihre Mutter war sie immer noch das Kind mit Pferdeschwanz und Sommersprossen, obwohl diese inzwischen verschwunden waren.

»Ich bin so froh, dass du hier bei mir bist«, sagte Lilian. »Als du im Krankenhaus warst, ist mir erst so richtig klar geworden, dass wir beinahe nie mehr hätten miteinander reden können.«

»Sehr viel haben wir in den vergangenen Jahren sowieso nicht gesprochen.«

»Ich weiß. Immer glaubte ich, es wäre noch genügend Zeit dafür. Aber so zu denken ist ein Fehler. Eigentlich hätte ich auch Papa noch vieles sagen wollen. Doch dann kam seine Krebserkrankung, und irgendwie habe ich den richtigen Zeitpunkt verpasst.«

»Mir ist es nicht viel anders gegangen, Lili. Und als ich hilflos im Watt lag, hab ich an dich gedacht. Das hat mir Mut gegeben. Ich hoffte inständig, dich wiederzusehen. Wie durch ein Wunder ist es so gekommen. Und nun sitzen wir hier beisammen.« Diana tätschelte Lilians Hand. Sie konnte die Tränen nur mühsam zurückhalten.

»Dass ich mit achtzehn ausgezogen bin, habt ihr mir sehr übel genommen, nicht wahr?«

»Wir haben uns Sorgen gemacht.«

»Wegen Florian?«

Diana nickte. »Aber du warst verliebt. Es hat etwas gedauert, bis wir verstanden, dass wir dich nicht mehr erreichen konnten. Trotz seiner Drogensucht hast du zu ihm gehalten. Das war in Ordnung.«

»Er war ein Mistkerl und hat mir später nur noch auf der Tasche gelegen, bis ich ihn rausgeschmissen habe.«

»Das musstest du selbst feststellen.«

»Sehr lange hab ich nicht dafür gebraucht.« Lilian schenkte Kaffee nach. »Den nächsten Schock hab ich euch versetzt, als ich mein Betriebswirtschaftsstudium hingeschmissen habe.«

»Auch das war deine Entscheidung, die wir akzeptieren mussten. Du hast auch so deinen Weg gemacht. Du bist doch zufrieden in deinem Job, oder?«

»Ja, bin ich.«

Beide schwiegen eine Weile.

»Dein Kuchen schmeckt übrigens großartig«, sagte Diana. »Ich wusste gar nicht, dass du so gut backen kannst. Von mir hast du das nicht gelernt.«

»Dann muss das wohl in den Genen liegen.« Lilian lachte. »Genauso wie mein Faible für Übersinnliches.«

»Bist du immer noch mit den Geisterjägern unterwegs?«

»Wir untersuchen paranormale Vorkommnisse. So nennen wir unsere Unternehmungen.«

»Du glaubst doch nicht wirklich an Geister?«

»Du glaubst ja auch, dass die Sterne und Planeten unser Schicksal bestimmen.«

»Das ist etwas anderes.«

»So?«

»Ich mach mir halt wieder einmal Sorgen um dich.«

»Du um mich? Irgendein Verrückter hat dich entführt und hätte dich beinahe umgebracht. So wie es aussieht, hat der Anschlag auf dein Leben mit deinem Job zu tun. Meine ›Geister‹ sind dagegen völlig harmlos. Außerdem bist du nicht ganz unschuldig an meinem Hobby.« Bei den letzten Worten grinste Lilian. »Du hast mich damals mit auf die Esoterikmesse genommen. Dort habe ich Christoph kennengelernt. Seitdem bin ich dabei. Wir sind eine nette Gemeinschaft von vier Leuten. Am Wochenende sind wir wieder unterwegs. In einem alten Bunker in der Nähe von Heide. Da sind wir schon einmal gewesen. Bernd hat an dem Ort fremde Energien gespürt. Das hat er jedenfalls behauptet. Mal sehen, was das gibt. Spannend ist es in jedem Fall. Vielleicht werden wir auch irgendwann die Erlaubnis erhalten, das Schloss zu erforschen.«

»Das Schloss vor Husum?«

»Ja. Das wäre eine coole Sache. Ich schreibe übrigens alle unsere Erlebnisse in einem Blog nieder. Den musst du dir mal ansehen.«

»Das werde ich machen.« Diana Keller trank einen Schluck Kaffee und nahm sich ein weiteres Stück Pflaumenkuchen.

»Willst du die Astrologie eigentlich weiterbetreiben?«, fragte Lilian. »Jetzt, nachdem das passiert ist?«

»Zunächst muss ich mich natürlich um die Versicherung und das Haus kümmern. Ich weiß auch gar nicht, was mit den Niedermeyers wird. Sie wohnen zurzeit in einem Hotel. Aber dort können sie ja nicht ewig bleiben. Ich möchte sie keinesfalls als Mieter verlieren. Sie sind nett, und ihr Hund Rocky ist mir ans Herz gewachsen.«

»Ich kann dir bei allem helfen, Mama. Wir kriegen das schon geregelt.«

»Danke. Wenn alles erledigt ist, würde ich gerne wieder ins Geschäft einsteigen. Ich kann mir einfach nicht vorstellen, dass der Anschlag auf mich mit meinem Job zu tun hat.«

»Jemand hat deine Unterlagen und beinahe das ganze Haus abgefackelt. In derselben Nacht, in der du entführt wurdest. Und er ist mit deinem Schlüssel eingebrochen. Einen eindeutigeren Zusammenhang gibt es ja wohl nicht. Solange der Täter nicht gefasst ist, bist du immer noch in Gefahr.«

»Die Polizei hat versprochen, hier verstärkt Streife zu fahren.«

»Man wird dich nicht Tag und Nacht bewachen können.«

»Ich werde abends nicht mehr rausgehen. Also mach dir keine Sorgen um mich. Pass lieber auf dich selbst auf, Lili.«

Plötzlich lief Diana Keller ein kalter Schauer den Rücken hinunter. Völlig unvermittelt tauchten Bilder vor ihren Augen auf. Wellen mit Schaumkronen, die Milchstraße, Scheinwerferlicht. Ähnlich wie bei einem Stroboskop blitzten die Bilder auf und verschwanden wieder.

»Was ist mit dir?« Lilian musste das Entsetzen in Dianas Augen gesehen haben.

»Nichts, mein Liebes. Es ist nichts. Ich werde eine Schlaftablette nehmen und früh ins Bett gehen.«

»Ich hab mein Arbeitszimmer für dich hergerichtet. Das brauche ich zurzeit nicht.«

»Danke dir.«

Erneut schossen Diana Szenen ihres Martyriums durch den Kopf. Sie stand auf und ging zum Fenster, um ihre Gefühlsregungen vor ihrer Tochter zu verbergen. Draußen auf der Straße sah sie einen Streifenwagen. Die Beamten waren zu ihrem Schutz abgestellt worden. Sie konnte also beruhigt sein.

Diana schlief schlecht in dieser Nacht. Stundenlang lag sie wach. Immer wieder spulte sie das schreckliche Erlebnis innerlich ab und grübelte über die Frage nach, weshalb der Täter sie für sein sadistisches Spiel ausgewählt hatte. Die Brandstiftung legte tatsächlich nahe, dass ihn die Unterlagen hätten verraten können. Auch wenn sie nur wenige Kunden mit vollem Namen kannte, so waren ihr doch einige Gesichter in Erinnerung geblieben. Da war der Geschäftsmann, der mit einem Jaguar vorfuhr und den günstigsten Zeitpunkt für die Eröffnung einer Filiale wissen wollte. Eine ältere Frau kam mehrmals, um zu erfahren, ob ihr Stiefsohn des Erbes würdig sei, obwohl er wegen Drogendelikten verurteilt worden war. Und eine junge Frau, Mandy hieß sie, wollte wissen, ob ihr Verlobter der richtige Mann für sie war. Es gab viele weitere merkwürdige Besuche. Vielleicht hatte sie den einen oder anderen Kunden enttäuscht. Aber Gründe für einen Mord hatte sie niemandem geliefert.

Nachdem sie endlich eingeschlafen war, quälten sie absurde Alpträume. Gegen sechs Uhr wachte sie auf und wälzte sich aus dem Bett. Der Streifenwagen der Polizei stand immer noch auf der Straße. Auf die Beamten war Verlass. Niemand würde ihr etwas antun können. Sie legte sich aufs Bett und schloss die Augen, um noch ein wenig zu dösen.

***

Helenas Tagebuch, 17. August

Heute geht es mir gut. Der Abend mit BB am letzten Wochenende war wunderschön. Ich zehre noch davon. Nie macht er mir irgendwelche Vorwürfe. In seinen Armen fühle ich mich geborgen. Löwe und Schütze passen eigentlich nicht gut zusammen. Aber davon bemerke ich bisher nichts. Wir reden viel und streiten selten. Unsere Zeit ist zu kostbar für einen Streit. Manchmal diskutieren wir über das Leben. Manchmal auch über das Sterben und den Tod. BB glaubt nicht, dass unser Schicksal vorherbestimmt ist. Aber ich tue das. Und ich glaube an die Synchronizität zwischen den Himmelsereignissen und den irdischen Geschehnissen, so wie Mila Hus mir das erklärt hat. BB will auch davon nichts wissen. Doch das ist nicht schlimm. Die Liebe verbindet uns, das ist das Wichtigste, und sie wird von Tag zu Tag stärker. BB ist die beste Therapie für mich. Er ist so viel älter und weiser als ich, auch wenn er bestimmte Dinge nicht sehen will. Wenn wir diskutieren, wird er oft ungehalten. Ich muss dann immer lachen, weil seine Stimme in solchen Momenten tiefer klingt als sonst. BB kann ein echter Brummbär sein. Aber ich liebe ihn so, wie er ist. Und er liebt mich. Unsere Liebe wird über den Tod hinaus bestehen bleiben. So wie die zu Anna nie enden wird.

7

Wie fast jeden Tag kam Flottmann später ins Büro als Hilgersen.

»Mahlzeit«, empfing dieser ihn.

»Hast du schon Hunger?« Flottmann ließ seine Tasche auf den Boden fallen, setzte sich und schaltete den Computer ein.

»Ich war heute Morgen schon am Tatort.«

»Draußen im Watt?«

»Nee, am Teich.«

»An welchem Teich?«

»Na, da, wo das Wasser verschwunden ist.«

»Ach so. Und? Hast du neue Erkenntnisse?«

»Nein.«

»Dann hättest du ja auch nicht so früh aufstehen müssen.«

»Klookschieter!« Hilgersen wandte sich wieder seinem Bildschirm zu.

Flottmann rief seine E-Mails ab. Diana Keller hatte die Liste mit ihren Kunden geschickt, soweit sie die aus dem Gedächtnis rekonstruieren konnte. Für etwa die Hälfte auf der Liste hatte sie nur die Vornamen angegeben. Nur zwei davon enthielten eine vollständige Adresse.

»Der Bürgermeister macht Druck«, unterbrach ihn Hilgersen.

»Wer?«

»Schröder.«

»Wer ist Schröder?«

»Na, der Bürgermeister von der Gemeinde mit dem Löschteich.«

»Wer braucht denn heutzutage noch einen Löschteich?«

»Darum geht es doch gar nicht. So ein unerklärliches Ereignis auf dem Dorf verunsichert die Bürger. Und wir sind für deren Sorgen verantwortlich.«

Flottmann schüttelte den Kopf. »Sag mal, hast du eigentlich keine anderen Probleme? Wir haben den Mordversuch an der Astrologin aufzuklären.«

»Das eine schließt das andere ja nicht aus. Ich bin es gewohnt, mehrere Fälle gleichzeitig zu bearbeiten. Multitasking nennt man das. Ich hab mich ein wenig mit Astrologie beschäftigt. Wusstest du, dass es früher gar keine Trennung zwischen Astronomie und Astrologie gab?«

»Ja, das wusste ich.«

»Die Babylonier haben die Astrologie erfunden. Sie kannten damals nur die fünf mit bloßem Auge sichtbaren Planeten.« Hilgersen schaute auf seinen Zettel. »Merkur, Venus, Mars, Jupiter und Saturn. Sonne und Mond kannten sie natürlich auch. In den Bewegungen der Himmelskörper sahen sie göttliche Zeichen und richteten ihre politischen Entscheidungen danach aus.«

»Manchmal kommt es mir so vor, als täten unsere Politiker das immer noch.«

»So um 500 vor Christus entstand dann die heutige Astrologie. Die Griechen haben die Methode verfeinert. Sie glaubten, dass die Götter unser Leben lenken und dass man jedes Einzelschicksal an den Sternen ablesen kann.« Hilgersen blickte erneut auf seinen Spickzettel. »Erst mit Nikolaus Kopernikus, Galileo Galilei und Johannes Kepler trat die Sterndeutung in den Hintergrund. Aber sie ist natürlich inzwischen wieder aktuell.«

»Mit dem Aufkommen der Esoterik und dem ganzen Schwachsinn.«

»Du solltest deine Vorurteile beiseitelegen. Die sind nicht gut für die Ermittlungen in unserem Fall.«

»Pah! Wieso ist die Keller überhaupt in die Falle getappt? Hat sie die Gefahr nicht anhand der Planetenkonstellation vorhersehen können?«

»Das ist genau das, was ich meine. Du bist befangen. Das ist ganz, ganz schlecht. Übrigens haben sich viele berühmte

Leute nach den Sternen gerichtet. Der US-Präsident Ronald Reagan hat zum Beispiel keine wichtige Entscheidung getroffen, ohne vorher seine astrologische Beraterin zu fragen. Sie hat nach eigenen Angaben zur Beendigung des Kalten Kriegs beigetragen. Und der französische Präsident François Mitterrand ließ sich von der bekannten Astrologin Elizabeth Teissier beraten.«

»Okay. Das ist jetzt ein echtes Argument für die Sterndeuterei.«

Hilgersen murmelte etwas Unverständliches vor sich hin. Natürlich hatte er die Ironie in Flottmanns Worten verstanden.

»Erinnerst du dich an unsere Horoskope, die Maltes Lebensgefährtin für uns erstellt hat?«, fragte Flottmann.

»Ungerne.«

Es war nicht das erste Mal, dass Flottmann Hilgersens wunden Punkt ansprach. Malte Schubert, von den Kollegen auch Knoblauch-Malte genannt, hatte beiden durch seine Freundin ein persönliches Horoskop erstellen lassen. Hilgersen war begeistert gewesen. Alles hatte wunderbar gepasst, und seine Zukunftsaussichten waren rosig gewesen. Später hatte Flottmann ihm gebeichtet, dass er die Horoskope vertauscht hatte. In manchen Angelegenheiten konnte Hilgersen nachtragend sein. Die Horoskopsache war so eine.

»Okay, lassen wir das. Aber ich glaube, Malte wäre der richtige Mann, um die Kundenliste abzuarbeiten.«

Flottmann griff zum Telefon und rief den Kollegen an. Tatsächlich zeigte sich Malte begeistert, bei einem so spektakulären Fall mitmischen zu dürfen. Flottmann schickte ihm die Liste und erklärte ihm, worauf es ankam. Er sollte die Personen lediglich telefonisch befragen. Falls erforderlich, würden Hilgersen und Flottmann die Vorladungen und gegebenenfalls die Hausbesuche vornehmen.

Am Nachmittag rief Flottmann die Internetseite »fischvomkutter.de« auf. Um fünfzehn Uhr sollte es wieder frische

Nordseekrabben direkt von Bord der »MARION HUS 19« geben.

»Ich bin mal kurz weg.«

»Wohin?«, fragte Hilgersen.

»Zu Marion.«

»Hast du eine neue Freundin? Was sagt Lena dazu?«

»Krabben kaufen. Ich hab Lena versprochen, dass ich Krabben mit Rührei zubereite.«

Flottmann hörte Hilgersens Erwiderung nicht mehr. Er hatte bereits das Büro verlassen und eilte die Treppenstufen hinunter. Den Fahrstuhl hatte er seit zwei Wochen nicht mehr benutzt. Auch den Weg bis zum Außenhafen wollte er zu Fuß absolvieren, für seine Fitness, die immer noch zu wünschen übrig ließ. Die kürzeste Strecke verlief entlang der Umgehungsstraße. Am Bahnübergang musste er lange warten, sodass er eine Viertelstunde benötigte. Ein paar Kunden bildeten eine Schlange vor dem Kutter. Der ältere Mann vor ihm hielt einen ausgedehnten Schnack mit dem Fischer, als er an der Reihe war. Flottmann hatte sich an so etwas gewöhnt. Es gab sogar Situationen, in denen er die Langsamkeit der Stadt zu schätzen wusste. Anfangs war es nicht so gewesen. Er hatte fast zwei Jahre benötigt, um sich der nordfriesischen Geschwindigkeit anzupassen.

Wie viele Krabben sollte er kaufen? »Pro Mund ein Pfund« hatte er mal gehört. Das wäre dann für zwei Personen ein Kilogramm. Das musste reichen. Schließlich gehörten zu dem Rezept, das er im Internet gefunden hatte, weitere sättigende Zutaten wie Vollkornbrot. Als Zubereitungszeit war maximal eine halbe Stunde angegeben, gerade richtig für seine eingeschränkten Kochkünste. Aber war in der Zeit auch das Pulen der Krabben berücksichtigt? Flottmann kratzte sich nachdenklich am Kinn. Seine Überlegungen wurden unterbrochen, als der Fischer ihm die Tüte mit der Ware überreichte.

Für den Rückweg brauchte er nur zehn Minuten.

»Wie viel hast du gekauft?«, fragte Hilgersen, als Flottmann zur Tür hereinkam.

»Ein Kilo. Ich denke, das reicht für zwei Personen.«

»Bestimmt. Aber vielleicht hättest du besser fertig Ausgepulte kaufen sollen.«

»Nee. Diese hier sind viel frischer.« Flottmann stellte die Plastiktüte mit dem Fang auf dem Schreibtisch ab und setzte sich an seinen Schreibtisch. »Weißt du, dass jeden Tag mehrere Lkws nach Marokko unterwegs sind, damit die Schalentiere dort von billigen Arbeitskräften gepult werden? Dreitausend Kilometer hin und dreitausend Kilometer zurück. Das ist doch der helle Wahnsinn. Und wenn sie hier ankommen, sind sie über eine Woche alt. Mal ganz abgesehen von der miesen Ökobilanz.«

»Das stimmt schon. Aber weißt du denn, wie man die Porren pult?«

»Klar. Ganz einfach am Kopf festhalten und am Schwanz ziehen – hab ich gelesen.«

Hilgersen stieß einen Pfiff aus. »Na, denn man to.«

»Was?«

»Nichts. Probier es aus. Falls du Probleme hast, kann ich dir helfen.«

»Nicht nötig. Das ist ein Kinderspiel für mich.« Flottmann nahm ein Exemplar in die Hand. Aber sein erster Versuch endete nicht so, wie er gedacht hatte. Das Hinterteil riss ab, und das Fleisch blieb stecken. Mühsam gelang es ihm, den Inhalt mit den Fingernägeln freizulegen.

»Ich hab die Zeit gestoppt.« Hilgersen stand auf und kam an Flottmanns Schreibtisch. Er hielt seinen Taschenrechner in der Hand. »Du hast eine Minute und fünfundzwanzig Sekunden gebraucht. Wobei die Schwanzhälfte noch drinnen steckt. Ein Kilogramm sind so etwa fünfhundert Porren. Das macht nach Adam Riese ...« Er tippte auf seinem Rechner herum. »Siebenhundertacht Minuten, also knapp zwölf Stunden. Vielleicht solltest du Lena anrufen, dass es das Krabbenbrot erst zum Frühstück gibt.«

»Deine Kommentare sind wie immer destruktiv, Gustl. Ich brauche lediglich etwas Übung. Das ist alles.« Flottmann zog ein weiteres Exemplar aus der Tüte. Das Ergebnis seiner Bemühung unterschied sich nicht wesentlich von dem aus seinem ersten Versuch.

»Knacken – ziehen – lösen«, erklärte Hilgersen und entnahm ebenfalls eine Krabbe. Er packte den Kopf zwischen Daumen und Zeigefinger der linken Hand, mit der anderen fasste er den Körper und drehte ihn. Dann zog er den hinteren Schalenteil ab, um anschließend das Fleisch vom Kopf zu lösen. Er hielt Flottmann das Ergebnis kurz vor die Nase, bevor er es im eigenen Mund verschwinden ließ. »Jetzt weißt du, wie das geht. Wie gesagt kann ich dir auch helfen, wenn du möchtest.«

»Nee. Mit dem Trick schaffe ich das spielend alleine. ›Knacken, ziehen, lösen‹, hast du gesagt? Kein Problem. Das kann ich behalten. Ich mach dann mal Feierabend.«

»Grüß Lena von mir.«

»Mach ich.« Flottmann verstaute den Einkauf in seiner Aktentasche und verließ das Büro.

Zu Hause angekommen, fütterte er wie stets zuerst Kater Bogomil. Dann nahm er eine Schüssel für die Schalen und einen Teller für das Fleisch aus dem Küchenschrank, setzte sich an den Wohnzimmertisch und begann mit der Arbeit. Es galt keine Zeit zu verlieren, denn Lena hatte sich für neunzehn Uhr angekündigt.

Bogomil kam nach einiger Zeit herein, sprang auf die Couch und schnupperte kurz. Er gab ein »Miau« von sich, rollte sich zusammen und schloss schnurrend die Augen.

»Knacken, ziehen, lösen«, hatte Hilgersen gesagt. Das mit dem Knacken funktionierte nach einigen Versuchen leidlich. Beim Ziehen riss allerdings ständig der Schwanz samt Inhalt ab. Den musste er dann aufwendig herauspulen, indem er die Segmente des Panzers einzeln ablöste. Das kostete viel Zeit. Doch nach und nach verbesserte er seine Technik. Trotzdem war das Ergebnis nach einer halben Stunde überschaubar. Langsam kamen ihm Zweifel, ob er sich nicht zu weit aus dem Fenster gelehnt hatte, als er Lena großspurig versprochen hatte, für sie zu kochen. »Wattenbrot« hatte sie das Gericht genannt, das sie so gerne aß. Im Internet kursierten auch Namen wie »Halligbrot« oder einfach »Krabbenbrot«. Vollkornscheiben, belegt mit reichlich Nordseegarnelen, darüber eine Schicht Rührei, gewürzt mit Pfeffer, Salz und Schnittlauch. Das klang lecker und einfach. Wenn nur das verdammte Pulen der Viecher nicht dazugehört hätte. Kurz überlegte Flottmann, ob er nicht doch noch Hilgersen zu Hilfe ziehen sollte. Aber er gönnte dem Kollegen den Triumph nicht, und er wusste, dass Hilgersen die Geschichte später bei jeder passenden Gelegenheit genüsslich hervorzaubern würde.

Nach einer weiteren halben Stunde wurde Flottmann nervös. Die Zeit lief ihm davon. Immerhin hatte er ungefähr ein Viertel der Arbeit geschafft. Doch auf dem Teller wirkte das Häuflein ohne die Schalen ziemlich verloren. Er brauchte jetzt unbedingt ein Bier, um neue Kräfte zu sammeln. Also ging er in die Küche und holte eine Flasche Flensburger aus dem Kühlschrank. Begleitet von einem lauten »Plopp« öffnete er den Bügelverschluss und trank den halben Inhalt in einem Zug aus.

Irgendetwas irritierte ihn, als er wieder das Wohnzimmer betrat. Wie so oft eilte sein Gefühl dem Verstand voraus. Bogomil war aufgewacht und putzte sich in der Ecke der Couch. Er saß auf den Hinterbeinen, den Rücken seinem Herrchen zugewandt. Die Schwanzspitze bewegte sich rhythmisch hin und her, und die Ohren waren in Habachtstellung ausgerichtet.

Flottmanns Blick wanderte zu den Krabben, das heißt zu dem Teller, auf dem sie hätten sein sollen. Mit einer Mischung aus Unglauben und Wut trat er näher an den Tisch heran. Er stellte seine Bierflasche ab. Nur langsam gelang es ihm, den Diebstahl in seiner ganzen Tragweite zu erfassen. Der Täter hatte keine einzige Garnele übrig gelassen und das Porzellan fein säuberlich abgeleckt. Flottmann schüttelte den Kopf, als könne er immer noch nicht glauben, was er sah.

Ohne Zweifel hatte der Dieb dabei seine DNA hinterlassen. Als hätte es eines weiteren Beweises bedurft, ging Flottmann um den Tisch herum und beugte sich zum Verdächtigen hinunter. »Hauch mich mal an«, zischte er dem Tier entgegen.

Bogomil wich zurück. Flottmanns Stimme wurde lauter. »Du verdammtes Mistvieh!«

Der Kater zuckte ein paarmal mit dem Schwanz und bildete einen angedeuteten Buckel, zog es aber dann doch vor, eine Auseinandersetzung zu vermeiden. Er sprang vom Sofa und verkroch sich in einem seiner Verstecke.

Flottmann ließ sich in einen Sessel fallen, nahm seine Bierflasche und trank sie aus. Sein Blick fiel auf die Schüssel mit den restlichen ungepulten Krabben. Nein, nicht noch einmal diese Tortur. Lieber würde er beim Türken Döner bestellen oder beim Italiener zwei Pizzen.

Kurz entschlossen griff er zum Telefon und rief Lena an.

»Hallo, Waldemar. Ich bin schon fast auf dem Weg zu dir. Du wolltest doch nicht etwa absagen, oder?«

»Nein. Jedenfalls nicht so direkt. Ich dachte, wir könnten essen gehen. Ich kenne da ein nettes Restaurant am Hafen.«

»Eigentlich hatte ich mich auf einen gemütlichen Abend bei dir eingestellt. Du wolltest doch für mich kochen.«

»Ja. Aber …« Flottmann suchte nach den richtigen Worten für eine Ausrede. Schließlich entschied er sich für die Wahrheit. »Ich hatte so meine Schwierigkeiten mit den Krabben. Und dann hat Bogomil auch noch alle ausgepulten aufgefressen.«

Aus dem Hörer drang schallendes Gelächter. Flottmann merkte, wie ihm das Blut vor Ärger in den Kopf schoss.

»Entschuldige«, beendete Lena ihren Lachanfall. »Tut mir leid.«

»Kannst du die Dinger pulen?«, fragte er nach einer Pause. »Ich hab noch eine ganze Menge mit Schale.«

»Fein. Ja, als Kind hab ich das oft gemacht. So etwas verlernt man nicht. Ich fahre sofort los. Es wird bestimmt ein toller Abend werden.«

Flottmann hörte sie erneut auflachen, bevor er auflegte.

Es wurde ein schöner Abend. Geduldig unterrichtete Lena Flottmann im Krabbenpulen, und nach einer guten Stunde hatten sie genug Material für das Wattenbrot, das sie gemeinsam zubereiteten. Anschließend genossen sie ihre Kreation bei einer Flasche Weißwein. Auch der Rest des Abends verlief nach Flottmanns Vorstellungen. Sein Groll auf Bogomil war verflogen.

8

Leon Gerber hatte versprochen, am Sonntagnachmittag seine Gitarre mitzubringen. Wie jedes Wochenende war er bei Laura zu Kaffee und Kuchen eingeladen. Die Treffen verliefen immer harmonisch. Er musste sich nicht verstellen. Sowohl Laura als auch Sophia nahmen ihn so, wie er war.

An Sophias achtem Geburtstag hatte er versucht, mit der feiernden Kinderhorde zu spielen und zu singen, hatte aber schon nach einem Lied abbrechen müssen, weil er den Lärm nicht hatte ertragen können. Weder Laura noch Sophia hatten ihm das übel genommen. Beide hatten mit der Zeit gelernt, mit seiner Hochsensibilität, die sich als extreme Geräuschempfindlichkeit äußerte, umzugehen. Den Kampf gegen seine Sensibilität hatte Gerber aufgegeben. Laura hatte ihn überzeugt, sie als Gabe und nicht als Behinderung zu verstehen. Das war ihm zunächst schwergefallen, gelang ihm aber immer besser, seit er der Polizei mit seinen Fähigkeiten hatte helfen können.

Doch die Konfrontation mit Tod und Verbrechen belastete ihn zunehmend. Seit er von einem Verrückten entführt und in Todesangst versetzt worden war, verfolgten ihn Alpträume. Sogar die aus seiner Kindheit brachen sich wieder Bahn. Manchmal glaubte er, Stimmen zu hören, nachts und auch tagsüber.

Gerber sprach mit niemandem darüber. Auch nicht mit Laura. Natürlich war ihr klar, dass er nie der starke Mann an ihrer Seite sein würde. Aber als psychisch labil oder gar krank wollte er nicht vor ihr dastehen.

Sophia empfing Gerber mit einer stürmischen Umarmung, noch bevor Laura ihm den Begrüßungskuss aufdrücken konnte. Er trug den Gitarrenkoffer ins Esszimmer, wo bereits der Kaffeetisch gedeckt war.

»Spielst du nachher wieder das Lied von den Dinosauriern und das von den Planeten?«, fragte Sophia.

»Ich spiele, was du willst. Du bestimmst.«

»Für mich musst du den Song über die Polarlichter bringen«, sagte Laura. »Erinnerst du dich an die bunten Lichter, die wir in Lüttmoorsiel gesehen haben, Sophia?«

»Klar. Die kommen vom Sonnenwind.«

»Richtig«, bestätigte Gerber.

Laura hatte eine Schwarzwälder Kirschtorte gebacken. Gerber hatte sein zweites Stück gerade aufgegessen, als Sophia drängelte, mit der Musik zu beginnen. Er, dem in anderen Situationen jeder falsche Ton physische Schmerzen bereitete, genoss die unbefangene Art, mit der Sophia und Laura zur Gitarre sangen. Es war wie eine Therapiestunde, in der er seinen zwanghaften Perfektionsdrang weitgehend ablegen konnte. Der Planetensong, den er für Sophia geschrieben und auf YouTube gestellt hatte, durfte auch an diesem Nachmittag nicht fehlen. Er erzählte von den acht Planeten des Sonnensystems.

Wir machen eine Radtour zum Planeten Merkur,
wir machen eine Radtour zum winzig kleinen Merkur.
Wir fahren mit dem Bus zum Planeten Venus,
wir fahren mit dem Bus zur strahlend hellen Venus.
Wir reisen durch das All,
viel schneller als der Schall.
Wir reisen durch das All,
viel schneller als der Schall.

Wir satteln unsre Pferde und reiten um die Erde,
wir satteln unsre Pferde, erkunden Mutter Erde.
Wir haben riesig Spaß auf dem Weg zum Mars,
wir haben riesig Spaß auf dem roten Mars.
Wir reisen durch das All,
viel schneller als der Schall.
Wir reisen durch das All,
viel schneller als der Schall.

Wir tanken tausend Liter für den Start zum Jupiter,
wir tanken tausend Liter für den Riesen Jupiter.
Auch bleibt nicht ungeschorn von uns Planet Saturn,
auch bleibt nicht ungeschorn der Ringplanet Saturn.
Wir reisen durch das All,
viel schneller als der Schall.
Wir reisen durch das All,
viel schneller als der Schall.

Die drei sangen und lachten. In solchen Momenten vergaß Gerber alle Sorgen. Zum Abschluss trug er das Stück über die Nordlichter vor. Es hatte eine besondere Bedeutung, da er es ganz spontan in der Nacht erschaffen hatte, als Laura und er sich zum ersten Mal nähergekommen waren.

»Das ist wunderschön«, sagte Laura nach der letzten Strophe. »Wann wirst du endlich eine CD mit diesem und anderen Liedern herausbringen?«

»Ich weiß nicht. Im Moment hab ich nicht die notwendige Ruhe dafür.«

Laura lächelte und schüttelte gleichzeitig den Kopf. Sie kannte seinen Hang zur Perfektion und wusste, dass er niemals mit seiner Musik zufrieden war. Dass er noch andere Gründe für seine Blockade hatte, konnte sie nur ahnen.

Am nächsten Tag fuhr Gerber mit seiner Martin nach Husum. Die Bünde mussten ausgetauscht werden. Seine Lieblingsgitarre musste perfekt sein. An das wertvolle Stück ließ er nur einen Fachmann heran. Das einzige Musikgeschäft der Stadt hatte vor einiger Zeit aufgegeben. Zu groß war die Konkurrenz durch den Onlinehandel. Aber Gerber kannte einen der ehemaligen Mitarbeiter, der solche Arbeiten erledigte. Er hatte sich telefonisch bei ihm angemeldet.

Gerber stellte sein Auto auf dem Parkplatz »Schiffbrücke« ab und ging mit seinem Gitarrenkoffer Richtung Innenstadt. Das Wetter meinte es gut mit den Betreibern der Cafés und

Restaurants. Es war warm, und die Außenplätze unter den Schirmen waren gut belegt. Erst wenn die Sonne in einer Stunde hinter den Häusern der Hohlen Gasse versank, würde es kühl werden.

Gerbers Weg führte durch die Krämerstraße, vorbei an den Häusern verschiedener Stilepochen, in denen kleine Fachgeschäfte und ein weit über Husum hinaus bekanntes Modehaus zum Einkaufen einluden. Gerber blieb mit seinem Gitarrenkoffer in der Hand vor einem Straßenmusiker stehen. Der Mann war circa dreißig Jahre alt, trug Jeans, ein kariertes Hemd und darüber eine bunte Wollweste. Der Hut zu seinen Füßen enthielt einige wenige Münzen, was allerdings keine Rückschlüsse auf seine Tageseinnahmen zuließ. Er spielte auf einer Mundharmonika zu Playback-Klängen aus einer Lautsprecherbox. Als er Gerber sah, unterbrach er sein Spiel und stellte den Verstärker ab.

»Ich bin Fred. Machst du mit?«, fragte er und deutete auf den Gitarrenkoffer.

Die spontane Frage überraschte Gerber. Er hatte noch nie auf der Straße gespielt. Zwischen all den hektischen und lärmenden Menschen würde er es nicht lange aushalten. Aber er hegte große Sympathie für Straßenmusiker, die mit Leidenschaft musizierten und das Stadtbild mit ihrer Kunst bereicherten. Manche verdienten gutes Geld dabei, einige wenige schafften sogar den Sprung zu kommerziellem Erfolg. Die meisten blieben aber unbekannt und waren dankbar für jeden Cent, den ihnen Zuhörer in den Hut warfen.

Gerber überlegte nicht lange. »Ich heiße Leon – okay, versuchen wir es.« Er stellte den Koffer ab und nahm seine Gitarre zur Hand. Da er keinen Gurt dabeihatte, war es für ihn etwas unkomfortabel, im Stehen zu spielen. Er setzte seinen rechten Fuß auf einer Kiste ab, in der Fred persönliche Dinge und selbst gebrannte CDs aufbewahrte. Sie begannen mit dem »Fishing Blues«, zu dem Fred mit rauer Stimme sang. Bei »Cocaine« übernahm Gerber den Gesangspart.

Es bildete sich eine Menschentraube um die beiden Musiker, und der Hut füllte sich mit Münzen. Auch im Gitarrenkoffer landete Kleingeld. Nach dem fünften Song war es für Gerber Zeit zu gehen. Er sammelte die Münzen aus dem Koffer ein und warf sie in den Hut. Dann verstaute er sein Instrument.

»Die Hälfte gehört dir«, sagte Fred.

Gerber winkte ab. »Mach's gut. Es war mir eine Ehre.« Er war stolz darauf, dass er seinen Part trotz der widrigen Umgebung gut über die Bühne gebracht hatte.

Der gelernte Zupfinstrumentenmacher und Gitarrenbauer Stefan Steffens wohnte im Schlossgang. Seine Werkstatt befand sich im Schuppen eines Hinterhofs. Von außen sah das Gebäude wenig vertrauenerweckend aus. Aber innen war der Raum professionell eingerichtet. Es roch nach frischem Holz und Leim. An den Wänden hingen Plakate sowie Saiteninstrumente unterschiedlicher Hersteller.

Steffens hatte gerade eine »Larrivee« auf seiner Werkbank. Als er den Kunden sah, unterbrach er sofort seine Arbeit.

»Dann zeig mir mal das gute Stück.«

Gerber stellte den Koffer auf einem Tisch ab und öffnete ihn.

»Also neue Bundstäbchen?«, fragte Steffens und nahm die Gitarre in die Hand.

Gerber nickte.

»Kein Problem. Wann brauchst du sie wieder?«

»Möglichst schnell.«

»Ich ruf dich an, sobald sie fertig ist. Ein paar Tage wird es schon dauern.«

»Okay, danke.«

Als Gerber die Werkstatt verließ, suchten ihn widersprüchliche Gefühle heim. Seine Martin einem Fremden zu geben fiel ihm nicht leicht, auch wenn er sie in guten Händen wähnte.

9

Markus Reinke kippte den Köm hinunter. Der schmeckte scheußlich, aber betäubte leidlich und bewirkte, dass die Erinnerungen an Helena in einem freundlichen Licht erschienen. Auch nach Annas Tod hatte es gute Tage gegeben. Sie waren rar geworden, aber es hatte sie gegeben. Der Urlaub in Griechenland hatte dazugehört. Wie von Zauberhand waren die Probleme verschwunden gewesen. Heute wusste er nicht mehr, ob sich beide lediglich um eine gute Stimmung bemüht hatten oder ob die andere Umgebung das Unmögliche bewirkt hatte. Leider hatte sich das Phänomen später nicht wiederholen lassen.

Aber jetzt dachte er an den Strand, an ihr Lachen und an die Abendstunden in der Taverne, ganz in der Nähe des Hotels. Vollständig unbeschwert waren sie gewesen. Jedenfalls in der Erinnerung.

Reinke hatte ein Bild von ihr vor sich auf dem Tisch liegen. Ein altes aus glücklichen Tagen. Äußerlich hatte sie sich bis zum Schluss kaum verändert. Die zierliche, sportliche Figur, das schulterlange rotblonde Haar, die strahlenden Augen und die feinen Grübchen um die Mundwinkel waren geblieben. Auf dem Bild waren diese nicht zu erkennen, aber seine Erinnerung ergänzte sie und weitere Details beim Betrachten.

Das Foto war vor Annas Tod entstanden. Er brauchte es, um sich für seine Aktionen zu motivieren. Das, was er tat, war er Helena schuldig. Eine kleine Wiedergutmachung für die Versäumnisse in der Zeit, als sie seine Hilfe gebraucht hätte. Anstatt ihr in der schweren Zeit beizustehen, hatte er ihr Vorwürfe gemacht. Nicht direkt, aber unterschwellig. Sie hatte ihre Aufsichtspflicht verletzt, wie die Juristen es nannten. Anna war im Gartenteich des Nachbarn ertrunken. Helena hatte sie nur für wenige Minuten aus den Augen gelassen. Ihm hätte das Gleiche passieren können, auch wenn er es damals nicht hatte wahrhaben wollen. Alle Wiederbelebungsversuche der herbeigerufenen Rettungskräfte waren gescheitert. Als ihn die Nachricht auf der Arbeitsstelle erreichte, war die Welt über ihm zusammengebrochen. Niemals hätte er sich vorstellen können, dass alles noch schrecklicher werden würde. Helena hatte ihn an ihrem Geburtstag verlassen. Vielleicht hatte sie ihn auf die Art bestrafen wollen. Die Strafe hatte er verdient.

Mit seinem Vorhaben wollte er etwas wiedergutmachen, obwohl das nicht möglich war. Alles musste gut vorbereitet sein, damit nichts schiefging. Irgendwann würde man auf ihn kommen. Aber bis dahin wollte er seine »Projekte« zu Ende bringen. Danach war ihm egal, was mit ihm geschah. Schlimmer als das, was er durchgemacht hatte, konnte es nicht werden. Vielleicht entkam er sogar einer Bestrafung. Die Menschen würden ihn verstehen, und ihre Sympathie würde ihm gelten.

Das Unberechenbarste für das anstehende Vorhaben war das Wetter. Das konnte an der Küste launisch sein und sich in wenigen Stunden verändern. Die Prognosen erwiesen sich nicht immer als zuverlässig. Reinke nahm sein Notizbuch zur Hand. Dort wollte er alles aufschreiben, seine Gefühle, die Beweggründe sowie die Details seiner Planung, für sich und für alle anderen. Die Leute mussten aufgerüttelt werden. Und das ging nur mit spektakulären Aktionen. Die Welt wurde dermaßen mit Nachrichten überschüttet, dass er auf andere Art kein Gehör fand. Was Helena widerfahren war, durfte sich nicht wiederholen. Vielleicht konnte er ihrem Tod am Ende noch einen gewissen Sinn geben. Wenn ihm das gelang, war seine Mission erfüllt, und er würde endlich Ruhe finden.

***

Laut Horoskop sollte es eine ausgeglichene Woche ohne besondere Ereignisse werden. Allerdings traute Petra Hinrichsen den Prognosen aus der Fernsehzeitschrift nicht. Trotzdem las sie die vermutlich mit einem Computerprogramm generierten Texte stets mit einem gewissen Vergnügen. Schließlich konnte sie sich schon allein aus Kostengründen nicht ständig ein individuelles Horoskop erstellen lassen. Das leistete sich die Vierzigjährige maximal einmal im Monat. Den Aussagen der Astrologin konnte sie vertrauen, auch wenn nicht immer alles genau zutraf. Die Frau verstand ihr Handwerk, und darauf kam es an.

Petra Hinrichsen lief über den Friedhof zum Grab ihrer Eltern. Der Himmel war bedeckt, und es wehte ein kräftiger Wind, wie so oft an der Küste. Sie wollte ein paar Schnittblumen in die Vase stellen und gegebenenfalls etwas Unkraut rupfen. Gießen musste sie nicht. Es hatte am Vortag ergiebig geregnet, und die Bepflanzung überstand auch trockene Perioden.

Sie schwenkte in den Weg, an dessen Ende die Ruhestätte lag. Ihre Mutter war nicht einmal siebzig Jahre alt geworden. Ihr Vater war wenige Monate danach mit zweiundsiebzig gestorben. Fast so, als hätten sie sich für das Jenseits verabredet.

Petra hatte das Grab erreicht, als sie Schritte hinter sich vernahm. Sie ignorierte die ersten Anzeichen einer nahenden Gefahr. Doch ein kalter Schauer lief ihr über den Rücken. Ihr Unterbewusstsein signalisierte, dass irgendetwas an der Situation nicht stimmte. Bevor sie sich umdrehen konnte, spürte sie, wie sich ein Arm um ihren Hals legte und sie nach hinten zog. Sie ließ die Blumen fallen und versuchte, sich aus dem Würgegriff zu befreien. Aber gegen den muskulösen Angreifer hatte sie keine Chance. Noch während sie nach Luft rang, presste der ihr ein stinkendes Tuch auf Mund und Nase. Ihre Sinne schwanden. Sie spürte Übelkeit aufkommen. Mit letzter Kraft trat sie rückwärts gegen das Bein des Fremden. Sie hörte einen unterdrückten Schmerzensschrei. Für einen kurzen Moment ließ der Druck an ihrem Hals nach. Das Tuch fiel zu Boden, aber bevor sie schreien konnte, hielt der Mann ihr den Mund mit der Hand zu. Einer seiner Finger presste sich zwischen ihre Lippen. Petra biss zu, so fest sie konnte. Gleichzeitig verpasste sie ihm einen weiteren Tritt mit den Hacken. Vielleicht hatte sie empfindliche Weichteile getroffen. Sie konnte sich aus der Umklammerung befreien und rannte los, den Weg entlang, quer über die Gräber. Erst als sie sich sicher war, dass ihr niemand folgte, stoppte sie und blickte sich um. Nur eine alte Frau mit Gehwagen war zu sehen. Der Angreifer war verschwunden.

Petra Hinrichsen setzte sich auf den Brunnenrand an einer Wasserstelle. Sie atmete schwer und war immer noch benommen. Mit der Rechten griff sie in das trübe Wasser und spritzte es sich ins Gesicht. Langsam kehrten die Lebensgeister zurück. Sie hatte instinktiv und ohne Überlegung gehandelt, aber genau das Richtige getan.

Nach einer Weile zückte sie ihr Handy und wählte die Notrufnummer. Bis Hilfe eintraf, würde sie sich nicht vom Fleck rühren.

Es verging endlose Zeit, bis zwei Uniformierte eintrafen. Sie musste den Hergang schildern. Eine brauchbare Beschreibung des Täters konnte sie nicht abgeben. Er hatte dunkle Kleidung getragen und war kräftig gewesen. Das war alles, woran sie sich erinnerte. Die Polizisten forderten einen weiteren Einsatzwagen an, um die Umgebung des Friedhofs abzusuchen. Petra führte sie zu dem Ort des Überfalls. Dort lagen noch die Schnittblumen, aber das Tuch mit der übel riechenden Flüssigkeit war verschwunden.

Auf dem Revier musste sie ihre Oberbekleidung abgeben. Für eine Untersuchung auf Fremd-DNA, erklärte man ihr. In einer viel zu weiten und abgenutzten Jacke und einer ausgedienten Uniformhose saß sie vor einem Beamten, der ihre Schilderungen in die Tastatur eines Computers eintippte. Aus seinen Fragen und Bemerkungen schloss sie, dass die Polizei von einer versuchten Vergewaltigung ausging. Nach der Befragung brachte sie ein Streifenwagen nach Hause.

Sie schloss die Wohnungstür ab, schaltete die Stereoanlage ein, legte sich auf die Couch und stülpte sich die Kopfhörer über. Das tat sie immer, wenn sie für ein paar Stunden der Realität entfliehen wollte. Nach Helenas Tod hatte sie Tage mit Neil Young und Mark Knopfler verbracht. Andere ertränkten ihren Kummer in Alkohol, sie hatte ihre eigene Methode. Laut musste die Musik sein, damit sie alle negativen Gefühle überdeckte. Das funktionierte auch an diesem Abend. Sie war einer Vergewaltigung entkommen. Sie konnte stolz auf sich sein, dass sie den Angreifer in die Flucht geschlagen hatte. Die Gefahr war vorbei, doch alleine würde sie ganz sicher nicht mehr auf den Friedhof gehen. Ihr Ex-Lebensgefährte Robert würde sie begleiten. Sie überlegte, ob sie ihn anrufen und ihm alles erzählen sollte. Nein, besser morgen. Sie betätigte die Fernbedienung und drehte die Lautstärke noch ein Stück weiter auf.

***

Helenas Tagebuch, 31. August

Obwohl Markus nicht zu Hause ist, kann ich heute nicht viel schreiben, weil ich tieftraurig bin. Ich hab mir die ganze Zeit etwas vorgemacht. Anna ist tot und kommt nie mehr zurück. Und ich bin schuld daran. Wir haben ihr Zimmer abgeschlossen. Niemand soll es betreten. Niemand soll ihre Spielsachen berühren. Auch Markus gibt mir die Schuld an Annas Tod, doch er spricht es nicht aus. Es tut mir so unendlich leid, Anna. Vielleicht kann ich es wiedergutmachen. Ich hätte besser auf dich aufpassen müssen. Bitte, verzeih mir.

10

Bauer Lothar Erichsen schüttelte den Kopf. Nun war es also auch auf seinem Feld passiert. Bisher hatte er Ähnliches nur auf Fotos aus England und Dänemark gesehen. Eines auch aus Bayern. Und jetzt gab es einen Kornkreis auf seinem Acker. Der Flurschaden schien nicht unerheblich, aber doch einigermaßen begrenzt zu sein. Das Gebilde konnte man als Kunstwerk durchgehen lassen. Nicht nur einfach Kreise, sondern eine komplexe Struktur war zu erkennen, auch wenn man vom Boden aus nur einen Teil davon überblicken konnte.

Erichsen bückte sich und strich mit der Hand über die Pflanzen. Erstaunlicherweise waren sie nicht geknickt, sondern gebogen. Jedenfalls galt das für die meisten Pflanzen innerhalb der Struktur. Er richtete sich wieder auf und ließ seinen Blick in die Ferne schweifen. Natürlich waren die Übeltäter über alle Berge. Wahrscheinlich waren sie in der Nacht gekommen. Es blieb die Frage, wie sie es angestellt hatten. Wenn sie schweres Gerät dabeigehabt hatten, mussten dessen Spuren an einer Stelle bis zum Kornkreis führen. Eigentlich hatte Erichsen Besseres zu tun, als sich um den Schabernack zu kümmern. Aber sein Interesse war geweckt. Vielleicht war ja doch etwas dran an den Berichten über geheimnisvolle Kräfte und Außerirdische. Er entschloss sich, der Sache auf den Grund zu gehen.

Langsam schritt er den äußeren Kreis ab, die Augen auf den Boden gerichtet. Das Objekt war so groß, dass er mehr als eine halbe Stunde benötigte, um es zu umrunden. Nirgendwo konnte er Spuren von Maschinen erkennen, kein Traktor oder Geländewagen, der ins Feld gefahren war. Die Übeltäter mussten zu Fuß gekommen und die Halme bearbeitet haben. Jedenfalls, wenn es Menschen gewesen waren, wovon Bauer Erichsen immer noch ausging.

Mit dem Ärmel des Overalls wischte er sich den Schweiß von der Stirn und zückte das Handy. Sein Sohn Siegfried war sofort am Telefon.

»Wir haben einen Kornkreis«, sagte Erichsen senior.

»Was?«

»Du hast richtig gehört, einen Kornkreis. Ein ziemlich großes Ding sogar.«

»Großartig!«

Erichsen wusste nicht, ob der Begeisterungsausruf ernst gemeint war.

»Komm mit deinem fliegenden Dingsda rüber und mach Aufnahmen davon.«

»Mit meinem Quadrocopter?«

»Ja. Ich will das dokumentieren. Vielleicht kriegen wir eine Entschädigung. Ich glaub das zwar nicht. Aber egal, ich will, dass du das von oben filmst.«

»Okay. Ich bin gleich bei dir.«

»Ich warte am Bachweg.«

Nach einer Viertelstunde fuhr Erichsen junior mit seinem alten Jeep vor. Der rotblonde muskulöse Fünfundzwanzigjährige überragte seinen Vater um eine Kopflänge. Er nahm den Aluminiumkoffer von der Ladefläche und packte die Drohne aus. Nach wenigen Minuten war das Fluggerät betriebsbereit und hob ab.

Auf dem Smartphone konnten sie die Bilder der Kamera verfolgen. Aus großer Höhe war das gesamte Gebilde zu erkennen. Es sah aus wie der Buchstabe »M«, mit einem Pfeil am Ende des Schriftzugs.

»Was soll das sein?«, fragte Bauer Erichsen.

»Keine Ahnung. Aber da machen wir was draus«, antwortete sein Sohn. Er ließ den Quadrocopter noch ein paar Runden drehen, um ihn dann auf der asphaltierten Straße aufzusetzen.

»Was meinst du mit ›Da machen wir was draus‹?«

»YouTube, Presse, Rundfunk, vielleicht auch Fernsehen.«

»Und was soll das?«

»Dann kommen Scharen von Schaulustigen herbei.«

»Und zertrampeln das ganze Weizenfeld.«

»Nee. Die dürfen nur entlang der Spuren laufen. Und natürlich nehmen wir Eintritt dafür.«

»Du spinnst ja.«

»Von wegen. Die zahlen gerne einen kleinen Obolus, um so etwas zu sehen. Der Betrag wird zumindest reichen, um den Schaden zu begleichen.«

Bauer Erichsen nahm seine Schirmmütze ab und fuhr sich mit den Fingern durch das graue Haar. Dann setzte er die Mütze wieder auf. »Dat is doch dumm Tüüch.«

»Is dat nich!«

»Mok, wat du wullt.«

Bauer Erichsen machte eine wegwerfende Handbewegung und ging. Er hatte das Interesse an der Sache verloren, und es wartete ein Haufen Arbeit auf ihn.

Der Junior betrachtete noch einmal den aufgenommenen Film. Je nach Perspektive konnte man die Figur unterschiedlich interpretieren. Die Form des Buchstabens »M« mit dem Pfeil kam ihm bekannt vor. Irgendwo hatte er das Symbol bereits einmal gesehen. Wenn er den Film auf YouTube stellte, würde er sicher Hinweise auf die Bedeutung erhalten.

Noch am selben Tag lud er das Video hoch, und ein Foto des Kornkreises schickte er an die örtliche Presse. Nachrichten aus der Region wurden immer gerne in den Lokalteil der Zeitung aufgenommen.

Die Klicks auf YouTube überstiegen seine Erwartungen. Obwohl Kornkreise regelmäßig jedes Jahr auftraten, schienen sie nicht an Faszination verloren zu haben. Bald wurden auch die ersten Vermutungen über die Bedeutung des Symbols gepostet. Die meisten Kommentare behaupteten, dass es sich um das Sternzeichen Skorpion handelte. Erichsen fand die Vermutung nach kurzen Recherchen im Internet bestätigt. Es blieb die Frage, wer den Kornkreis erschaffen hatte und ob derjenige eine bestimmte Botschaft damit vermitteln wollte. Erichsen glaubte nicht an das Werk von Aliens. Aber er wollte sich mit seiner Meinung zurückhalten. Je abstruser die Theorien, desto besser für das Geschäft. Denn er hatte vor, die einmalige Chance zu nutzen.

Die Nachricht in der Presse, die am nächsten Tag erschien, zeigte sofortige Wirkung. Zwar wurde in dem Artikel nicht der genaue Standort angegeben, aber auf den hatte Erichsen in seinem YouTube-Video hingewiesen. Theorien über die Entstehungsursachen ließen nicht lange auf sich warten. Natürlich vermuteten viele das Wirken außerirdischer Mächte. Aber auch über den Einfluss von Magnetfeldern, Bodenbeschaffenheiten und elektrisch geladener Wirbelwinde wurde fleißig spekuliert.

Und wie erhofft pilgerten schon am nächsten Tag die ersten Menschen zu der Stätte, um Energie zu tanken. Wünschelrutengänger und Pendler bestätigten die außerordentliche Ansammlung positiver Kräfte. Experten reisten von weit her an, um das Phänomen zu untersuchen. Aber das Beste war, dass die Kasse klingelte, die Erichsen am Eingang mit einem diskreten Hinweis auf den Flurschaden positioniert hatte. Die umfunktionierte antike Milchkanne füllte sich mit Münzen und Scheinen.

Eine besondere Geschäftsidee hatte sich Erichsen für den Zeitpunkt aufbewahrt, wenn der Trubel vorbei war. Das aus dem Korn des Kornkreises gewonnene Mehl wollte er in kleinen Portionen verkaufen. Er war sich sicher, dass die Kunden wild darauf waren, daraus energiegeladenes Brot zu backen. »Dumm Tüüch«, hatte sein Vater gesagt. Von wegen! Das zusätzliche Geld konnten sie gut für den neuen Traktor gebrauchen, der schon seit Jahren auf der Anschaffungsliste stand.

Erichsen selbst war überzeugt, dass der Kornkreis von Menschenhand geschaffen worden war. Aber wer hatte den Aufwand betrieben? Irgendwelche Freaks, die sich lediglich einen Spaß daraus gemacht hatten? Wieso hatten sie das Skorpionsymbol gewählt? Hatte das eine besondere Bewandtnis?

Auch wenn es für das Geschäft irrelevant war, so hätten ihn die Antworten auf die Fragen doch interessiert.

Gegen Abend leerte er die Milchkanne, ließ sie aber am Eingang stehen. Er rechnete damit, dass noch einige Pilger vorbeikamen, um die besondere Atmosphäre in der Nacht zu erleben. Der eine oder andere würde sicher ein paar Euro spendieren.

11

Seit dem Überfall auf dem Friedhof hatte Petra ein permanentes Unsicherheitsgefühl. Egal, wo sie war, stets glaubte sie, von jemandem beobachtet oder gar verfolgt zu werden. Durch das Ereignis war ihr Leben ein Stück weit aus den Fugen geraten. Überhaupt wusste sie nicht, wie alles weitergehen sollte. Beruflich lief es ganz und gar nicht rund. Sie hoffte auf eine Beförderung zur Teamleiterin, aber ihr Vorgesetzter schien noch nicht so recht von ihren Managerqualitäten überzeugt zu sein. Irgendwie verharrte alles in ihrem Leben in der Schwebe. Immer wieder fragte sie sich, ob es nicht ein Fehler gewesen war, sich von Robert zu trennen. Es wurde Zeit, etwas mehr über die Zukunft zu erfahren. Das war immer gut, um die richtigen Weichen stellen zu können. Deshalb hatte sie einen Termin mit ihrer astrologischen Beraterin Mila Hus vereinbart.

Mila Hus wohnte in Bredstedt, eine knappe halbe Stunde mit dem Auto nördlich von Husum. Auch das Kartenlegen gehörte zu ihrer Beratungstätigkeit, und sie nahm sich viel Zeit für ihre Kunden. Ihr Honorar war nicht gerade niedrig, aber das Wissen um die Zukunft war Petra jeden Cent wert.

Auch ihre Freundin Helena war auf Petras Anraten mehrmals bei Mila Hus gewesen und hatte ganz begeistert von ihr gesprochen. Petra wollte die Astrologin auch dieses Mal nicht auf Helena ansprechen. Vermutlich wusste sie bereits über Helenas Tod Bescheid.

Es war fünfzehn Uhr, als sie bei ihr eintraf. Mila Hus empfing sie wie stets in einem kleinen abgedunkelten Zimmer mit alten Möbeln. Der Schreibtisch mit dem Computerbildschirm passte nicht so recht in das gediegene Ambiente. Neben der Tastatur lag ein Stapel antiquarischer Bücher. An der Wand hing ein Poster mit den Tierkreiszeichen, aber auch eines, das eine Aufnahme des Weltraumteleskops Hubble zeigte, den

Pferdekopfnebel. Die Ausstattung wirkte etwas klischeebeladen, aber sorgte für die passende Atmosphäre.

Mila Hus hatte ein buntes Tuch um den Hals geschlungen, trug jedoch ansonsten schwarze Kleidung. Über dem Tuch baumelte eine Kette mit einem riesigen Amulett. Das lange braune Haar hatte sie zu einem Zopf zusammengebunden. Sie war Anfang fünfzig, etwas übergewichtig und hatte ein sonnengebräuntes Gesicht mit feinen, gleichmäßig verteilten Falten.

Sie bot Petra einen Platz an einem schwarz eingedeckten Tisch an, auf dem eine Kanne Tee und zwei Tassen bereitstanden. Beide setzten sich und schwiegen. Hus goss den Tee ein. Die Art und Weise, wie sie das tat, wirkte wie eine geheimnisvolle Zeremonie und ließ die Spannung steigen.

»Schön, dass du gekommen bist. Was kann ich für dich tun?«

»Ich möchte heute gerne, dass du mir die Karten legst«, antwortete Petra.

Mila Hus nickte. »Gerne.« Sie öffnete eine Schublade und brachte einen Stapel Tarotkarten zum Vorschein.

Sie mischte die Karten, legte sie auf den Tisch und deckte die erste auf.

»Der Wagen. Er steht für Energie, Bewegung und Erfolg. Du solltest zielstrebig bleiben und deinen Weg gehen. Lass dich nicht davon beeinflussen, was andere Menschen sagen. Es ist dein Leben. Du triffst die Entscheidungen. Halt die Zügel fest in der Hand und folge deinem Herzen, dann wird der Erfolg nicht lange auf sich warten lassen.«

Die Astrologin deckte die nächste Karte auf. »Drei der Schwerter. Im Hintergrund sind dunkle Wolken. Der Himmel ist grau und verregnet. Das rote Herz befindet sich mitten in diesem Unwetter. Drei Schwerter durchbohren das Herz. Das Bild symbolisiert den seelischen Schmerz. Das kann einen Verlust bedeuten, ein Partner, von dem man sich getrennt hat, oder den Tod eines geliebten Menschen.«

Petra nickte. Sie dachte an die Trennung von Robert und an den Verlust ihrer besten Freundin Helena. Die Stimmigkeit der Aussagen beeindruckte sie.

Hus legte die Stirn in Falten und zog die Brauen zusammen. »Die nächste Karte zeigt einen Mann, der aus einem Alptraum erwacht. Er hält die Hände vor seine Augen, um die unangenehmen Bilder zu verdrängen. Neun Schwerter zeigen nach rechts, in eine ungewisse Zukunft. Vielleicht hast du etwas erlebt, das dich beunruhigt. Aber es war nur ein böser Traum, und du solltest das Vertrauen in deine Mitmenschen nicht verlieren. Es wird alles gut werden. Wenn du in Not bist, wird jemand da sein, der dir behilflich ist.«

Während Hus fortfuhr, dachte Petra an ihr Erlebnis auf dem Friedhof. Das war der Alptraum, den die Karten erwähnten. Der Überfall hatte Spuren hinterlassen. Sie mied einsame Gegenden und drehte sich um, wenn ihr ein Geräusch verdächtig vorkam. Und natürlich war sie vorsichtiger und ängstlicher geworden. Aber das würde sich mit der Zeit wieder geben. Davon war sie überzeugt, und die Karten bestätigten das.

Sie erfuhr noch einiges über die Liebe und den Beruf. Alles passte sehr genau, und die Zukunftsaussichten auf beiden Gebieten waren ermutigend. Als Petra das Haus der Astrologin verließ, hatte sie das Gefühl, dass sie ihr Geld gut investiert hatte. Sie nahm eine Portion Lebensmut mit auf den Heimweg.

Auf der Bundesstraße 5 fuhr ein BMW hinter ihr, den sie zunächst nicht bemerkt hatte. Der Fahrer blendete mehrmals auf und setzte schließlich zum Überholen an. Als er auf einer Höhe mit ihr war, wies er mit dem Zeigefinger nach unten. Dann zog er vorbei und betätigte den rechten Blinker. Petra wusste nicht, was das zu bedeuten hatte. War mit ihrem Auto etwas nicht in Ordnung? Vor ein paar Tagen hatte sie eine Werkstatt aufgesucht. Beide Vorderreifen waren erneuert worden, weil sie nicht mehr die erforderliche Profiltiefe hatten.

Auf der Hinfahrt nach Bredstedt hatte sie merkwürdige Geräusche gehört. Hatten die Monteure die Radmuttern nicht richtig angezogen? Der BMW wurde langsamer. Auch sie verringerte die Geschwindigkeit. Immer noch blinkend bog der andere auf einen Parkplatz ab. Jetzt musste sie in Sekunden entscheiden, ob sie ihm folgen sollte. »Wenn du in Not bist, wird jemand da sein, der dir behilflich ist.« Die Worte der Astrologin fielen ihr spontan ein. Und von Vertrauen hatte sie gesprochen. Manchmal reichten Kleinigkeiten aus, um eine Entscheidung in die eine oder andere Richtung zu lenken.

Petra folgte dem fremden Fahrzeug und stellte den Motor ab. Sie wollte gerade aussteigen, als der BMW zurücksetzte und auf ihren Golf auffuhr. Der Aufprall war nicht besonders heftig, dafür aber der Schock, der sie in diesem Augenblick durchfuhr. Sie verstand nicht, was gerade passiert war, und ehe sie sich gefasst hatte, wurde ihre Tür aufgerissen, und jemand legte den Arm um ihren Hals. Genauso wie damals auf dem Friedhof. Sie rang nach Luft und versuchte, sich zu wehren. Und wieder nahm sie den ekligen Geruch wahr, bevor sie das Bewusstsein verlor.

***

Helenas Tagebuch, 10. September

Petra hatte mir am Telefon erzählt, dass es Möglichkeiten gibt, mit Anna zu reden. Ich konnte das zuerst gar nicht glauben. Aber Mila Hus beherrscht das automatische Schreiben. Wenn die Verbindung funktioniert, führt Anna ihre Hand und kann sich mitteilen. Ich werde Mila bitten, es zu versuchen.
Markus werde ich nichts davon erzählen. Er würde es nicht verstehen. Vorgestern hat er sich betrunken. Bei allem, was er sagte, habe ich seine Vorwürfe herausgehört. Er gibt mir die Schuld an unserem Unglück. Dr. Bremer hat vorge-

schlagen, dass wir an einer Selbsthilfegruppe teilnehmen. In Schleswig gibt es eine. Die Treffen sind jeden Mittwoch. Aber Markus will nicht mitgehen. Alleine werde ich nicht daran teilnehmen.

12

Gerber legte das rechte Ohr auf die Schienen. Er hatte das Mikrofon im Blick, das er direkt vor sich aufgestellt hatte. Das Stativ war mit dem Stahl verbunden und würde auch den Infraschall sauber übertragen. In wenigen Minuten musste der IC aus Westerland heranrauschen. Er wollte unbedingt den Sound des nahenden Zuges aufnehmen. Und er wollte ihn hören. Das Hören war das Wichtigste. Er würde das Geräusch für immer in seinem Gedächtnis abspeichern.

Er sah auf die Armbanduhr. Die Zeiger verschwammen vor seinen Augen. Eineinhalb Minuten noch bis zur Ankunft, las er mit etwas Mühe ab. Schon vernahm er ein dumpfes Grollen. Er presste das Ohr fester an die Schiene. Je näher der Zug kam, desto mehr mischten sich höhere Töne in das Geräusch, genauso, wie er es sich vorgestellt hatte. Der Stahl begann zu singen, voller Anmut und Schönheit. Gerber wollte die Musik bis zur letzten Sekunde auskosten und sich dann mit einem Sprung in die Böschung retten. Noch fünfundvierzig Sekunden. Der Ton schwoll langsam an. Erneut warf Gerber einen Blick auf das Zifferblatt. Irgendetwas stimmte nicht. Die Zeiger waren festgefroren, so, als wäre die Zeit stehen geblieben. Jetzt musste er unbedingt springen oder sich zur Seite rollen! Doch seine Beine gehorchten ihm nicht. Ein Warnsignal ertönte.

Gerber schreckte aus dem Alptraum auf. Der Wecker verstummte, als er die Sensortaste antippte. Schweißgebadet setzte er sich auf die Bettkante und schloss für einen Moment die Augen. Es war absurd, was er geträumt hatte. Tatsächlich hatte er schon länger darüber nachgedacht, auf ähnliche Art wie in seinem Traum Schienengeräusche für seine Sammlung aufzunehmen. Aber trotz seiner Probleme war er nicht lebensmüde und würde solch ein Risiko niemals eingehen.

Für den Abend war ein Gewitter vorausgesagt. Das gab ihm Gelegenheit, die Datenbankkategorie »Wettergeräusche« beziehungsweise die Unterkategorie »Donner und Wind« zu erweitern. Wind war ein komplexes Thema. Ein Luftzug erzeugte erst dann hörbare Töne, wenn er auf ein Hindernis stieß. Die Ecke eines Gebäudes konnte ein Pfeifen hervorbringen, Rollläden ein Klappern und aufschäumendes Meer ein charakteristisches Rauschen und Plätschern, brechende Wellen sogar ohrenbetäubenden Lärm. Der Wind konnte Gräser und Baumwipfel zu Melodien anregen, und Stürme vermochten allein durch ihr Geheul Respekt, aber auch Angst und Schrecken zu verbreiten. Die Anzahl der vom Wind komponierten Symphonien war schier unendlich, und Gerbers Sammlung würde nie vollständig werden.

Regen sorgte für eine ähnliche Vielfalt. Tropfen, die in seinen Teich fielen, in einen gefüllten oder leeren Blumentopf, auf einen Porzellanteller, auf Blätter oder trockenen Waldboden. Besonders liebte er es, wenn sie auf das Dachfenster prasselten, während er im Bett lag. Jeder Ton war mit Gefühlen und synästhetischen Wahrnehmungen verbunden. Sie ließen sich jederzeit erneut abrufen, wenn er sich die archivierten Aufnahmen anhörte. Oft reichte sogar seine bloße Vorstellungskraft aus, um sie wieder aufleben zu lassen. Wie in einem Traum liefen dann die zugehörigen Bilder und Empfindungen in seinem Kopf ab. Das war ganz sicher einer der Beweggründe für seine Sammelleidenschaft, die wohl die meisten seiner Mitmenschen nicht verstanden.

Natürlich musste er nebenbei auch Geld verdienen. Er hatte einen kleinen Kundenkreis von Künstlern, die ihn als Studiomusiker engagierten. Dazu erhielt er gut bezahlte Aufträge für die eine oder andere Filmmusik. So kam er einigermaßen über die Runden. Aber in Phasen, in denen es ihm nicht gut ging, ließ seine Kreativität nach, und er musste auf seine finanziellen Reserven zurückgreifen. Tatenlos war er auch dann nicht. Abgesehen davon, dass das Haus in Ordnung gehalten werden musste, gingen ihm die Ideen für die Jagd nach Geräuschen nicht aus. Manchmal erwuchs daraus neue Energie für sein musikalisches Schaffen.

Gerber stand auf der Terrasse. Die Abenddämmerung hatte bereits eingesetzt. Der Himmel hatte sich zugezogen, und Wind war aufgekommen. Aus der Ferne war lang anhaltendes Donnergrollen zu hören, das sich mit dem Rauschen der Blätter in seinem Garten mischte. Die Klangkulisse und die kühle, klare Luft weckten in ihm den Drang, die Atmosphäre akustisch einzufangen. Er spürte die innere Unruhe, die ihn in solchen Fällen überkam, ähnlich einem Entdecker und Abenteurer, den es in die Welt hinauszog.

Kurz entschlossen packte er seine Ausrüstung zusammen und fuhr nach Husum, zum Grünstrand an der Dockkoogspitze. Dort hatte er bereits unzählige Stunden verbracht und seine Datenbank mit Material verschiedener Jahreszeiten und Wetterereignisse gefüllt. An diesem Tag würde das aufziehende Gewitter ein besonderes Klangerlebnis liefern. Der Wind trug das Donnergrollen von weit her, und die Wasseroberfläche reflektierte es. Auch die besondere Luftschichtung spielte bei der Schallausbreitung eine Rolle. Gerber war gespannt auf die Effekte.

Ihm war bewusst, dass seine Aktion nicht ungefährlich war. Selbst wenn die Gewitterfront noch weit weg war, konnten einzelne Blitze unter Umständen in der Nähe einschlagen. Auf dem Meer und dem flachen Land, wo die Deiche die höchsten Erhebungen darstellten, bildete der Mensch ein herausragendes Ziel für eine Entladung. Auch Einschläge in einiger Entfernung konnten tödlich sein. Das alles wusste Gerber, aber seine Leidenschaft ließ alle Bedenken in den Hintergrund rücken.

Gefährlich war auch seine Expedition bei auflaufendem Wasser gewesen, die er Anfang des Jahres unternommen hatte. Dazu war er weit ins Watt hinausgelaufen und hatte auf die Flut gewartet. Immerhin war er gut vorbereitet gewesen. Mit

Hilfe einer Software, die ihm der Entwickler zur Verfügung gestellt hatte, hatte er die Flut zeitlich und örtlich sehr genau berechnen können. Der Aufwand hatte sich gelohnt, denn er hatte das Zerplatzen der Schaumblasen, das Brechen der seichten Wellen und das Versickern des herannahenden Wassers eingefangen. Vermutlich hatte das niemand vor ihm getan. Auf dem Rückweg hatte er sich sputen müssen. Das Meer war mit überraschender Geschwindigkeit angestiegen. Laura hatte er von seinem waghalsigen Manöver nichts erzählt. Auch seine heutige Unternehmung würde er ihr verschweigen.

Er stellte seinen Daimler auf dem Parkplatz ab und nahm seine Tasche mit dem Equipment aus dem Kofferraum. Es hatte leicht zu regnen begonnen. Das war nicht gut für seine Geräte, aber für solche Fälle hatte er Vorbereitungen getroffen. Soweit es möglich war, hatte er sie wasserdicht eingepackt. Er zog die Kapuze seines Parkas über den Kopf und stieg die Steintreppe hinauf. Als er die Deichkrone erreichte, zuckte ein Blitz über den Himmel. Gerber zählte achtzehn Sekunden. Damit war das Gewitter noch etwa sechs Kilometer entfernt. Kein Anlass zu größerer Sorge.

Er lief die geteerte Straße hinunter und über die Grasfläche bis ans Ufer. Dort setzte er sich auf einen größeren Stein und ließ die Füße mit den hohen Gummistiefeln ins Meer eintauchen. Niemand außer ihm hatte sich bei dem Wetter an den Strand verirrt. Dadurch war er völlig ungestört und musste keine Fragen nach seinem Tun über sich ergehen lassen. Schnell hatte er das Aufnahmegerät startklar. Das Mikrofon setzte er auf das mitgebrachte Stativ und positionierte es so, dass es sicher stand und nicht durch die Wellen erfasst werden konnte. Die Brandungsgeräusche sollten Teil des Naturkonzerts sein. Er zog die Kapuze vom Kopf, damit er alles unverfälscht wahrnehmen konnte. Der Regen machte ihm nichts aus. Auch die Wellen, die ab und zu über seine Hose schwappten, störten ihn nicht. Er war ganz und gar in seinem Element.

Die Zeit zwischen Blitz und Donner hatte abgenommen,

und zum langsam anschwellenden Grollen hatte sich lautstarkes Krachen gesellt, sodass Gerber die Aussteuerung seines Rekorders anpassen musste. Er zählte jetzt neun Sekunden. Wenn es ihm zu brenzlig würde, wollte er zurück zu seinem Auto gehen. Aber für den Augenblick genoss er das akustische Naturereignis.

Sein Handy vibrierte. Er nahm es aus der Gesäßtasche. »Laura ruft an«, zeigte das Display an.

Gerber legte das Aufnahmegerät, das er auf seinem Schoß platziert hatte, neben sich. Dann stand er auf und entfernte sich weit genug vom Mikrofon, sodass das Gespräch die Aufzeichnung nicht stören konnte.

»Wo bist du? Ich hab versucht, dich zu erreichen.«

»Am Steindeich.«

»Wo?«

»Am Steindeich, am Dockkoog.«

»Bei dem Wetter? Hier blitzt und donnert es.«

»Deswegen bin ich ja –« Er wurde von einem lauten Donnerschlag unterbrochen. »Ich will das Gewitter aufnehmen. Und die einmalige Atmosphäre.«

»Was? Hast du noch alle Tassen …? Brich sofort ab und komm zurück! Hörst du?«

Gerber merkte, wie seine Hand mit dem Smartphone zu zittern begann. »Hast du noch alle Tassen im Schrank?«, hatte sie sagen wollen. So hatte sie noch nie mit ihm geredet. Natürlich kannte sie seinen wunden Punkt. Wie oft hatte man ihn als Irren, als Autisten, als psychisch Kranken hingestellt. In seiner Kindheit und auch später als Jugendlicher und Erwachsener. Man hatte ihn verlacht und gemobbt. Obwohl er wusste, dass Laura ihn nicht hatte verletzen wollen, hatten ihre Worte ihn tief getroffen. Jetzt begann er am ganzen Körper zu zittern, und er konnte nichts dagegen tun.

Er legte wortlos auf und steckte das Handy ein. Minutenlang stand er noch wie angewurzelt da. Der Regen tropfte aus seinen Haaren in den Nacken, und das Zittern wollte nicht nachlassen. Wie konnte es sein, dass er so empfindlich reagierte? Dafür gab es keinen rationalen Grund. Er hatte ein gutes Leben. Und er hatte Laura und Sophia. Blitz und Donner konnten ihn nicht erschrecken, aber ein falsches Wort brachte ihn aus der Fassung.

Dennoch hatte Lauras Mahnung gewirkt. Beim nächsten Blitz zählte er weniger als drei Sekunden. Die Gewitterfront rückte näher und war nicht einmal mehr einen Kilometer entfernt. Wie in Trance baute er seine Gerätschaften ab und verstaute sie in der Reisetasche. Daran, dass andere ihn für einen Spinner hielten, hatte er sich in gewisser Weise gewöhnt. Aber es gab auch Menschen, die ihn verstanden. Waldemar Flottmann gehörte dazu. Laura und Sophia. Aber mit einem Irren, der Stimmen hörte und sein Leben für belanglose Tonaufnahmen aufs Spiel setzte, würden sie nichts zu tun haben wollen.

Die Tropfen, die ihm über die Wangen liefen, mischten sich mit Tränen. Mit der flachen Hand wischte er sich über das Gesicht. Selbstmitleid durfte er nicht zulassen. Er entschloss sich, gegen die Dämonen zu kämpfen. Und er würde sie besiegen!

Mit der Tasche in der Hand lief er auf den Deich zu. Plötzlich wurde es taghell. Gleichzeitig ertönte ein ohrenbetäubender Donnerschlag. Der Blitz war in die Ruine des Nordseehotels eingeschlagen, keine hundert Meter von Gerber entfernt. Er hätte Angst haben müssen, aber er verspürte nichts. Er ging zu seinem Auto zurück und fuhr nach Hause.

Gerade hatte er geduscht und sich frische Sachen angezogen, als Laura vor der Tür stand. Anstatt dass sie ihm Vorwürfe machte, umarmte sie ihn.

Im Wohnzimmer ließ sie sich auf die Couch fallen. »Ich hatte Angst um dich. Deshalb hab ich dich am Telefon so angepflaumt. Es tut mir leid.«

»Ist gut. Du hattest recht. Ich hätte bei dem Wetter nicht ans Meer fahren dürfen.«

»Sind deine Aufnahmen denn etwas geworden?«

Die Frage überraschte Gerber. »Das ist unwichtig.«
»Nein, ist es nicht, Leon. Deine Sammlung ist einzigartig, und du hast davon Geräusche für Filme und Hörspiele geliefert. Zudem hat sie einen ideellen Wert. Und Sophia ist dein größter Fan.«
»Danke für dein Verständnis.« Gerber lächelte verlegen. Er setzte sich in einen der Sessel. »Kann ich dir etwas anbieten?«
»Nein, danke. Sophia wartet auf mich. Aber du könntest gleich rüberkommen. Dann können wir reden.«
»Reden?«
»Ja.«
»Worüber?«
»Über alles. Über dich. Und über uns?«
Gerber verspürte ein flaues Gefühl in der Magengegend.
»Gibt es Probleme zwischen uns?«
»Keine, die sich nicht lösen lassen.«
»Ich muss noch ein paar wichtige Dinge erledigen. Und die Tour heute hat mich doch ziemlich geschafft. Könnten wir ein anderes Mal …?«
Laura lächelte. Natürlich wusste sie, dass das eine Ausrede war. Und er wusste, dass er einer Aussprache nicht auf die Dauer ausweichen konnte.
Sie nickte. »Okay, ein anderes Mal.« Sie verabschiedete sich mit einem Kuss.

13

Es war stockdunkel um sie herum. Petra Hinrichsen versuchte sich aufzurichten. Aber mit gefesselten Händen war das kaum möglich. Sie zog die Beine an und stieß sich mit den Füßen ab. Stück für Stück rutschte sie über den feuchten Holzboden, bis sie mit dem Rücken auf Widerstand stieß. Jetzt gelang es ihr, sich in eine sitzende Position zu bringen. Nachdem sich ihre Augen an die Dunkelheit gewöhnt hatten, konnte sie schemenhafte Umrisse erkennen. Sie lag unter Deck eines Bootes. Etwas Licht drang von oben durch die Ritzen der Planken. Modriger Geruch stieg ihr in die Nase, und sie vernahm Motorengeräusche. Ihre Angst steigerte sich von Minute zu Minute. Bilder und Szenarien tauchten in ihrem Kopf auf, gegen die sie sich nicht wehren konnte. Jemand hatte sie entführt und brachte sie aufs Meer hinaus. Das konnte nur heißen, dass sie ertränkt werden sollte. Erst vor einigen Tagen hatte sie von einer grausamen Tat gelesen. Eine Frau, die ihren Freund verlassen hatte, war von ihm mit einer Betonplatte um den Hals von einer Brücke in einen Fluss geworfen worden. Stand ihr Ähnliches bevor? Robert? Nein, niemals würde er ihr etwas antun.

Die Trennung von ihm vor einigen Monaten war ohne größere Probleme verlaufen. Er hatte zwar versucht, sie zurückzugewinnen, jedoch auf eine liebevolle Art. Blumen hatte er ihr geschenkt und sogar ein Gedicht für sie geschrieben. Eine Zeit lang hatte sie gedacht, er hätte eine andere. Aber er hatte das vehement bestritten. Ob er ihr untreu gewesen war oder nicht, spielte keine Rolle mehr.

Sie war sich sicher, dass sie es mit dem Mann zu tun hatte, der sie auf dem Friedhof angegriffen hatte. Aber sosehr sie auch nachdachte, fiel ihr niemand ein, der sie dermaßen hasste, dass er zu solch einer Tat fähig wäre. Die Polizei hatte Ermittlungen aufgenommen, die aber bisher ohne Ergebnisse verlaufen waren. Die Beamten vermuteten immer noch eine versuchte Vergewaltigung. Doch jetzt war sie auf ein Boot entführt worden. Das musste einen anderen Grund haben. Ihr nächster Gedanke löste erneut Panik aus. Auf See, weitab von der Zivilisation, hatte der Kerl Gelegenheit, seine perversen Phantasien an ihr auszuleben und sie anschließend im Meer zu entsorgen. Sie unterdrückte den Impuls, laut zu schreien, und brachte nur ein Wimmern hervor.

Sie durfte sich nicht in Erregung hineinsteigern. Angst war kein guter Ratgeber in ihrer Situation. Vielleicht gelang es ihr, mit dem Entführer zu reden. Wenn sie wusste, was er vorhatte, konnte sie auf ihn einwirken und ihn vielleicht von seiner Tat abhalten. Oder sollte sie sich besser wehren?

Sie hörte Schritte an Deck. Dann auf der Treppe. Das Licht wurde eingeschaltet. Für einen Moment war sie so geblendet, dass sie nichts sehen konnte. Sekunden später stand der vermummte Mann direkt vor ihr. Er hatte etwas in der Hand. Vielleicht ein Messer. Petras Herzschlag setzte aus. Ihr Plan, mit dem Entführer zu sprechen, war vergessen. Sie zog die Beine an und schob ihren Oberkörper an der Wand empor, um im nächsten Augenblick Richtung Treppe zu flüchten. Doch bevor sie loslaufen konnte, traf sie ein Faustschlag. Der Hieb war so kräftig, dass sie taumelte und mit dem Kopf gegen einen Balken stieß. Sie blickte in die stechenden Augen des Vermummten, bevor sie zu Boden sank und die Besinnung verlor.

***

In der Regel trafen sich Flottmann und Lena nur an den Wochenenden. Aber wenn das Wetter dazu einlud, genossen sie auch gerne gemeinsam einen Abend in der Woche auf Lenas Gartenterrasse. So wie an diesem Tag bei gegrilltem Lachs, Salat und einer Flasche Grauburgunder. Lena trug ein luftiges Sommerkleid und hatte ihr strohblondes Haar mit einem Stirnband gebändigt.

An Gesprächsstoff mangelte es ihnen nicht, auch wenn beide nur begrenzt über ihre Arbeit reden durften und wollten.

»Wusstest du, dass man im Schloss vor Husum heiraten kann?«, fragte Flottmann ganz unvermittelt nach dem Essen.

Sie sah ihn überrascht an und lächelte. »Das wird doch jetzt kein Heiratsantrag, oder?«

»Nein, das liegt mir fern.« Er schüttelte heftig den Kopf.

»Das ist allerdings auch nicht schön.«

»Was?«

»Dass es dir fernliegt.«

»Na ja. Es funktioniert doch auch so ganz gut mit uns. Findest du nicht?«

»Schon. Aber es wäre nett, wenn du dir eine Heirat vorstellen könntest.«

»Du würdest …?«

»Nein.«

»Okay.«

»Aber es wäre romantisch, darüber nachzudenken.«

Flottmann strich sich übers Kinn. »Ich vergaß, wie kompliziert Frauen sein können.«

Lena lachte. »Wie bist du überhaupt auf so etwas gekommen?«

»Hilgersen hat mir erzählt, dass man im Schloss heiraten und natürlich auch feiern kann. Die kirchliche Zeremonie findet in der Schlosskapelle statt, die standesamtliche im Fortunasaal – hat er gesagt. Kirchlich kommt ja sowieso nicht in Frage.«

»Also habt ihr darüber gesprochen.«

»Nur so allgemein. Er würde sich auch als Trauzeuge zur Verfügung stellen.«

»So ganz allgemein?«

»Äh – ja, so ganz allgemein. Das heißt, wenn wir – ach, lassen wir das. Der Wein ist mir zu Kopf gestiegen.« Flottmann wich ihrem Blick aus und sah zum Himmel auf, an dem sich die ersten Sterne zeigten. Vielleicht auch der eine oder andere Planet. Das konnte er nicht unterscheiden. »Glaubst du, dass die Sterne unser Leben bestimmen?«

»Du wechselst das Thema?«

»Nur ein bisschen. Sterne haben doch auch etwas Romantisches. Also, hat der Zeitpunkt der Geburt Einfluss auf unser Leben?«

»Du denkst an Tierkreiszeichen und Horoskope?«

»Ja.«

»Ich lese immer die Wochenprognosen in der Fernsehzeitschrift. Wenn die gut sind, glaube ich daran. Wenn nicht, ignoriere ich sie. Aber meistens sind sie gut und dazu sehr allgemein gehalten, sodass ich sie nach meinen Wünschen interpretieren kann. Und du?«

»Ich halte Astrologie für absoluten Humbug.«

»Vielleicht ist ja doch was dran. Du bist Löwe, ich bin Fisch. Was meinst du, ob die wohl zusammenpassen?«

»Klar. Ich hab gelesen, dass Beziehungen zwischen Löwe und Fisch großes Potenzial haben. Beide sind großzügig und tolerant. Und sie werden vor allem dann glücklich, wenn keiner versucht, den anderen zu verändern.«

Lena lachte. »Ich hab geahnt, dass du heimlich Horoskope liest.«

»Rein aus beruflichen Gründen. Es hat einen Anschlag auf eine Astrologin gegeben. Eine ziemlich merkwürdige Sache. Um mich in den Fall zu vertiefen, musste ich mich wohl oder übel mit dem Unsinn beschäftigen.«

»Ich glaube ja auch nicht wirklich daran. Aber manchmal macht es Spaß und baut mich auf, wenn ich die Wochenprognose lese. Das ist doch ein harmloser Zeitvertreib, findest du nicht?«

»Vielleicht sieht der Täter das aus irgendwelchen Gründen anders. Doch wir tappen noch völlig im Dunkeln, was sein Motiv angeht.«

»Die Sache beschäftigt dich sehr, nicht wahr?«

»Ich sollte keine Arbeit mit in den Feierabend nehmen. Das passiert ja nicht oft. Aber ich befürchte, dass es einen weiteren Anschlag geben wird. Deshalb geht mir der Fall ständig im Kopf herum.«

»Mir gelingt es ja auch nicht immer abzuschalten. Was die Frau erlebt hat, ist der blanke Horror. Sie wurde tatsächlich gefesselt im Watt vergraben?«

»Ja. Und die Rettung geschah in letzter Minute.«

»An dem Erlebnis wird sie noch lange zu knabbern haben. Sie sollte unbedingt psychologische Hilfe in Anspruch nehmen.«

Flottmann nickte. In Gedanken war er bereits wieder bei der Frage nach den Beweggründen des Täters. Er war sich sicher, dass darin der Schlüssel zur Lösung des Falls lag. Einen allgemeinen Hass auf Astrologen konnte er sich nicht als Motiv vorstellen. Auch der Brand in Diana Kellers Haus wies darauf hin, dass der Anschlag gezielt ihr gegolten hatte.

»Wo bist du gerade mit deinen Gedanken? Weit weg von mir, nehme ich an«, unterbrach Lena ihn.

»Nein, ganz und gar nicht. Ich frage mich, wo man hier noch so richtig den Sternenhimmel sehen kann.«

»Außerhalb der Stadt gibt es bestimmt Orte mit wenig Fremdlicht.«

»Zum Beispiel?«

»Ich war einmal zur Nachtzeit in Sankt Peter-Ording. Da war es ziemlich dunkel.«

»Mit wem?«

»Mit mehreren Leuten. Ich hab an einer Nachtwanderung teilgenommen. Aber das ist lange her.«

»Kommst du mit mir an den Strand? Wenn wir schon nicht heiraten, könnten wir dort doch einen romantischen Abend planen.«

»Warum nicht? Du musst mir bei der Gelegenheit die Sterne erklären.«

Er sah sie prüfend an. Ihre Augen verrieten Zuneigung und ihre Mimik eine Prise Schalk.

»Äh – klar. Selbstverständlich.«

»Toll.«

Sie stand auf, ging durch die offene Terrassentür ins Wohnzimmer und schaltete das Licht aus. Dann kam sie wieder, nahm ihren Stuhl, setzte sich neben ihn und lehnte ihren Kopf an seine Schulter. Beide blickten zum Himmel und hingen ihren Gedanken nach. Die Sterne hatten trotz aller wissenschaftlichen Erkenntnisse immer noch etwas Faszinierendes und Geheimnisvolles. In früheren Zeiten hatte kein fremdes Licht das Bild gestört.

Flottmann konnte sich gut vorstellen, wie die Beobachtung der Fixsterne sowie der Wandelsterne, wie man die Planeten früher nannte, die Phantasie der Menschen anregte und zahlreiche Sagen und Legenden hervorbrachte. Er konnte ebenfalls verstehen, dass die Vorfahren göttliches Wirken hinter dem nächtlichen Schauspiel vermuteten.

***

Helenas Tagebuch, 17. September

Gestern war ein ganz besonderer Tag. Ich habe mit Anna gesprochen. Sie hat Mila die Antworten auf meine Fragen diktiert. Ich weiß jetzt, dass es ihr gut geht. Anna hat Milas Hand geführt. Das war ein so unglaubliches Erlebnis, dass ich immer noch ganz aufgeregt bin. Mila hat mir versprochen, dass wir das automatische Schreiben öfter machen. Anna weiß, dass ich sie lieb habe und wir uns bald wiedersehen werden. Sie ist an einem Ort, an dem Blumen blühen und alle Menschen glücklich sind. Das ist ein Trost für mich, aber gerne würde ich sie in die Arme nehmen.

Ich glaube, dass Mila das Zweite Gesicht hat. Sie sieht

Dinge, die niemand anders erkennen kann. Manchmal ist sie wie in Trance. Besonders beim automatischen Schreiben ist sie nicht sie selbst. Dann hat Anna von ihr Besitz ergriffen.
Markus habe ich bisher nichts davon erzählt. BB kann ich morgen nicht sehen. Er ist bei seiner Ex und seinem Sohn. Mit dem Sohn gibt es irgendwelche Probleme. Ich freue mich auf das nächste Wochenende.

14

»Ich hab die Glocke von Rungholt gehört!« Das Telefon hatte Leon Gerber aus dem Schlaf gerissen. Die Stimme des Anrufers klang aufgeregt.

»Wer ist da?«, fragte Gerber schlaftrunken.

»Sie müssen sie aufnehmen. Sie sind doch für so etwas ausgerüstet, nicht wahr?«

»Ja, aber –«

»Hier ist Anton Walter. Ich hab in der Zeitung über Sie gelesen. Sie sind doch der Musiker, der im ›Speicher‹ gespielt hat. In dem Artikel stand auch, dass Sie Spezialist für Lärm und Geräusche sind. Ich wohne auf Nordstrand, in Dreisprung. Meine Frau und ich schlafen bei offenem Fenster. Die Glocke ist ganz deutlich zu hören. Heute ist die Johannisnacht. Kommen Sie schnell!«

»Johannisnacht?«

»Ja, Mann.«

Gerber brauchte eine gewisse Zeit, um sich die Rungholtsage in Erinnerung zu rufen. Die Stadt war während der »Groten Mandränke« von 1362 untergegangen. Der Volksglaube besagte, dass die Glocke der Kirche in bestimmten Nächten zu hören sei. Und alle sieben Jahre, während der Johannisnacht, tauchte die Stadt angeblich unversehrt aus dem Meer auf. Viel mehr wusste er nicht darüber. Rungholt hatte es wirklich gegeben. Aber die Geschichte mit der Glocke und den Vorgängen in der Johannisnacht war natürlich erfunden. Sie hing vermutlich mit der Sommersonnenwende zusammen und dem Geburtstag von Johannes dem Täufer am 24. Juni, an dem vorzugsweise übernatürliche Dinge geschahen.

Die Leuchtziffern des Radioweckers zeigten ein Uhr an. Gerber war nun hellwach.

»Ich komme zu Ihnen.«

»Beeilen Sie sich!«

Nachdem Walter seine Adresse durchgegeben hatte, zog Gerber sich an und war innerhalb weniger Minuten startklar. Für solche »Notfälle« hatte er bestimmte Ausrüstungsgegenstände griffbereit in seinem Arbeitszimmer deponiert. Man konnte nie wissen, wann sich eine besondere Gelegenheit für Tonaufnahmen bot. Das geschah manchmal ganz plötzlich, so wie in diesem Fall. Es war natürlich nicht auszuschließen, dass ihn jemand zum Narren hielt. Das Risiko wollte er in Kauf nehmen. Doch er musste sofort daran denken, dass er bereits einmal in eine Falle gelockt worden war, die ihn fast das Leben gekostet hatte. Ein ungutes Gefühl machte sich in der Magengegend breit. Ignorierte er die Gefahr ein weiteres Mal auf der Jagd nach Geräuschen, so wie damals und wie bei seiner Gewitterexpedition? Laura hätte ihn von seiner nächtlichen Aktion abgehalten, wenn sie davon gewusst hätte.

Noch zögerte er. Aber dann nahm er seine Sachen, stieg in den alten Daimler und fuhr Richtung Nordstrand. Als er den Damm zur Halbinsel überquerte, spürte er den starken Seitenwind. Die Straße war nass, aber es regnete nicht mehr. Wieder ging es um eine Glocke. Aber dieses Mal ganz sicher nicht um die eines versunkenen Schiffs, das er vor einigen Jahren bei Unterwasseraufnahmen mit einem Hydrofon entdeckt hatte. Außerhalb des Wassers war der Schall kaum hörbar, weil er an der Grenzfläche zwischen Wasser und Luft weitgehend reflektiert wurde. Es musste sich also um ein Ereignis oberhalb der Meeresoberfläche handeln. Eine Kirchenglocke der Stadt Rungholt, die zur Johannisnacht aufgestiegen war? Wohl kaum. Aber wenn der Anrufer kein Spinner war, sollten die Glockentöne existieren. Vielleicht kamen sie von den Inseln oder Halligen. Doch dass so etwas nachts geschah, war kaum zu erwarten. Gerber war auf die Auflösung des Mysteriums gespannt, konnte aber die Angst vor einer unbestimmten Gefahr nicht abschütteln.

Das Mondlicht spiegelte sich im Meer und in der nassen

Straße. Auf der ganzen Strecke über den Damm, der seit 1907 die Insel mit dem Festland verband, begegnete ihm kein Fahrzeug. Nordstrand schien nachts wie ausgestorben zu sein. Nach weiteren zehn Minuten Fahrt hatte er sein Ziel erreicht, ein einsam gelegenes Haus, nicht weit von der Badestelle Dreisprung entfernt.

Anton Walter erwartete ihn am Straßenrand. Als Gerber den alten Mann erblickte, ließ seine Anspannung nach. Mit grauem Vollbart und Pudelmütze auf dem Kopf wirkte der Zeitgenosse wenig bedrohlich. Gerber hielt neben ihm und stieg aus.

»Hören Sie das?«, fragte der Alte sofort.

Natürlich hörte Gerber die Glocke, die auffällig unregelmäßig läutete.

»Das geht schon seit über einer Stunde so. Obwohl ich schon vierundachtzig Jahre auf dem Buckel habe, sind meine Ohren noch ganz in Ordnung. Meine Frau hat ein Hörgerät. Das nimmt sie nachts raus. Deshalb hat sie nichts mitbekommen. Sie weiß noch nicht einmal, dass ich das Haus verlassen habe. Haben Sie Ihre Sachen dabei?«

»Ja, selbstverständlich.« Gerber öffnete den Kofferraum und holte Mikrofon und Audiorekorder heraus. Er brannte darauf, das Ereignis aufzuzeichnen und später in seine Datenbank einzupflegen. Das Geräusch besaß eine außergewöhnliche, vielleicht sogar geheimnisvolle Geschichte. So viel war ihm jetzt schon klar.

Auf dem Weg zum Deich passte sich Gerber der Geschwindigkeit seines Begleiters an. Aber als sie die Pforte zur Steintreppe passiert hatten, hielt ihn nichts mehr zurück. Während er die Stufen hinaufeilte, nahm die Lautstärke der Glockenschläge kontinuierlich zu. Das Schlimmste, was jetzt geschehen konnte, war, dass der Klang verstummte, bevor Gerber eine günstige Aufnahmeposition erreicht hatte. Natürlich lief der Rekorder bereits, aber er wollte eine saubere Dokumentation ohne die Nebengeräusche seiner eigenen Schritte.

Auf der Deichkrone angekommen, verharrte er für einen

Moment. Ihm gelang die Aufnahme von einigen Sekunden, bevor Walter sie störte.

»Na, was sagen Sie?«, hechelte der Alte. »Hab ich zu viel versprochen?«

»Nein, nein. Das ist phantastisch. Würden Sie bitte hier warten? Ich gehe hinunter zum Wasser. Ich wäre Ihnen dankbar, wenn Sie den Schallpegel hier oben messen würden.« Gerber zog sein Smartphone aus der Jackentasche, stellte die entsprechende App ein und überreichte Walter das Gerät. »Sie müssen es einfach nur hochhalten. Das wäre eine große Hilfe für mich.«

Die Aufgabe, die Gerber ihm stellte, war völlig sinnlos. Da er seinen Rekorder auf einen Normpegel kalibriert hatte, konnte er den Schalldruckpegel jederzeit aus seiner Audioaufnahme bestimmen. Das war wesentlich genauer als die Messung mit der Handy-App. Aber er musste den Mann beschäftigen, damit der ihn nicht störte.

Eine Minute später stand er am Ufer. Endlich konnte er sich auf das Glockenläuten konzentrieren. Nichts ersetzte sein eigenes Hörempfinden. Er wollte den Eindruck aufsaugen und für immer in seinem Gedächtnis abspeichern, so wie er es stets tat. Dort würde es für alle Zeiten bleiben und war jederzeit abrufbar, gekoppelt mit seinen Gefühlen sowie den Farben und Formen, die sie begleiteten. Der Klang der Glocke erzeugte Kreise mit Zacken, orange und gelb. Seine synästhetische Wahrnehmung begleitete ihn ständig. Sie war so normal für ihn, dass er sie oft nicht beachtete. Aber in Situationen wie dieser gewann sie an Bedeutung.

Gerber konzentrierte sich auf den Glockenklang, der stark schwankte. Zwar hatte der Wind nachgelassen, aber er sorgte für ein ständiges An- und Abschwellen. Solche Effekte der Schallausbreitung zeigten sich umso stärker, je weiter die Geräuschquelle entfernt war. Auch die Unregelmäßigkeit der Schläge war auffällig. Normales Glockengeläut einer Kirche war weitgehend periodisch. Gerber vermutete, dass die Schläge durch den

Wellengang erzeugt wurden. Ein Geisterschiff auf dem Meer? Aber das Klangbild passte nicht zu einer Schiffsglocke. Soweit er es heraushören konnte, war dieses Exemplar schwerer. Eine Kirchenglocke auf einem Schiff, das im Meer trieb?

Insgeheim hoffte er, dass er auf etwas Spektakuläres gestoßen war. Seine Erwartung schien sich zu erfüllen, und er war ganz in seinem Element. Sein unstillbarer Drang, auf die Jagd nach Geräuschen zu gehen, wurde durch solche Ereignisse immer wieder angefacht.

Nach einer halben Stunde verstummten die Klänge. Gerber ging zurück zu seinem Begleiter, der das Smartphone immer noch in den Wind hielt. Er nahm ihm das Gerät ab und bedankte sich.

»Und? Was halten Sie davon?«, fragte Walter.

»Es ist eine Kirchenglocke. Sie ist nicht sehr groß, aber es ist eine.«

»Ich wusste es! Ich hab mal nachgerechnet. Heute ist nicht nur die Johannisnacht. Dieses Jahr ist auch das siebte. Alle sieben Jahre steigt Rungholt aus dem Meer empor. 1362 ist es untergegangen. Das kommt ganz genau hin. Nicht nur meine Ohren tun es noch. Ich bin auch im Rechnen noch fit.«

Gerber nickte ihm anerkennend zu. »Danke, dass Sie mich angerufen haben. Ich hab alles aufgenommen und werde Sie informieren, wenn ich etwas über die mysteriöse Glocke herausgefunden habe.«

»Sie bleiben da dran?«

»Selbstverständlich.«

Der alte Mann zeigte sich zufrieden. Beide gingen gemeinsam zurück zu seinem Wohnhaus, und Gerber verabschiedete sich. Er packte die Geräte in den Kofferraum und fuhr heim.

Noch in derselben Nacht begab er sich in sein Tonstudio, um seine Ausbeute aufzubereiten und in die Geräuschdatenbank einzupflegen. Er wusste, dass er ein besonderes Geräusch eingefangen hatte.

Am folgenden Tag rief ein Journalist an. Anton Walter hatte offenbar ausgiebig geplaudert. Gerber hatte sich intensiv mit den Glockenklängen beschäftigt und hätte einige neue Erkenntnisse beisteuern können. Aber er wollte keinesfalls in der Öffentlichkeit in Erscheinung treten, und er wusste, dass die Presse gierig darauf war, mit solchen Geschichten das Sommerloch zu stopfen. Es kostete ihn einige Mühe, den Journalisten abzuwimmeln. Dennoch konnte er nicht verhindern, dass sein Name genannt wurde. Als er beim Frühstück die Zeitung aufschlug, las er:

Die Glocken von Rungholt läuten wieder. In der Johannisnacht war mysteriöses Glockenläuten auf Südfall, Pellworm und Nordstrand zu hören. Zahlreiche Anwohner berichteten davon. So auch der vierundachtzigjährige Anton Walter, der zusammen mit seiner Frau auf Nordstrand lebt. Er war es auch, der einen Akustikfachmann dazu bewegte, Tonaufnahmen von dem Ereignis zu machen. Leider stand der Experte nicht für ein Interview zur Verfügung.

Das nächtliche Läuten ließ die Geschichte vom »Atlantis des Nordens«, das nach einem Orkan versank, wieder aufleben. Der Sturm war über die englische Ostküste hinweggefegt und hatte zum Untergang der Stadt Dunwich geführt, bevor er weiter ostwärts zog und am 16. Januar 1362 Rungholt in den Fluten versinken ließ. Zunächst blieb die Stadt Gegenstand von Legenden. Erst 1921 wurde ihre Existenz anhand eindeutiger Spuren bewiesen. Der Heimatforscher Andreas Busch fand aufwendig verzierte Keramikkrüge, Überreste von Häusern, Brunnen und Warften. Einen Teil der mobilen Funde kann man heute im Rungholtmuseum auf Pellworm und im Nissenhaus Husum begutachten. Das sagenumwobene Kirchspiel soll zwischen der Insel Pellworm und der Halbinsel Nordstrand gelegen haben.

Verschiedene Quellen berichteten vom zügellosen Leben und gotteslästerlichen Verhalten der Bewohner, woraus so mancher schloss, dass der Untergang eine Strafe Gottes gewesen sei. Tatsächlich war Rungholt viel reicher als seine Nachbarorte. Quelle des Reichtums war der Salztorf, der dort abgebaut wurde. Das daraus gewonnene Salz diente der Haltbarmachung von Lebensmitteln und war bis in ferne Länder heiß begehrt.
Der Dichter Detlev von Liliencron behandelt die Sage 1882 in seinem Gedicht »Trutz, blanke Hans«: »Ein einziger Schrei – die Stadt ist versunken, und Hunderttausende sind ertrunken. Wo gestern noch Lärm und lustiger Tisch, schwamm andern Tags der stumme Fisch. Heut bin ich über Rungholt gefahren, die Stadt ging unter vor fünfhundert Jahren.« Auch Theodor Storm erwähnt in seiner Novelle »Eine Halligfahrt« den Untergang Rungholts.
Wie das mysteriöse Läuten in der Johannisnacht zustande kam, ist völlig ungeklärt. So mancher mag Scherzbolde dahinter vermuten. Andere sind überzeugt, dass sich die versunkene Stadt aus der Tiefe des Ozeans gemeldet hat, um die Menschheit vor der Zerstörung der Umwelt und dem damit verbundenen Anstieg des Meeresspiegels zu warnen. Wer weiß?

Auch in den nächsten Tagen verfolgte Gerber die Berichterstattung in der Presse. Die Geschichte regte offenbar die Phantasie der Leser an, und zahlreiche Spekulationen machten die Runde. Die Glocken von Rungholt waren das Ereignis im Norden und fanden sogar in der restlichen Republik hohe Aufmerksamkeit.

15

An diesem Morgen kam Flottmann erst gegen zehn ins Büro. Er war mit Bogomil beim Tierarzt gewesen. Einmal im Jahr sollte der ihn von Kopf bis Schwanz durchchecken. Den Kater in die Transportbox zu befördern hatte sich äußerst schwierig gestaltet. Auf den Trick mit dem Futter war er auch diesmal nicht hereingefallen. Flottmann hatte rohe Gewalt anwenden müssen, war aber immerhin schlau genug gewesen, feste Arbeitshandschuhe anzuziehen. Beim Tierarzt hatte Bogomil alle Untersuchungen ohne Kratzen und Fauchen über sich ergehen lassen. Dr. Nissen schien eine hypnotische Wirkung auf ihn zu haben und konnte nach zwanzig Minuten die Diagnose stellen: übergewichtig, aber kerngesund. Seinen eigenen Gesundheitscheck schob Flottmann gerne noch ein paar Monate auf. Die Diagnose seines Hausarztes würde vermutlich ähnlich ausfallen. Für akute Beschwerden hatte er ja Lena. Sie massierte ihm den Nacken, wenn er Verspannungen hatte, und ermahnte ihn, wenn er zu viele Süßigkeiten aß.

»Hast du die Bilder in der Zeitung gesehen?«, fragte Hilgersen, nachdem Flottmann seinen Arbeitsplatz eingenommen hatte.

Flottmann runzelte die Stirn.

»Welche Bilder?«

»Die vom Kornkreis, den man nördlich von Horstedt entdeckt hat.«

»Ich lese keine Zeitung.«

»Hier.« Hilgersen stand auf und legte einen Presseartikel vor Flottmanns Nase auf den Schreibtisch.

»Nett. Da waren echte Künstler am Werk.«

»Vielleicht waren es Aliens.«

»Bestimmt.«

»Meinst du wirklich?«

»Blödsinn.«

Hilgersen kratzte sich am Hals. »Das glaube ich ja auch nicht. Aber seltsam ist das schon. Es gibt angeblich keine Spuren, die zu dem Kornkreis hinführen. Jedenfalls keine, die von einem Traktor oder so etwas stammen.«

»Warum beschäftigt dich das? Gibt es eine Anzeige vom Landwirt?«

»Nein. Mich interessieren solche Phänomene eben.«

»So wie der leer gepumpte Teich?«

»Ja, so wie der Teich. Glaubst du auch an einen Zusammenhang?«

»Klar. Ein Scherzbold kommt selten allein.« Flottmann grinste.

Hilgersen nahm den Artikel und ging wieder an seinen Schreibtisch. »Mit dir kann man über so etwas nicht reden.«

»Gibt es nichts Wichtigeres als Kornkreise und den Wasserklau?«

»Eine Vermisstenanzeige. Eine Frau mit Namen Petra Hinrichsen ist seit gestern verschwunden. Vierzig Jahre alt. Wohnhaft hier in Husum.«

»Seit gestern?«

»Ja. Ihr Auto wurde auf einem Parkplatz in der Nähe von Hattstedt gefunden. Ihre Handtasche lag noch im Fahrzeug. Geld, Papiere und Handy befanden sich ebenfalls noch in der Tasche. Die Tür stand halb offen. Stoßstange und Nummernschild sind verbogen. Der Schaden scheint frisch zu sein.«

Flottmann rollte mit seinem Drehstuhl etwas seitwärts und sah am Bildschirm vorbei zu Hilgersen. »Für ihr Verschwinden könnte es viele Erklärungen geben.«

»Klar. Aber es kommen weitere Merkwürdigkeiten hinzu. Petra Hinrichsen wurde vor einigen Tagen auf dem Südfriedhof überfallen.«

»Hm.«

»Und das ist noch nicht alles. Auf ihrem Handy war ein Termin für gestern eingetragen. Fünfzehn Uhr, Mila Hus.«

»Wer ist Mila Hus?«
»Sie ist Astrologin und wohnt in Bredstedt.«
»Das ist allerdings ...«
»Nicht wahr? Was ist, wenn der Schlickattentäter wieder zugeschlagen hat?«
»Gehört sie denn auch zu der Sterndeuterzunft?«
»Nein. Das hab ich überprüft. Sie ist Kundin der Bredstedter Astrologin.«
»Kannst du mir den Zusammenhang erklären?«
»Nein. Aber du glaubst doch nicht an Zufälle.«
»Stimmt.«
»Ich hab Robert Thaler vorgeladen, den Ex-Freund der Vermissten. Er wird gleich hier sein.«

Robert Thaler kam um elf Uhr. Er war einundvierzig Jahre alt, von Beruf IT-Systemelektroniker und angestellt bei einer Firma für Sicherheitstechnik in Friedrichstadt. Ein Mann mit sportlicher Figur, circa einen Meter achtzig groß und dunkelblond. Nachdem Flottmann seine Personalien aufgenommen hatte, rückte Hilgersen mit seinem Drehstuhl näher, um sich an der Befragung zu beteiligen.
»In welchem Verhältnis stehen Sie zu Petra Hinrichsen?«, begann Flottmann.
»Wir waren befreundet. Das heißt, wir sind es immer noch. Aber wir leben schon längere Zeit getrennt.«
»Sie haben sie bereits nach einem Tag vermisst gemeldet.«
»Ja. Sie hatte mir erzählt, dass sie ein Mann auf dem Friedhof angegriffen hat. Und als ich sie am Telefon nicht erreichte, hab ich mir sofort Sorgen gemacht. Sie hat ihr Handy stets bei sich. Und falls sie einmal nicht rangehen kann, ruft sie zurück. Auf sie war in der Hinsicht immer Verlass. Ich hatte sofort das Gefühl, dass ihr etwas passiert ist. Man hat mir gesagt, dass ihr Auto gefunden wurde und auch ihre persönlichen Sachen.«
Flottmann nickte. »Hat sie Ihnen von weiteren besonderen Vorfällen oder Drohungen erzählt?«

»Nein, nur von dem Überfall auf dem Südfriedhof. Sie hat mich gefragt, ob ich sie das nächste Mal begleiten würde, wenn sie das Grab ihrer Eltern besucht. Natürlich hab ich ihr das zugesichert.«

»Sie kam von einer Astrologin, die ihr Geschäft in Bredstedt betreibt.«

Thaler verzog das Gesicht. »Da war sie öfter. Sie glaubt fest, dass die Sterne unser aller Schicksal bestimmen. Ich hab es aufgegeben, mit ihr darüber zu diskutieren. Das ist alles Schwachsinn, wenn Sie mich fragen. Aber, was soll's? Es ist eben ein Riesengeschäft. Jeder muss selbst wissen, wofür er sein Geld rausschmeißt.«

»Viele Leute glauben daran«, warf Hilgersen ein.

»Mag sein. Aber dadurch wird es nicht plausibler.«

Der Mann sprach Flottmann aus der Seele. »Gab es Streit über das Thema?«

»Früher ja. Aber, wie gesagt, ich hab es aufgegeben, mit ihr darüber zu reden. Jetzt geht mich das alles sowieso nichts mehr an. Sie führt ihr eigenes Leben.«

»Waren Ihre unterschiedlichen Meinungen darüber ein Trennungsgrund?«

Thaler antwortete zögerlich. »Nein, dafür war die Sache nicht wichtig genug. Ich hab ihren Hang für Astrologie, Kartenlegen und so 'n Zeug nur nicht verstanden. Das ist alles. Sehen Sie einen Zusammenhang mit ihrem Verschwinden?«

»Wir versuchen, uns ein Bild von der Vermissten und ihrem Umfeld zu machen.«

»Verstehe.«

»Wir müssen Frau Hinrichsens Wohnung nach Hinweisen durchsuchen. Das ist Routine in solchen Fällen.«

»Ich hab noch einen Schlüssel.« Thaler griff in seine Hosentasche und brachte einen Schlüsselbund mit einem Anhänger hervor, der das Symbol einer Waage darstellte. »Mein Sternzeichen. Sie hat mir den Anhänger geschenkt.« Er legte den Schlüsselbund auf den Schreibtisch.

»Danke, das ist hilfreich. Wir melden uns bei Ihnen, wenn wir weitere Fragen oder neue Erkenntnisse haben, Herr Thaler. Und wenn sich Frau Hinrichsen bei Ihnen meldet, sagen Sie uns bitte Bescheid.«

»Selbstverständlich. Kann ich sonst noch etwas tun? Ich könnte Suchmeldungen in den sozialen Medien verbreiten. Und vielleicht Plakate aufhängen.«

Flottmann nickte. »Das können Sie gerne machen.«

»Okay. Sollte das nicht zum Erfolg führen, so wird es doch mir helfen. Ich kann nicht einfach tatenlos herumsitzen.«

Thaler stand auf und ging.

Hilgersen rollte zurück an seinen Arbeitsplatz. »Wir sollten diese Astrologin aufsuchen.«

»Ja, gleich morgen. Und wenn wir die Genehmigung erhalten, sollten wir noch heute Hinrichsens Wohnung durchsuchen. Rufst du die Staatsanwältin an? Du kannst doch so gut mit Frauen umgehen.«

»Du bist der Meister der zweckgebundenen Komplimente.«

»Ich hab keine Ahnung, was du damit meinst. Ich koch uns inzwischen einen Kaffee.«

Hilgersen griff zum Telefon. Ob es an seinem Charme lag oder ob er Staatsanwältin Dr. Friedrichsen mit Argumenten von der Dringlichkeit überzeugt hatte, wusste Flottmann nicht. Jedenfalls erhielten sie die Genehmigung für die Durchsuchung.

Sie setzten auch das Flensburger Kommissariat 1 über die Entwicklungen in Kenntnis. Die Kollegen nahmen den Vermisstenfall ebenso ernst wie die Husumer.

Petra Hinrichsen bewohnte ein Zwei-Zimmer-Apartment im Zentrum der Stadt. Flottmann und Hilgersen durchsuchten die Räume gründlich. Sie hatten die Hoffnung gehabt, Hinweise auf Kontaktpersonen zu erhalten. Aber sie fanden weder einen Terminkalender noch irgendwelche Notizen, mit denen sie etwas anfangen konnten. Ein Festnetztelefon gab es ebenso wenig wie einen Computer. Vermutlich nutzte Hinrichsen sowohl für Anrufe als auch für Termine und Notizen ihr Smartphone, das bereits ausgewertet worden war. Die Flensburger waren dabei, die entsprechenden Personen zu überprüfen.

***

Helenas Tagebuch, 20. September

Ich war gestern wieder bei Mila Hus. Mit Anna konnte ich nicht sprechen. Leider hat es mit der Verbindung diesmal nicht geklappt. Mila hatte mich vorgewarnt, dass es nicht immer funktioniert. Markus redet immer noch wenig mit mir. Oft zieht er sich abends in sein Arbeitszimmer zurück und will nicht gestört werden. Die Polizei hat die Ermittlungen gegen mich eingestellt. Aber das ändert nichts an meiner Schuld. In letzter Zeit habe ich viele Alpträume. Aber manchmal sind auch schöne Träume dabei. Ich sehe dann Anna in ihrem neuen Kleid und ihren neuen Schuhen. Sie lacht mich immer fröhlich an. Ich glaube nicht, dass sie böse auf mich ist.
Ich habe mich entschlossen, die Tabletten nicht mehr einzunehmen, aber ich erzähle niemandem davon. Markus hat wieder getrunken. Wenn er trinkt, redet er gar nicht mehr mit mir. Wir sollten nicht zusammenbleiben. Wenn ich wieder bei Kräften bin, werde ich die Scheidung einreichen. Soll ich mit BB darüber reden? Vielleicht ist es besser, das nicht zu tun.

16

»Hast du von der Rungholter Glocke gehört?«, fragte Hilgersen auf der Fahrt nach Bredstedt.

»Nee. Was meinst du?«

»Mann, das stand gestern in der Zeitung. Auf den Inseln haben mehrere Anwohner die Glocke läuten hören.«

»Die der untergegangenen Stadt?«

»Ja. Die Sage erzählt, dass die Glocke von Rungholt in manchen Nächten ertönt. Ich hab ja bis jetzt nicht daran geglaubt.«

»Und jetzt glaubst du den Unsinn?«

»Viele haben das Läuten gehört. Angeblich gibt es sogar Tonaufnahmen davon.«

Flottmann schüttelte den Kopf. »Was ist denn das schon wieder für eine Geschichte?«

»Du weißt doch, dass Rungholt im Januar 1362 bei der zweiten Marcellusflut, der Groten Mandränke, untergegangen ist.«

»Nein, das weiß ich nicht.«

»Dann kennst du auch nicht die Sage dazu?«

»Nein. Aber ich ahne, dass du sie mir erzählen willst.«

»Die gehört definitiv zur Allgemeinbildung. Also, das war damals so: Rungholt war durch den Handel mit Salz, Bernstein und Getreide so reich wie Rom geworden. Die Überheblichkeit der Bewohner war berüchtigt und ist ihnen zum Verhängnis geworden. Eines Tages haben Bauern in einem Wirtshaus eine Sau betrunken gemacht und in ein Bett gelegt. Dann haben sie einen Prediger gerufen, der dem Sterbenden die letzte Salbung reichen sollte. Als der Prediger den Betrug bemerkte, wollte er sich davonmachen. Doch die Bauern haben ihn festgehalten und gezwungen mitzutrinken. Zurück in seiner Kirche, hat der Geistliche Gott angerufen und ihn gebeten, die Saufbolde zu bestrafen. Kurz darauf ist dann ein

Sturm aufgezogen, und Rungholt ging unter. Und alle sieben Jahre im Juni, in der Johannisnacht, taucht es aus der Tiefe auf. Und soll ich dir was sagen?«

»Ja, bitte.«

»Vorgestern, als die Glocken läuteten, war die Johannisnacht. Das ist doch kein Zufall!«

»Da muss ich dir recht geben. Derjenige, der die Lautsprecher aufgestellt hat, wusste das natürlich auch.«

Hilgersen schwieg. Am Ortsschild von Hattstedt nahm er den Fuß vom Gas. Er wusste, dass die Kollegen in dem Dorf gerne Radarfallen aufstellten, um die Gemeindekasse zu füllen.

»Lautsprecher? Warum sollte das jemand tun?«

»Warum sollte jemand Kornkreise erschaffen?«

Hilgersen machte eine wegwerfende Handbewegung. »Von einem Atheisten kann man ja nichts anderes erwarten. Du glaubst wohl an gar nichts.«

»Weit gefehlt. Ich bin inzwischen überzeugt, dass alles zusammenhängt. Die Kornkreise, Rungholts Glocke, der Anschlag auf Diana Keller und vermutlich auch die Entführung von Petra Hinrichsen.«

»Und wie ist der Zusammenhang?«

»Das müssen wir herauskriegen.«

»Die Sache mit dem Teich hast du vergessen. Und ich würde mich nicht wundern, wenn hier noch andere merkwürdige Dinge passieren.«

»Falls Rungholt aus dem Meer auftaucht, dann sag mir bitte Bescheid. Das würde ich gerne sehen. Dann wäre ich auch bereit, meine Ansichten zu ändern.«

»Die Johannisnacht ist schon vorbei.«

»Okay, dann werde ich mich in sieben Jahren an der Küste von Südfall auf die Lauer legen. Dort in der Nähe soll doch Rungholt gelegen haben.«

»Dein Sarkasmus ist unerträglich, Waldemar.«

Einige Minuten später hatten sie ihr Ziel erreicht. Hilgersen schaltete den Motor aus. »Du solltest dich mit deinen ironischen Bemerkungen ab jetzt zurückhalten. Die Astrologin nimmt ihren Job sicher sehr ernst. Wenn du sie veräppelst, könnte sie dichtmachen. Vielleicht sollte ich die Befragung besser alleine durchführen.«

»Ich werde mich ernsthaft bemühen.« Flottmann öffnete die Beifahrertür und stieg aus.

Die Kommissare hatten ihren Besuch angekündigt. Mila Hus empfing sie freundlich und führte sie in ihr Arbeitszimmer, wo alle drei am Tisch Platz nahmen.

Flottmann sah sich demonstrativ um. »Schön haben Sie es hier. Der Raum versprüht eine angenehme Atmosphäre für astrologische Beratungen.« Er fand, dass sein einleitender Satz gelungen war.

»Danke. Aber Sie sind sicher nicht gekommen, um sich von mir ein persönliches Horoskop erstellen zu lassen.«

»Nein, natürlich nicht. Obwohl das sicher reizvoll wäre.«

Hilgersen warf Flottmann einen prüfenden Blick zu. Vermutlich befürchtete er, dass sein Kollege seine Skepsis gegenüber der Sterndeuterei bereits zu Beginn der Befragung heraushängen ließ.

Stattdessen fuhr Flottmann fort: »Ich hab auf Ihrer Homepage gelesen, dass Sie sich nicht nur mit Astrologie beschäftigen, sondern auch mit Kartenlegen und automatischem Schreiben?«

»Das ist richtig.«

»Unter Kartenlegen kann ich mir noch etwas vorstellen. Aber vielleicht könnten Sie uns ganz grob das automatische Schreiben erklären.«

»Das Prinzip ist einfach. Ich versuche, mit einem Verstorbenen des Kunden in Verbindung zu treten. Vor mir liegt ein Blatt Papier, und ich hab einen Bleistift in der Hand. Wenn alles klappt, führt der Geist des Verstorbenen meine Hand und schreibt Antworten auf meine Fragen. Das klappt nicht immer, aber sehr oft. Manchmal melden sich auch mehrere Geister. Das erkennt man dann an verschiedenen Handschriften.«

Flottmann bildete sich ein, dass er mit keiner Miene verraten hatte, was er von dem Humbug hielt. Deshalb war er überrascht, als Mila Hus sagte: »Sie glauben nicht an die Seelen Verstorbener, Herr Kommissar. Das spüre ich deutlich. Aber Sie täuschen sich. Manche Seelen irren in der Zwischenwelt rastlos umher und warten darauf, dass sich ihre Lieben bei ihnen melden.«

Flottmann nickte. »Sie hatten gestern eine Kundin zu Besuch, die Petra Hinrichsen heißt.«

»Ja. Sie ist oft bei mir.«

»Sie haben sie beraten?«

»Petra wollte, dass ich ihr die Karten lege. Das hab ich getan.«

»Gab es etwas Besonderes? Ist Ihnen irgendetwas an ihr aufgefallen?«

»Nein. Warum? Ist etwas passiert?«

»Frau Hinrichsen ist seit ihrem Besuch bei Ihnen verschwunden. Sie sind offenbar die Letzte, die sie gesehen hat.«

»Verschwunden?«

»Wir können ein Verbrechen nicht ausschließen. Haben die Karten etwas dazu gesagt? Etwas, das einen Hinweis geben könnte? Haben Sie ihr etwas geraten?«

»Ich kann mich erinnern, dass ich die Karte ›Wagen‹ gezogen habe. Sie steht für Veränderungen im Privaten und Beruflichen. ›Drei der Schwerter‹ hab ich ebenfalls für sie aufgedeckt. Sie weist auf seelischen Schmerz hin, den Verlust eines Partners zum Beispiel.«

»War sie niedergeschlagen?«

»Nein. Vielleicht etwas angespannt. Aber das ist ja ganz normal, wenn man etwas über die Zukunft erfährt.«

»Sie sagten, dass sie oft bei Ihnen war. Gab es irgendwelche Vorkommnisse in ihrem Leben, die erwähnenswert sind?«

»Ich kenne ja nur das, was die Karten sagen. Sie interessierte sich vorrangig für die Zukunft hinsichtlich Liebe und Beruf.«

»Astrologinnen wie Sie verstehen eine Menge von Psychologie. Ich könnte mir vorstellen, dass Sie Ihre Kunden genau beobachten.«

»Ja, das gehört zu meinem Beruf. Vor einem halben Jahr ist mir tatsächlich aufgefallen, dass sie etwas depressiv war. Soweit ich mich erinnere, ging es um einen Todesfall in ihrer näheren Umgebung.«

»Wissen Sie, um wen es ging?«

»Nein, aber der Tod der Person muss ihr sehr nahegegangen sein.«

Flottmann wandte sich an Hilgersen. »Hast du noch Fragen?«

»Sagt Ihnen der Name Robert Thaler etwas?«

Mila Hus verzog das Gesicht. »Allerdings. Er war einmal hier. Das ist einige Monate her. Ein sehr unfreundlicher Mensch, und das ist noch milde ausgedrückt. Er kam unangemeldet und wollte doch tatsächlich von mir, dass ich Frau Hinrichsen nicht mehr berate.«

»Hat er Sie auf irgendeine Art bedroht?«

»Nein. Er ist nur sehr energisch und unfreundlich aufgetreten.«

»Was haben Sie ihm geantwortet?«

»Dass es ganz allein Frau Hinrichsens Entscheidung sei, ob sie zu mir kommt oder nicht.«

»Sonst nichts?«

»Nein. Er war ihr Freund oder Verlobter. Sie passten wirklich nicht zusammen. Aus astrologischer Sicht, meine ich.«

»Haben Sie ihm das gesagt?«, fragte Flottmann.

»Nein, natürlich nicht. Das ist eine Einschätzung, die ich mit Petra Hinrichsen erarbeitet habe, und unterliegt sozusagen der Schweigepflicht.«

»Haben Sie später noch einmal etwas von ihm gehört?«

»Er hat sich nicht mehr bei mir gemeldet. Aber Frau Hinrichsen kam weiterhin regelmäßig, wie gesagt auch gestern. Ich hab ihr von dem Vorfall erzählt. Ich hatte den Eindruck, dass sie ziemlich verärgert darüber war.«

»Wir wissen, dass Frau Hinrichsen auch Kundin von Diana Keller war. Kennen Sie Frau Keller?

»Ja. Ich hab länger nichts von ihr gehört, aber wir haben manchmal zusammengearbeitet.«

»Zusammengearbeitet? Wie ist das zu verstehen?«

Mila Hus zögerte mit der Antwort. »Nennen Sie es Erfahrungsaustausch.«

»Wie könnte man es sonst noch bezeichnen?«, hakte Hilgersen nach.

»Ein anderes Wort fällt mir nicht dafür ein. Austausch hauptsächlich auf fachlicher Ebene.«

»Diana Keller wurde vor einigen Tagen entführt. Der Täter hat ihr übel mitgespielt.«

»Diana wurde entführt? Das ist ja schrecklich. Wo ist sie? Wie geht es ihr?«

»Sie ist inzwischen wieder frei. Ihr geht es so weit gut. Das Motiv für die Tat kennen wir bisher nicht. Wir können nicht ausschließen, dass Petra Hinrichsen ebenfalls verschleppt wurde. Haben Sie irgendeine Vermutung, was dahinterstecken könnte?«

»Ich? Nein. Wieso sollte ich?«

Es trat eine Pause ein.

»Gut. Das war es erst einmal. Gustav? Hast du noch was?«

Hilgersen beugte sich vor. »Ich hätte da noch eine Frage am Rande. Sie haben doch sicher von der Glocke gehört, die in der Johannisnacht über dem Meer geläutet hat.«

»Ja, natürlich. Das stand ja ausführlich in der Zeitung.«

»Was halten Sie davon?«

»Ich finde es sehr interessant«

»Haben Sie eine Erklärung dafür?«

»Nein. Ich denke, man sollte nicht immer nach Erklärungen suchen. Ist es nicht viel reizvoller, Dinge so zu nehmen, wie sie sind? Manches liegt außerhalb unserer Erfahrung, und das ist gut so.«

»Hm. Vielleicht haben Sie recht. Aber wir als Polizisten

müssen schon von Berufs wegen nach Ursachen und Zusammenhängen suchen. Es gab da kürzlich noch einen Vorfall mysteriöser Art. Es wurde ein Kornkreis ganz in der Nähe von Horstedt entdeckt. Er hatte die Form eines Tierkreiszeichens, eines Skorpions. Können Sie dazu etwas sagen?«

»Auch da muss ich Sie enttäuschen. Ich weiß nichts darüber.«

»Okay.« Flottmann stand auf. »Wir danken Ihnen, Frau Hus.«

Auf dem Weg zurück zur Dienststelle begann Hilgersen das Gespräch. »Geht doch. Du bist echt über deinen Schatten gesprungen. Hätte ich dir gar nicht zugetraut. Nicht einmal beim automatischen Schreiben hast du gelacht.«

»Ich hab mich vorbereitet. So wie es sich gehört.«

»Hat uns der Termin weitergebracht?«

»Nee. Vielleicht hätten wir uns die Karten legen lassen sollen, um Petra Hinrichsen zu finden.«

»Da ist sie wieder, deine Ironie.«

»Sorry.«

Als sie das Bredstedter Ortsschild hinter sich gelassen hatten, beschleunigte Hilgersen den Dienst-Polo.

»Ich glaube nicht, dass die Astrologin etwas über Hinrichsens Verschwinden weiß«, sagte er.

»Sieht so aus. Aber sie kennt Diana Keller. Angeblich tauschen sie sich fachlich aus. Aus ihrer Reaktion auf deine Frage hab ich jedoch abgelesen, dass da noch mehr zwischen ihnen läuft.«

»Und was?«

»Keine Ahnung. Hellsehen kann ich leider nicht. Allerdings wäre das Gold wert in unserem Job. Spökenkieker nennt man hier doch die Menschen mit dem Zweiten Gesicht. Hast du diese Gabe vielleicht geerbt, ohne es zu wissen? Das würde unsere Arbeit sehr erleichtern.«

»Du kannst den Zynismus einfach nicht lassen.«

»Dabei bemühe ich mich wirklich.«

»Mit deiner Einstellung und deinen Vorurteilen werden wir den Fall nicht lösen. Man muss ja nicht an alle esoterischen Methoden glauben. Ich kann mir zum Beispiel auch nicht wirklich vorstellen, dass man Geister anrufen und sich mit ihnen unterhalten kann.«

»Das beruhigt mich.«

»Geister haben bestimmt etwas anderes zu tun.«

»Was?«

»Bevor du dich aufregst – das war ein Scherz.«

»Okay, der war gelungen.«

»Ich werde dich an der Dienststelle absetzen. Ich hab noch einen wichtigen Termin.«

Flottmann sah zu Hilgersen hinüber und wartete auf eine Erklärung. Aber Hilgersen schwieg.

17

Petra Hinrichsen lag an Deck, als sie aufwachte. Sofort begann sie, am ganzen Körper zu zittern. Sie ahnte, was mit ihr passieren würde. Sollte sie sterben, ohne dass sie wusste, warum? Vielleicht fiele ihr das Sterben leichter, wenn sie die Beweggründe des Mörders kannte. Die Überlegung schoss ihr durch den Kopf, obwohl sie völlig absurd war. Nichts würde sich ändern, egal, ob sie den Grund kannte oder nicht. Und reden konnte sie auch nicht mehr mit ihm. Er hatte ihr einen Knebel in den Mund gestopft, sodass sie kaum atmen konnte. Ihre Hände waren immer noch auf dem Rücken zusammengebunden. Zusätzlich waren jetzt auch noch ihre Füße gefesselt.

Es gelang ihr, den Kopf anzuheben. Sie erschrak, als sie ihn sah. Er stand an der Reling und blickte zum Himmel. Mehrfach trat er mit dem Fuß gegen die Bordwand und fluchte. Er schien sehr wütend zu sein. Petra hörte keine Motorengeräusche, aber aus der Ferne erklang dumpfes Gewittergrollen. Für eine Sekunde erhellte ein Blitz das Boot. Sie erkannte, dass der Mann immer noch eine Skimaske trug. Er trat ein weiteres Mal gegen das Holz. Dann drehte er sich um und kam auf sie zu. Sie ließ ihren Kopf zurück auf den Boden fallen. Sie musste sich ihrem Schicksal ergeben. Mit gefesselten Händen konnte sie kaum etwas gegen ihn ausrichten. Er ging in die Knie, fasste ihr unter die Oberschenkel und den Nacken. Mit letzter Kraft ließ sie ihre Knie nach oben schnellen, während er sie anhob. Sie verfehlte sein Kinn um Haaresbreite. Damit hatte sie ihre letzte Chance vertan. Jetzt wartete sie nur noch darauf, dass das kalte Wasser ihr den Atem nahm, und hoffte, dass es schnell vorbei war.

Aber die Sekunden dehnten sich zu Minuten. Seine Schritte klangen wie das Stampfen eines Monsters. Ein greller Blitz durchzuckte die Nacht. Der Donnerschlag ertönte nur wenig später. Hätte sie es nicht besser gewusst, hätte sie geglaubt, Schauspielerin in einem Horrorfilm zu sein, in dem sie die undankbare Rolle des Opfers spielte.

Doch dann geschah das Unglaubliche. Anstatt sie über die Reling zu werfen, stieß er mit dem Fuß die Tür zum Unterdeck auf und trug sie die Treppe hinunter. Hoffnung keimte in ihr auf. Doch in der nächsten Sekunde verwandelte sich der Funke Hoffnung in pures Entsetzen.

***

Helenas Tagebuch, 27. September

Ich hatte wieder Kontakt mit Anna! Ihr geht es gut. Wahrscheinlich geht es ihr viel besser als mir. Aber sie vermisst mich. Sie hat das nicht gesagt, aber ich weiß es. Ihre Antworten auf meine Fragen sind so klug und weise. Ich hab BB vom automatischen Schreiben erzählt, aber er ist gar nicht darauf eingegangen. Markus hab ich nichts gesagt. Er würde mir nicht glauben. Ich hab überlegt, ob ich ihn einmal mitnehmen sollte, damit er es selbst erlebt. Aber ich habe die Idee verworfen. Wir werden uns immer fremder. Unsere Ehe ist sinnlos geworden. Das Leben hier auf der Erde ist für mich sinnlos geworden. Mich würde niemand vermissen, wenn ich ginge. Außer BB vielleicht. Nein, nicht vielleicht, ganz bestimmt würde er mich vermissen.
Meine Freundin Petra hat sich von ihrem Robert getrennt. Es ist ihr sehr schwergefallen. Ich hab sie am Telefon etwas trösten können. Es tut gut, jemandem zu helfen und nicht immer nur auf Hilfe angewiesen zu sein. Robert ist nett. Ich hab ihn einige Male getroffen. Er hat Petra sehr geliebt. Petra sagt, dass er unter der Trennung leidet und immer wieder versucht, sie zurückzugewinnen. Aber sie will hart bleiben. Sie meint, dass

sie beide nicht zueinander passen. Er ist Steinbock, sie Widder. Die haben oft Probleme miteinander. Aber das ist meiner Ansicht nach kein Grund für eine Trennung. Petra behauptet, dass er manchmal sehr unbeherrscht und jähzornig sein kann. Ich kann mir das gar nicht vorstellen. Auf mich wirkt er ganz anders.

18

Bereits auf der Fahrt nach Heide hatte sich ein Gewitter durch Wetterleuchten angekündigt. Aber es war weit weg, und mit etwas Glück würde es vorbeiziehen. Lilian, Dennis, Bernd und Christoph freuten sich auf das Abenteuer. Auch wenn nicht immer Paranormales in Erscheinung trat, war doch die Atmosphäre stets besonders. Alleine die Erwartung, es könnte im nächsten Moment etwas passieren, sorgte für Spannung und Kribbeln im Bauch.

Der Eingang zum Bunker war bis zur halben Höhe zugemauert, und auf den Steinen warnte ein Schild mit der Aufschrift »Zugang verboten – Lebensgefahr!«. Lilian und ihre Mitstreiter interpretierten das eher als Einladung denn als Verbot. Der Bunker war in eine Böschung eingelassen und bis auf den Eingang fast vollständig zugewachsen. Sportlich, wie sie war, erklomm Lilian die Mauer ohne Schwierigkeit. Die anderen reichten ihr nach und nach die teilweise teuren Geräte an: eine normale Digitalkamera, eine Full-Spectrum-Kamera, mit der Aufnahmen sowohl im UV- als auch Infrarotlicht möglich waren, zwei Actioncams und eine Dashcam, die ebenfalls Infrarotaufnahmen ermöglichte, sowie mehrere Nachtsichtgeräte und Taschenlampen. Für Tonaufnahmen führten sie Digitalrekorder und Richtmikrofone mit. Natürlich gehörte auch ein EMF-Meter zur Ausrüstung, mit dem man das elektromagnetische Umfeld eines Geistes messen konnte.

Nach und nach kletterten die anderen drei über die Absperrung. Es war zwei Stunden vor Mitternacht, und die Dämmerung hatte eingesetzt. Im Eingangsbereich war die Sicht noch gut, aber weiter innen würden sie die Taschenlampen einschalten müssen. Lilian spürte die Aufregung. Obwohl sie bereits an vielen ähnlichen Expeditionen teilgenommen hatte, ließ die Spannung nicht nach. Man wusste nie, was einen erwartete. Paranormale Ereignisse waren unberechenbar und manchmal gefährlich.

Die vier Forscher standen im Kreis. Allen war die Anspannung anzumerken. Sie benötigten einige Zeit, um die Geräte klarzumachen und noch einmal die Strategie zu besprechen. Von Fotos eines Hobbyfotografen, der einen Bildband mit »Lost Places« herausgegeben hatte, wussten sie in etwa, wie der Bunker aufgebaut war. Außerdem war Christoph bereits einmal dort gewesen. Es gab zwei große Räume und mehrere Gänge. Einige führten zu Ausgängen, die allerdings komplett zugemauert waren. Lilian versuchte sich vorzustellen, wie Menschen dort zusammengepfercht und in Angst vor den Bomben Stunden zugebracht hatten. Aber so recht wollte es ihr nicht gelingen.

Christoph übernahm wie stets die Regie. Keiner störte sich daran. Er war sozusagen ein alter Hase auf dem Gebiet übersinnlicher Phänomene. Er hatte sich nicht nur mit der Geisterjagd beschäftigt, sondern so ziemlich alles Okkulte studiert, von Telepathie und Telekinese bis zum Hellsehen und Handlesen.

»Zu unser aller Sicherheit bleiben wir erst einmal zusammen.« Er gab ein Handzeichen, und alle folgten ihm. Nach wenigen Schritten befanden sie sich an einem Ort, der sie allein durch seine kahlen Betonwände frösteln ließ. Der Boden war teilweise mit Schutt bedeckt. In einer Ecke lag eine eklige Matratze. Die Wände zeigten bis fast mannshoch einen Schmutzrand, der offenbar von Überschwemmungen herrührte.

Bernd und Dennis schalteten ihre Taschenlampen ein, was die Atmosphäre etwas entspannte. Später würden sie im Dunkeln agieren, dann waren sie lediglich auf ihre Nachtsichtgeräte angewiesen. Manche Geister scheuten das Licht. Weshalb das so war, wusste niemand. Christoph ging auf eine stark korrodierte Stahltür zu. Sie war mit einem Vorhängeschloss verriegelt.

Der Trupp lief durch einen schmalen Gang in den anderen Raum. Der war kleiner, dafür etwas höher. An der Decke führten Rohre entlang, die vermutlich die Belüftung sicherstellen sollten. Das Ende eines Rohres mit fast einem Meter Durchmesser war mit einem Drahtgitter versehen. An einer Wand verliefen armdicke Leitungen mit Ventilen nach oben. In schwarzen Buchstaben stand daneben geschrieben: »Nur nach Anweisung der Ordner betätigen«. Bis auf eine Blechdose und ein paar Glasscherben war der Raum vollständig leer. Drei niedrige Gänge zweigten in verschiedene Richtungen ab. Sie mochten als Fluchtwege gedient haben.

Auf Christophs Zeichen schalteten alle ihre Taschenlampen aus. Zunächst konnte man die Hand vor Augen nicht sehen. Aber nach einiger Zeit der Gewöhnung ließen sich gewisse Konturen erahnen. Vom Eingang gelangte etwas Streulicht in den hinteren Raum. Eine Katze hätte kein Problem gehabt, sich zu orientieren, ebenso wie diejenigen, die ein Nachtsichtgerät benutzten. Lilian trug stattdessen eine Nachtsichtbrille mit eingebauter Videokamera. Deren Reichweite war zwar begrenzt, reichte aber aus, um nicht gegen eine Wand zu laufen oder über einen Stein zu stolpern. Ihre Aufgabe war es, Tonaufnahmen mit einem Richtmikrofon zu machen. Deshalb sonderte sie sich von den anderen ab und kehrte in den vorderen Raum zurück. Der war ein wenig heller, und mit ihrer Brille konnte sie sich gut zurechtfinden. Sie startete den Rekorder. Natürlich agierten ihre Freunde nicht völlig lautlos, aber ihre Geräusche würden sich später leicht von paranormalen Geschehnissen trennen lassen.

Lilian setzte Kopfhörer auf, die es ihr erlaubten, die Aufnahmen in Echtzeit mitzuhören. Sie stellte die Verstärkung auf einen mittleren Wert und scannte mit dem Richtmikrofon die Umgebung ab. Zeitweise zeigte sich ein störendes Brummen, vielleicht durch einen Fehler in der Elektronik oder durch eine beschädigte Abschirmung der Kabel. Das Problem konnte sie jetzt nicht lösen.

Kaum hatte sie sich auf die Geräusche konzentriert, vernahm sie ein Rascheln, dessen Bedeutung sie zunächst nicht erkannte. Aber als sie eine Berührung an den Beinen spürte, wusste sie, was es war. Ratten!

Angst und Ekel überfielen sie. Mit Geistern konnte sie umgehen, aber mit dem Angriff der Nager hatte sie nicht gerechnet. Sie unterdrückte einen Schrei, der die anderen herbeigerufen hätte. Auf deren Spott konnte sie gut verzichten. Also riss sie sich zusammen und atmete tief durch. Eine Zeit lang horchte sie noch gezielt auf das Rascheln, dann scannte sie die Umgebung weiter mit dem Richtmikrofon ab.

Als sie es auf die Stahltür hielt, glaubte sie, etwas Ungewöhnliches vernommen zu haben. Eine Stimme, unverständliche, geflüsterte Worte. Kurz erschrak sie, aber dann vermutete sie, dass sich die Teamkollegen im Nebenraum leise unterhielten. Merkwürdig war nur, dass die Stimme verstummte, sobald sie das Mikrofon in eine andere Richtung, fort von der Tür, schwenkte. Der Effekt war reproduzierbar. Sie trat näher an die Tür heran, hielt das Mikro direkt vor das Stahlblatt und drehte die Verstärkung weiter auf. Die Stimme wurde lauter, aber noch immer konnte sie nichts verstehen. Vielleicht war sie durch ihre Aufregung blockiert. Plötzlich erklang wieder das Brummen. Sie stand noch einige Zeit regungslos auf der Stelle. Ein kalter Schauer lief ihr über den Rücken, und sie bemerkte, dass ihre Hand mit dem Mikrofon zitterte.

»Kommt mal! Hier ist etwas!«, rief sie die anderen herbei.

»Hast du was?«, fragte Christoph. Er ließ seine Taschenlampe aufblitzen und schob seine Nachtsichtbrille hoch.

»Hinter der Tür. Ich hab jemanden flüstern gehört. Ganz bestimmt. Und ich hab das im Kasten.«

»Wirklich?« Christoph runzelte die Stirn. Er richtete die Taschenlampe auf die Tür. »Ohne Werkzeug kriegen wir das Schloss nicht geknackt. Wir brauchen einen Bolzenschneider oder eine Flex.«

»Aber wir sollten den – den Geist nicht stören. Wenn er

wollte, käme er heraus. Die Tür ist bestimmt kein Hindernis für ihn, oder?«

»Nein. Aber ich würde zu gerne wissen, was sich in dem Gang verbirgt. Bist du dir wirklich sicher …?«

»Ja, ganz sicher. Wie gesagt, ich hab das aufgenommen. Hier!« Sie reichte Christoph die Kopfhörer und spulte den entsprechenden Ausschnitt ab.

»Das ist ja irre.«

»Ich hab noch etwas!«, rief Dennis, der Jüngste und Kleinste der Gruppe. Er stand etwas abseits und hatte die Infrarotkamera auf den Boden gerichtet. Die anderen gesellten sich um ihn herum und starrten auf das Display. Mit etwas Phantasie konnte man die Umrisse einer zusammengekauerten Gestalt erkennen.

Ein grelles Licht erhellte den Raum. Kurz darauf folgte ein Donnerschlag, der alle zusammenzucken ließ. Draußen prasselte der Regen, und von verschiedenen Seiten drang Wasser in den Bunker. Es riss Schutt und Schlamm mit und stieg bedrohlich an.

»Wir müssen raus hier!«, schrie Christoph.

Er leuchtete mit seiner Taschenlampe Richtung Ausgang. Wie ein reißender Fluss schoss das Wasser über die Mauer. Innerhalb weniger Minuten würde sich der Raum in eine todbringende Falle verwandeln. Es ging nicht nur darum, ihre Ausrüstung zu retten, sondern von einer Sekunde zur anderen ums nackte Überleben. Schon standen sie bis fast zu den Knien in der Strömung und konnten sich kaum auf den Beinen halten. Der nächste Blitz kam fast gleichzeitig mit dem Donner.

Als Lilian die Mauer erreichte, drehte sie sich noch einmal um. »Wo ist Dennis?«, übertönte sie das Tosen der Fluten. Alle richteten ihre Taschenlampen in den Bunker hinein. Dennis war verschwunden. »Wir müssen zurück!«, schrie Lilian.

Das Wasser stand ihr schon bis zu den Hüften. Sie übergab Bernd Brille, Mikrofon und Digitalrekorder und steuerte die Stelle an, an der sie Dennis zuletzt gesehen hatte. Christoph folgte ihr. Beide erschraken zu Tode, als plötzlich eine Gestalt vor ihnen aus dem Wasser auftauchte. Für eine Sekunde dachte Lilian an einen Geist. Dann erkannte sie Dennis, der triumphierend seine Kamera hochhielt. »Ich hab sie!«

»Du Idiot!« Lilian hätte Dennis am liebsten eine runtergehauen.

»Ich hatte sie verloren. Solche Aufnahmen bekommen wir nie wieder.«

Wortlos wateten die Geisterjäger zum Ausgang. Die Strömung hatte etwas nachgelassen, aber der Bunker drohte bis zur Decke vollzulaufen.

Als hätten sie es trainiert, halfen sie sich gegenseitig, mit den Geräten über die Mauer zu klettern und sich seitlich in die Böschung zu retten. Im Schein der Blitze erkannte Lilian das wahre Ausmaß der Überschwemmung. Ein Bach in der Nähe musste über die Ufer getreten sein und sich in den abschüssigen Weg zum Bunker ergossen haben. Jetzt verstand sie den Warnhinweis auf dem Schild.

Alle waren klitschnass, und der Regen prasselte immer noch auf sie ein. Sie versuchten, das Equipment so gut wie möglich zu schützen. Die vier durchquerten das neu entstandene Flussbett und hangelten sich die Böschung entlang zur befestigten Straße, wo das Auto stand. Sie verstauten ihre Geräte im Kofferraum und stiegen ein.

Christoph strich seine nassen Haare nach hinten und wischte sich das Gesicht mit der Hand ab. »Wir wären beinahe draufgegangen. Ist euch das eigentlich klar?«

»Aber wir haben Aufnahmen«, sagte Lilian. »Und die sind sensationell. Wir sollten uns morgen treffen, um alles auszuwerten.«

»Okay. Morgen Nachmittag bei mir.« Christoph drehte den Zündschlüssel um und fuhr los.

Das Team traf sich am nächsten Nachmittag bei Christoph. Er wohnte in einer Doppelhaushälfte im Norden Husums.

Das alte, etwas heruntergekommene Haus, in dem er sich in seinem alten Kinderzimmer eine Art Labor eingerichtet hatte, gehörte seinen Eltern. Sie hatten im Stadtteil Lund neu gebaut und beabsichtigten, es zu verkaufen. Bis dahin konnte Christoph es nutzen. Jede Wand war mit Schreibtischen zugestellt, manche vom Sperrmüll, andere waren aus Holzplatten und Malerböcken zusammengesetzt. Zur technischen Ausstattung gehörten mehrere Computer, ein Oszilloskop sowie diverse selbst gebaute Instrumente. In einer Ecke befanden sich alte Radios und Tonbandgeräte. Vor Jahren hatte sich Christoph mit Tonbandstimmen, Mitteilungen aus dem Jenseits, beschäftigt. Inzwischen verfolgte er das Thema »instrumentelle Transkommunikation« nicht mehr.

»Und? Habt ihr alles gut überstanden?«, fragte er.

»Ich hab heute Nacht schlecht geschlafen«, antwortete Lilian. »Ein Monster hat an meiner Tür geklopft. Und es hat ohne Ende geregnet. Das Wasser in meinem Schlafzimmer stieg immer weiter an. Irgendwann bin ich dann aufgewacht.«

»Solche Expeditionen wie gestern sind nichts für zartbesaitete Frauen.« Bernd grinste.

»Schon klar. Echte Männer wie du kämpfen erfolgreich gegen Monster und Geister. Aber ich hab die Aufnahmen gemacht. Hast du schon mal reingehört, Christoph?«

»Ja, hab ich.« Christoph ließ seinen Drehstuhl rotieren. Mit einem Tastendruck erweckte er den Computer aus dem Energiesparmodus. Auf dem Bildschirm erschien das Fenster eines Audio-Editors, in dem der Pegelverlauf der Aufnahme dargestellt war. Er klickte auf das Wiedergabesymbol und ließ die gesamte Sequenz ablaufen.

»Da ist was«, sagte Dennis. »Es hört sich an, als flüstere jemand. Aber ich hab kein Wort verstanden. Der Regen erzeugt zu viele Nebengeräusche. Kannst du sie nicht ausblenden?«

»Ich kann einen Rauschfilter einsetzen.«

»Ja, mach!«

Christoph wählte die Funktion aus dem Menü aus und

startete die Wiedergabe erneut. Der Ton kam aus zwei Lautsprechern, die an der Wand in Augenhöhe angebracht waren. Der Cursor wanderte über den Pegelverlauf, während die Geräusche erklangen.

»Ich glaub, ich hab was verstanden.« Lilian zeigte mit dem Finger auf eine Stelle im Diagramm. »Hier war das.«

Christoph markierte den Bereich mit der Maus und ließ den Ausschnitt in einer Schleife ablaufen.

»Ich verstehe das Wort ›Flut‹«, sagte Lilian.

Christoph stoppte die Aufnahme. »Du hast recht. Ich höre das Gleiche heraus. Was hat das zu bedeuten?«

»Mensch, der Geist meint uns«, rief Bernd. »Er fühlte sich von uns gestört und hat das Wasser in den Bunker geleitet, um uns umzubringen.«

»Oder er wollte uns warnen.«

Einen Moment schwiegen alle.

»Das ist doch Blödsinn«, unterbrach Christoph die Pause. »Aber unheimlich ist es schon.«

»Sensationell ist das«, sagte Lilian.

»Und dann haben wir ja noch das Infrarotfoto. Die Kamera hat das Schlammbad wie durch ein Wunder überstanden. Ich hab über eine Stunde gebraucht, um sie zu reinigen.« Dennis zog einen farbigen Papierausdruck aus der Gesäßtasche seiner Jeans, faltete ihn auseinander und reichte ihn herum. »Die Infrarotaufnahme zeigt ganz klar eine Gestalt, die zusammengekauert auf dem Boden liegt.«

»Das ist irre!« Bernd schlug sich mit der flachen Hand auf das Knie.

Alle stimmten ihm zu. Sie versuchten, weitere Ausschnitte aus der Audiodatei zu entziffern, was ihnen aber nicht gelingen wollte.

»Markier noch mal diesen Bereich da!« Lilian zeigte auf eine Position, an der deutliche Ausschläge über dem Hintergrundrauschen sichtbar waren.

Christoph setzte den Cursor auf die entsprechende Anfangs- und Endposition, drehte die Verstärkung auf und klickte die Playtaste an.

Alle hörten aufmerksam zu. Lilian hielt die Augen geschlossen und konzentrierte sich. »Ich verstehe ›Elena‹.«

»Ich auch«, stimmte Dennis zu. »Das ist ein weiblicher Vorname.«

Christoph nickte. »Vielleicht stellt sich der Geist mit Namen vor. Ich werde mich erneut in Ruhe mit der Aufnahme beschäftigen. Womöglich kann ich noch weitere Worte herauskitzeln. In jedem Fall sollten wir noch einmal dahin. Oder hat jemand von euch Angst?«

»Ein mulmiges Gefühl hab ich schon«, sagte Lilian. »Der Wassereinbruch steckt mir noch in den Knochen. Aber wir können jetzt doch nicht kneifen. So eine Chance kommt nicht wieder. Wie wäre es mit Samstagnachmittag?«

Alle stimmten Lilians Vorschlag zu.

19

Petra Hinrichsen starrte auf die offene Holzkiste. Verzweifelt strampelte sie mit den gefesselten Beinen. Ein weiteres Mal versuchte sie, den Knebel auszuspucken, was jedoch einen Würgereiz verursachte. Der unterdrückte Husten raubte ihr für einen Moment den Atem. An der Schwelle zur Bewusstlosigkeit nahm sie die Szene wie in einem Traum wahr. Und wie in einem Alptraum war sie unfähig, sich zu bewegen. Die Starre erfasste ihren ganzen Körper. Ihr Herz schien nicht mehr zu schlagen. Als der Mann sie in den Sarg hinabließ, sah sie ihm in die Augen.

Er zeigte keine Regung hinter seiner Maske, nichts Menschliches, das ihr Zuversicht gegeben hätte. Mit Gewalt stopfte er ihre Beine in die viel zu enge Kiste. Als der Deckel zufiel, wurde es dunkel. Doch etwas Licht drang durch einen schmalen Spalt, der groß genug sein konnte, um sie vor dem Erstickungstod zu bewahren. Sie hörte, wie Metallverschlüsse einrasteten, und vernahm anschließend Schritte auf der Treppe. Dann war es still. Nur leises Plätschern der Wellen, die an das Boot schlugen, und ab und zu Donnergrollen zeugten von einer äußeren Welt. Nie zuvor im Leben hatte sie sich so einsam und verlassen gefühlt.

Sie befand sich in Seitenlage. Wenn es ihr gelang, sich auf den Rücken zu drehen, erlangte sie vielleicht etwas mehr Bewegungsfreiheit. Nach mehreren Versuchen und mit Hilfe ihrer gefesselten Hände gelang ihr das Kunststück. Der Platz für die angezogenen Beine reichte gerade aus. Aber der Spielraum war zu klein, um mit den Knien gegen die Decke zu schlagen. Nur wenig besser sah es für die Füße aus. Immerhin konnte sie damit Druck auf eine Wand ausüben. Das Holz knarrte, bog sich etwas, war aber weit davon entfernt nachzugeben. Nach kurzer Zeit war Petra vollständig erschöpft. Ihre Anstrengungen waren erfolglos. Sie musste nachdenken. Wenn es nur die geringste Chance gab, würde sie die nutzen. Egal, was ihr einfiel, sie würde jedes Risiko eingehen. Gegen den sicheren Tod musste ihr jegliches Mittel recht sein. Bleib ruhig, sagte sie sich. Panik und Angst halfen nicht.

Was hatte der Entführer vor? Wollte er sie samt der Kiste über Bord werfen? Das ergab keinen Sinn. Er hätte sie schon lange ertränken können, wenn er das vorgehabt hätte. Dass er sie vergewaltigen wollte, glaubte sie inzwischen auch nicht mehr. Was konnte in so einem kranken Hirn vor sich gehen? Wieso war er auf dem Deck so wütend gewesen? Irgendetwas war nicht nach seinen Vorstellungen verlaufen. An ihr konnte das kaum gelegen haben. Er hätte alles mit ihr machen können, ohne dass sie sich hätte wehren können. Der Grund musste ein anderer sein. War etwas mit dem Boot nicht in Ordnung? War der Motor ausgefallen, und er musste Hilfe holen? Das wäre vielleicht eine Chance für sie. Im selben Moment ihrer Überlegung hörte sie das Geräusch der Maschine. Und wenig später setzte sich das Boot in Bewegung.

Fuhr er weiter hinaus aufs Meer oder zu einem Ufer? Wendete er? Nein, das hätte sie gespürt. Aber sie wusste nicht, wie herum das Schiff gestanden hatte. In ihrer Panik hatte sie natürlich nicht auf solche unwichtigen Dinge geachtet. Die eingeschlagene Richtung konnte sowohl das offene Meer sein als auch der Weg in einen Hafen. Es ging zurück an Land. Daran wollte sie ganz fest glauben.

Petra Hinrichsen drehte sich zur Wand. Sehen konnte sie kaum etwas, aber wenn sie sich reckte, konnte sie mit Wange und Nase die Wand abtasten. Ein Splitter schnitt ihr ins Fleisch. Das schmerzte, und sie spürte, wie warmes Blut bis zum Hals hinunterlief. Die Verletzung war bedeutungslos. Sie tat sogar gut, lenkte sie doch für einen kurzen Augenblick von dem wahren Schmerz ab. Ein kleiner Zipfel des Stoffknebels ragte aus ihrem Mund. Immer und immer wieder hob und senkte sie den Kopf an dem Splitter vorbei, bis sich der Stoff daran verhakte und Stück für Stück aus dem Mund glitt. Den Rest konnte sie ausspucken.

Was für ein Gefühl, wieder frei atmen zu können! Sie war so froh über ihren Erfolg, dass sie für einen Moment vergaß, wie ausweglos ihre Situation war. Sie drehte sich zurück auf den Rücken, um sich etwas auszuruhen.

Nun, da sie sich vom Knebel befreit hatte, hätte sie schreien können. Aber das war keine gute Idee. Vermutlich wäre ihr Widersacher der Einzige, der sie hörte. Besser war es, eine günstige Gelegenheit abzupassen. Jetzt war ebenfalls kein guter Zeitpunkt, um mit ihm zu reden.

Die Befreiung vom Knebel hatte ihr neuen Mut gebracht. Das war wichtig. Petra konzentrierte sich auf die Geräusche. Der Motor brummte gleichmäßig. Wenn er verstummte, musste sie wachsam werden. Sie dachte an den entsetzlichen Moment, als der Mann sie in die Kiste gesteckt hatte. Ihr Herz war stehen geblieben, und ihre Sinne hatten verrücktgespielt. Aber in der Sekunde, als sie in das vermummte Gesicht geblickt hatte, war ihr gewesen, als hätte sie die Augen bereits einmal gesehen. Vermutlich bildete sie sich das ein. Außerdem verband sie damit ein freundliches Gesicht, auch wenn sie ansonsten kein Bild von der Person in Erinnerung hatte.

Ihre Aufregung stieg weiter an, als sie hörte, wie der Schiffsmotor gedrosselt wurde. Das konnte bedeuten, dass das Schiff anlegte. In einem Hafen bestand die Möglichkeit, dass andere Menschen in der Nähe waren. Allerdings war es Nacht, und es regnete. Sollte sie um Hilfe rufen, falls er sie an Deck brachte? Die Kiste würde ihre Stimme dämpfen, doch vielleicht gab es eine geringe Chance, dass man sie hörte. Aber der Entführer könnte sie mit dem Betäubungsmittel zum Schweigen bringen oder sie gar töten. Wenn sie wüsste, was der Entführer mit ihr vorhatte, würde ihr die Entscheidung leichterfallen. Es war alles so widersprüchlich. Er war mit ihr hinaus aufs Meer gefahren, hatte sein Vorhaben aus irgendeinem Grund geändert, hatte sie in eine Kiste gesperrt und brachte sie nun offenbar zurück an Land.

Ihr Rücken und alle Glieder schmerzten. In einer engen

Kiste eingesperrt zu sein und nicht zu wissen, was geschehen würde, war schlimmste Folter. Keinem Menschen, den man nicht abgrundtief hasste, täte man so etwas an. Aber sie hatte von Psychopathen gehört, die ihren Opfern ganz schreckliche Dinge antaten. Sie versuchte, alle Gedanken daran zu verdrängen.

Niemand konnte ihr helfen. Robert hätte alles unternommen, um sie zu finden. Obwohl sie sich vor Monaten getrennt hatten, war er der beste Freund, den sie jemals gehabt hatte. Sie waren ohne Streit auseinandergegangen. Ein Anruf hätte genügt, und er wäre zur Stelle. Aber er wusste nichts von ihrer Not. Als sie ihm vom Überfall auf dem Friedhof erzählt hatte, war er sehr besorgt um sie gewesen.

Petra spürte die Erschütterung, als das Boot auf ein Hindernis stieß. Auch die Geräusche des Motors signalisierten, dass es anlegte. Dann verstummte die Maschine. Die Stille zerrte an ihren Nerven. Was kam als Nächstes? Ging der Entführer einfach von Bord und ließ sie in der Kiste verhungern und verdursten?

Fast war sie erleichtert, als sie Schritte hörte. Sie glaubte sogar, Stimmen zu vernehmen. Leise, und sie konnten von weit her kommen. Oder unterhielt sich der Entführer mit jemandem? Es vergingen quälende Minuten, bis erneut Schritte erklangen. Sie gehörten zu zwei Personen, die die Treppe herunterstiegen. Ihr Atem stockte. Jetzt würde sich ihr Schicksal endgültig entscheiden.

***

Helenas Tagebuch, 4. Oktober

Nur ganz kurz hatte ich Kontakt mit Anna. Die Verbindung ist leider während der Sitzung abgebrochen. Ich hab Markus nun doch davon erzählt. Er glaubt mir nicht und ist wortlos in sein Zimmer gegangen. Es war

ein Fehler, ihm etwas zu sagen. Aber da ich mich sowieso von ihm trennen will, ist es eigentlich egal. Wahrscheinlich ist er froh, wenn er mich los ist. Es ist traurig, dass es so weit gekommen ist. Aber es lässt sich nicht ändern.
Ich war heute in Annas Zimmer. Seit ich Kontakt mit ihr habe, fällt es mir leichter hineinzugehen. Ich bin überzeugt, dass sich alles zum Guten wenden wird. Ich freue mich auf den Abend mit BB. Wir werden Wein trinken und Musik hören. Er wird wieder mein Lieblingsstück auflegen. Ein altes Lied von Fleetwood Mac. »Albatross« heißt es. Albatrosse können Flügelspannweiten von dreieinhalb Metern haben, hat BB mir erzählt. Sie können endlos durch die Lüfte gleiten. Aber beim Landen können sie sich die Flügel oder Beine brechen.
Noch weiß Markus nichts von BB. Vielleicht ahnt er etwas. Ich könnte es ihm beichten. Doch dann würde es neuen Streit geben. Dafür habe ich nicht die Kraft.

20

Hilgersens Telefon klingelte. Flottmann hörte, wie der Name der Spurensicherungskraft Rita Förster fiel.

»Was gibt es?«, fragte er, nachdem Hilgersen aufgelegt hatte.

»Einbruch im Schlossgang. Rita ist schon vor Ort. Du könntest den Fall übernehmen. Vielleicht kommt ihr euch bei der Gelegenheit etwas näher. Würde nicht schaden.«

»Das ist eindeutig etwas für dich, Gustl. Ich muss mich um die Entführung kümmern.«

»Dafür ist das K1 zuständig.«

»Ich hab das Gefühl, dass die ohne mich nicht klarkommen.«

Hilgersen setzte zu einer Antwort an, wurde aber durch Flottmanns Telefon unterbrochen. Gerber war am Apparat. Der Besitzer der Werkstatt hatte ihn informiert, dass seine Gitarre gestohlen worden war. Flottmann hörte aus jedem Wort Verzweiflung heraus.

»Okay, ich übernehme den Einbruch im Schlossgang«, sagte Flottmann, nachdem das kurze Gespräch beendet war.

»Nee, lass mal.«

»Doch, doch. Du hast ja recht. Das K1 ist am Zug, und ich will dir nicht solche Routinesachen überlassen.«

Hilgersen zog seine Stirn in Falten. »Wirklich?«

»Ja. Auf deinem Schreibtisch stapeln sich ja die Akten. Das kann ich nicht zulassen.«

»Hm. Alles in Ordnung mit dir?«

»Alles in Ordnung. Ich werde mich direkt darum kümmern. Rita wird sich sicher über die Zusammenarbeit mit mir freuen.«

Flottmann wusste, wie sehr Gerber seine Gitarre liebte. Sie war nicht nur wertvoll, sondern besaß eine Geschichte, die ihrer Vorbesitzer und die von Gerber. Sie hatte für ihn nicht nur einen materiellen Wert, sondern einen unersetzlichen ideellen. Flottmann konnte sich vorstellen, wie sehr Gerber der Verlust schmerzen musste. Sein Anruf hatte wie ein Hilferuf gewirkt.

Ausgerechnet seine Gitarre samt Koffer war bei dem Einbruch gestohlen worden. Weiterhin Werkzeug, etwas Bargeld und eine Laute aus dem Mittelalter. Vermutlich hatten der oder die Täter das Diebesgut zu Fuß abtransportiert. Sonst hätten sie wohl weitere Gegenstände entwendet.

Flottmann machte sich sofort auf den Weg. Als er am Tatort eintraf, war Rita Förster gerade mit ihren Arbeiten fertig und packte ihre Utensilien ein. Sie trug Handschuhe, aber keinen Overall, was sie ein wenig freundlicher und nahbarer aussehen ließ als in voller Montur. Ihr »Moin« fiel allerdings betont reserviert aus. Sie zog den Reißverschluss ihrer Reisetasche zu und richtete sich auf.

»Ergebnisse frühestens in ein paar Tagen«, sagte sie, bevor Flottmann eine Frage stellen konnte.

Er stand in der Tür des Schuppens und blickte an ihr vorbei in den Raum. Es war weder großes Durcheinander noch Vandalismus zu erkennen.

Rita drängte sich an ihm vorbei. Fast hätte er sie am Arm gepackt, um sie festzuhalten. Im letzten Moment zog er seine Hand zurück.

»Warte, liebe Rita. Irgendetwas wirst du mir doch schon sagen können.« Wie das Wort »liebe« bei ihr ankam, konnte er nicht einschätzen. Das war ihm einfach so herausgerutscht. Jedenfalls blieb sie im Hof stehen und wandte sich ihm zu.

»Keine Profis. Die Tür wurde brutal aufgehebelt, keine Fingerabdrücke, vielleicht DNA, tschüss.« Sie drehte sich um und ging.

Okay, immerhin hatte sie mit ihm geredet. Mehr hatte er gar nicht erwartet. Natürlich wären Fingerabdrücke und ein Treffer in der Datenbank ganz schön gewesen. Aber einen

Einbruch aufzuklären war auch nicht unbedingt einfacher, als einen Mordfall zu lösen. Der Eigentümer der Werkstatt kam auf Flottmann zu.

»Das Bargeld und die anderen Dinge, die mir gehörten, kann ich verschmerzen. Aber dass zwei Instrumente von Kunden geklaut wurden, ist äußerst unangenehm.« Steffens fuhr sich mit der Hand durch die schwarzgraue Mähne.

»Hatte der Einbrecher Ihrer Meinung nach Sachverstand? Ich meine bezüglich des Diebesguts?«

»Das ist anzunehmen. Ich würde sogar darauf tippen, dass er aus der Branche ist. Es waren einige Spezialwerkzeuge dabei, die man im Gitarrenbau beziehungsweise für Reparaturen benötigt.

»Ich brauche unbedingt eine Aufstellung der fehlenden Teile. Möglichst mit Fotos.«

Steffens nickte. »Von den Instrumenten hab ich keine Fotos. Aber vielleicht haben die beiden Kunden welche.«

»Darum kümmern wir uns. Geben Sie mir bitte deren Telefonnummern.«

»Ja, natürlich. Einer der Kunden war regelrecht verzweifelt.«

»Sind Sie versichert?«

Steffens schüttelte den Kopf. »Ich hätte die Bruchbude vorher besser absichern und eine Alarmanlage installieren müssen. Ich hatte das auch vor. Aber mir fehlte die Zeit und letztendlich auch das Geld dafür.«

»Verstehe. Gut, ich sehe mich noch ein bisschen dadrinnen um.«

Steffens folgte Flottmann in die Werkstatt. Einem Regal entnahm er den Ordner mit den Auftragsblättern. Er schrieb Namen und Rufnummern auf einen Zettel und händigte ihn Flottmann aus.

»Noch erfasse ich alles analog. Vielleicht war es ganz gut, dass ich noch keinen Computer hier stehen hatte. Den hätte der Einbrecher bestimmt auch mitgenommen.«

»Vermutlich. Sie können mir die Aufstellung der gestohlenen Sachen zumailen.« Flottmann übergab Steffens eine Visitenkarte.

Er sah sich noch einmal gründlich im Raum um, fand aber keine Auffälligkeiten. Er hoffte, dass Rita ihm irgendwelche Anhaltspunkte für die Ermittlungen liefern würde. Bevor er ging, inspizierte er die Tür, die mit einem Brecheisen aufgehebelt worden war. Die Werkzeugspuren waren deutlich zu erkennen. Ganz sicher hatte Rita Abdrücke davon genommen. Sie war zwar humorlos und unnahbar, aber außerordentlich sorgfältig in ihrer Arbeit. Das hatte sie bereits mehrfach bewiesen.

Flottmann fuhr ins Büro und organisierte zwei Kollegen, die die Nachbarschaft im Schlossgang befragen sollten. In gewisser Weise war das alles Routine. Aber natürlich hatte der Fall für ihn eine besondere Bedeutung. Vielleicht konnte er Leon Gerber endlich einmal etwas zurückgeben. Auch wenn es nur eine kleine Belohnung für seine wertvollen Dienste wäre, wollte Flottmann alles daransetzen, ihm seine Lieblingsgitarre wiederzubeschaffen. Notfalls auch mit unkonventionellen Methoden.

Er rief Malte Schubert zu sich.

»Malte, du hattest deine Hilfe angeboten, und schon brauchen wir dich. Es geht zwar nicht um Mord, aber um einen sehr wichtigen Fall.«

»Ihr könnt auf mich zählen.«

»Sehr gut.«

Flottmann erklärte ihm, worauf es ankam. Er sollte in den nächsten Tagen und gegebenenfalls Wochen alle Kleinanzeigen nach einer gebrauchten Martin D-45 durchforsten. Auch die Verkaufsportale im Internet galt es entsprechend im Auge zu behalten. Flottmann betonte noch einmal die Dringlichkeit der Aufgabe, bevor Malte sich an die Arbeit machte.

»Für so etwas ist er der richtige Mann«, sagte er zu Hilgersen.

»Du verstehst es, andere ans Arbeiten zu bringen.«

»Psychologisches Geschick und Führungsqualität sind das Geheimnis.«

»Du glaubst, dass der oder die Einbrecher die Ware sofort verticken? Dann wären sie schön blöd.«

»Wer so einen Einbruch begeht, ist blöd. Und vielleicht braucht der Täter dringend Geld.«

»Wenn nicht, wird er erst einmal abwarten.«

»Ich weiß.«

Flottmann beschäftigte der Fall auch noch am Feierabend. Als er mit Lena telefonierte, brachte sie ihn auf eine andere Idee.

»Wie wäre es, wenn ihr eine Suchanzeige aufgeben würdet? ›Suche dringend eine Martin-Gitarre vom Typ soundso.‹«

»Der Vorschlag ist nicht schlecht. Allerdings wird der Dieb wohl kaum darauf reinfallen.«

»Man müsste die Anzeige geschickt verpacken, sodass sie glaubhaft klingt. ›Suche dringend Ersatz für meine bei einem Autounfall zerstörte hochwertige Gitarre, vorzugsweise eine Martin oder XY‹ oder so ähnlich.«

»Hm. Das könnte klappen. Jedenfalls wäre es einen Versuch wert. Offiziell kann ich so etwas zwar nicht machen, aber wo ein Wille ist, ist auch ein Weg jenseits der Dienstvorschriften. Ich werde mir etwas in der Richtung überlegen. Danke für den Tipp. Wir sind ein gutes Team, finde ich.«

Lena lachte. »Es gab schon Situationen, in denen du über meine Hilfe nicht so begeistert warst.«

»Stimmt. Wir sehen uns morgen?«

»Ja, bei mir. Vergiss nicht, Bogomil von mir zu kraulen. Bis dann.«

»Bis dann.«

Am nächsten Morgen entwarf Flottmann mit Hilgersens Hilfe eine Anzeige nach Lenas Idee. Er schickte sie an mehrere

Tageszeitungen und stellte sie in ähnlicher Form auf verschiedene Verkaufsportale im Internet. Für die Kontaktaufnahme gab er die Nummer seines Diensthandys an. Mehr konnte er im Moment nicht tun.

21

An diesem Nachmittag war Flottmann alleine im Büro. Hilgersen hatte einen Termin wegen der Teichgeschichte. Der Bürgermeister machte Druck, und wie zu erwarten war, hatte die Presse Wind davon bekommen. Nachdem den Reportern der Stoff über den Kornkreis und Rungholts Glocke langsam ausgegangen war, war das Mysterium des Wasserdiebstahls ein gefundenes Fressen. So machten allerlei Erklärungen die Runde. Die meisten Wetten wurden auf ein Senkloch als Ursache abgeschlossen, eine sogenannte Doline, in der der Inhalt verschwunden war. Wie die sich nach dem Absenken wieder schließen konnte, blieb jedoch rätselhaft.

Flottmann nutzte die Ruhe im Büro zum Nachdenken. Die Astrologie war der Schlüssel zur Lösung des versuchten Mordes an Diana Keller. Entweder gab es ein persönliches Motiv, oder jemand hatte aus irgendeinem Grund einen Hass gegen Vertreter der Zunft. Wenn das der Fall war, würde sich die Aufklärung schwierig gestalten. Und die Entführung von Petra Hinrichsen? Sie war lediglich Kundin einer Astrologin gewesen. Wie passte sie in das Opferprofil? Offenbar gar nicht. Vielleicht hing ihr Verschwinden doch nicht mit dem Anschlag auf Diana Keller zusammen.

Die Astrologie war so manchem ein Dorn im Auge. Insbesondere Physiker, die sich mit Astronomie und Kosmologie beschäftigten, waren häufig genervt von der Sterndeuterei. Aber ein Motiv für einen Mord ließ sich daraus sicher nicht ableiten.

Flottmann musste an Fred Weber denken, mit dem er bereits mehrfach zu tun gehabt hatte. Der promovierte Physiker aus Kiel hatte sich mit einem Taschenmesser die Hand abgeschnitten, um zu überleben. Ein cooler Typ, fand Flottmann. Er griff zum Telefon. Die Handynummer hatte er gespeichert. Den

Geräuschen nach zu urteilen, meldete Weber sich aus einem Auto.

»Hauptkommissar Flottmann, was für eine Überraschung!«

»Ich hab gerade an Sie gedacht. Was macht Ihre Hand?«

»Na ja, die haben die Würmer gefressen. Aber ich hab jetzt eine ganz neue erhalten. Hightech, sage ich Ihnen. Die wird allein durch meine Gedanken gesteuert. Sie ist noch ein Prototyp, aber funktioniert schon ziemlich gut. Was ist der Anlass für Ihren Anruf?«

»Ich wollte einmal mit einem Astrologen reden.«

»Äh …«

»Das war ein Scherz.«

Weber lachte. »Ich hätte beinahe aufgelegt.«

»Wir haben hier tatsächlich einen Fall, der mit der Sterndeuterei zu tun hat. Und da dachte ich, dass Sie mir vielleicht weiterhelfen könnten.«

»Damit habe ich nichts am Hut. Ich kenne auch keinen Wissenschaftler, der sich mit so etwas ernsthaft beschäftigt.«

»Trotzdem haben Sie vermutlich mehr Ahnung davon als ich. Wir haben einen brenzligen Fall und sind für jede Information dankbar.«

»Hm. Wie Sie wissen, wohnen meine Eltern in Husum. Ich bin gerade auf dem Weg zu ihnen. Wir könnten uns heute Abend treffen. Dann können wir in Ruhe reden. Wie wäre es um achtzehn Uhr im Brauhaus? Ich glaube, um die Zeit ist noch Happy Hour.«

»Bei dem mageren Gehalt eines Polizisten ist das Gold wert. Ich freue mich. Bis heute Abend.«

»Bis dann.«

Flottmann war noch nie im Brauhaus gewesen. Er hatte aber einen Artikel darüber gelesen. Die erste Gasthausbrauerei an der Westküste Schleswig-Holsteins war 1991 im Gebäude der alten Westbank eröffnet worden. Husum hatte eine lange Brautradition. Im 18. Jahrhundert hatte es hier siebzig Brauereien gegeben. Die meisten davon hatten die Wirtschaftskrise nach dem Ersten Weltkrieg nicht überlebt, und jetzt gab es nur noch die eine auf der Neustadt.

Als Flottmann eintraf, saß Weber bereits an einem Zweiertisch im unteren Gastbereich.

»Hab schon zwei Weizen bestellt. Wegen der Happy Hour, die hier ›Brauer Hour‹ heißt. Die läuft nur noch eine Stunde. Wir müssen uns also mit dem Trinken beeilen.«

»Danke. Ich bin extra zu Fuß gekommen.«

Flottmann hatte gerade Platz genommen, als das Bier gebracht wurde. Weber prostete ihm zu und ergriff sein Glas mit der linken Kunsthand. Sicherheitshalber hielt er seine Rechte für den Notfall bereit, um eingreifen zu können, falls etwas schiefging. Aber es gelang ihm, zu trinken und das Glas wieder sicher abzusetzen.

»Nur durch Gedankensteuerung. Jedenfalls, was die Finger angeht. Den Arm kann ich ja normal bewegen. Wie schon erwähnt, ist das Ding noch ein Prototyp und wird mit der Zeit weiter verbessert werden.«

»Sie müssen also nur an Biertrinken denken, und dann funktioniert es?«

»So ähnlich.« Weber lachte. »Ich hab den Verlust des Originals ganz gut weggesteckt und widme mein Handicap sozusagen der Forschung auf dem Gebiet der Prothetik.«

»Das war verdammt mutig, was Sie damals getan haben.«

»Es hat mein Leben gerettet.«

Eine Zeit lang unterhielten sich die beiden über die Ereignisse der Vergangenheit, bis Flottmann das eigentliche Thema ansprach.

»Astronomie und Astrologie. Schon weil beides ähnlich klingt, werden die Begriffe sicher oft verwechselt.«

»Ja, das ist leider so. Und Sie glauben gar nicht, wie oft ich von irgendwelchen Leuten gebeten werde, ihnen ein Horoskop zu erstellen. Historisch gesehen gab es lange Zeit, so etwa bis ins 17. Jahrhundert, tatsächlich keine strikte Trennung zwischen der Wissenschaft und dem Glauben, dass die Himmelskörper Einfluss auf unser Leben haben. In gewisser Weise haben sie das natürlich auch.«

»Wie meinen Sie das?«

»Zum Beispiel werden die Gezeiten durch Mond und Sonne hervorgerufen. Und ein Asteroid, der auf die Erde fiel, hat die Dinosaurier ausgelöscht. Aber natürlich sind wir auf ganz andere Art mit Sternen verbunden. Schließlich bestehen wir überwiegend aus den Überresten toter Sterne.«

»Wir sind Sternenstaub.«

»So kann man es poetisch ausdrücken. Ganz richtig ist das allerdings nicht. Der Wasserstoff in uns wurde innerhalb der ersten drei Minuten nach dem Urknall gebildet. Aber die übrigen Elemente entstanden später in den Sternen durch Kernfusion. Elemente, die schwerer als Eisen sind, benötigen für die Entstehung sogar eine Supernova. Durch solche Sternenexplosionen wurden unsere Bestandteile vor Milliarden Jahren durch das All geschleudert. Im Schnitt hat jedes Atom in uns vier solcher Zyklen durchlaufen. Viele Atome stammen nicht einmal aus unserer Milchstraße, sondern von anderen Galaxien. Und jedes unserer Atome war vorher vielleicht in einer Pflanze, einem Tier, einem Stuhl oder in einem anderen Menschen. Solche Zusammenhänge sind doch das eigentlich Faszinierende und nicht das Phantasiegebilde der Astrologen.«

»Aber die Astrologen wollen Prognosen über unser Leben erstellen. Das kann Ihre Physik nicht.«

»Nein. Und die Astrologen können das auch nicht. Sie behaupten nur, es zu können.«

Flottmann nickte zustimmend und trank sein Glas aus. »Noch ein Bier?«

Weber sah auf die Uhr. »Klar, die ›Brauer Hour‹ läuft noch.«

Flottmann gab der Bedienung ein Zeichen.

»Ich hab es in manchen Diskussionen mit Fakten versucht. Aber eingefleischte Astrologen sind dagegen völlig immun. Sie ignorieren die wissenschaftlichen Erkenntnisse. So kannte man früher außer der Erde nur die mit bloßem Auge sichtbaren Planeten unseres Sonnensystems, Merkur, Venus, Mars, Jupiter und Saturn. Darauf wurden die Horoskope ausgerichtet. Wie wir heute wissen, gibt es zwei weitere, Uranus und Neptun. Somit müssen die Prophezeiungen damals falsch gewesen sein. Ganz zu schweigen von den Monden. Nur unser Mond wird von der Astrologie berücksichtigt, nicht die anderen über zweihundert zurzeit bekannten unseres Sonnensystems. Aber egal.« Weber machte eine wegwerfende Handbewegung. »Es ist ja noch viel absurder. Kein Astrologe kann erklären, wie der geheimnisvolle Einfluss auf den Menschen vonstattengehen soll. Die Physik kennt vier Kräfte, die schwache und die starke Kernkraft, die elektromagnetische Kraft und die Gravitation. Die Kernkräfte wirken nur im atomaren Bereich. Die können Sie schon mal vergessen. Der elektromagnetische Einfluss kommt auch nicht in Frage, sonst würden Licht und Radiowellen unser Schicksal wohl extrem stark bestimmen. Bliebe die Gravitation als Erklärung. Sie wirkt immer anziehend, nimmt aber mit dem Quadrat der Entfernung ab. Wenn der Arzt während der Geburt im Zimmer weilt, würde er mit seiner Masse eine höhere Anziehungskraft auf das Kind ausüben als die Planeten, was natürlich astrologisch ziemlich bedenklich wäre. Nee, das Phantasiegebäude der Astrologen ist ganz einfach unlogisch.«

»Könnten irgendwelche unbekannten Kräfte wirken?«

»Was denn? Erdstrahlen vielleicht?« Weber redete sich in Rage. »Und wieso sollten Tag, Zeit und Ort der Geburt eine herausragende Rolle spielen? Wieso nicht die Zeugung oder irgendein Zeitpunkt, an dem das Kind im Mutterleib heranwächst?«

Flottmann zuckte mit den Achseln.

Weber wurde immer lauter, sodass die Gäste am Nachbartisch bereits irritiert hinübersahen. »Ich will Ihnen sagen, warum die Geburt von den Astrologen gewählt wurde. Weil man nur die genau datieren kann. Fragen Sie mal Ihre Mutter nach Zeit und Ort der Zeugung. Vermutlich werden Sie keine Antwort darauf erhalten.«

Weber fasste sein Glas mit der Rechten und trank sein Bier in einem Zug aus. Der Mann, der sich eine Hand mit dem Taschenmesser abgeschnitten hatte, war im Begriff, die Fassung zu verlieren.

»Astrologie ist im höchsten Maße ärgerlich«, fuhr der Physiker fort. »Sie ist absurd. Die Sternzeichen wurden vor über zweitausend Jahren festgelegt. Wussten Sie, dass die sich inzwischen um etwa ein ganzes Zeichen verschoben haben?«

Flottmann schüttelte den Kopf.

»Das liegt an der Präzession der Erdachse. Die Erdachse torkelt nämlich wie ein Kreisel, der angestoßen wird. Das führt dazu, dass sich die Himmelspositionen im Laufe der Jahrhunderte verändert haben. Aus diesem Grund haben wir eigentlich fast alle ein anderes Sternzeichen, als uns die Astrologen vorgaukeln. So, ich glaube, ich brauche noch ein Bier. Sie auch?«

Flottmann nickte und bestellte erneut mit einem Handzeichen.

»Kann man die Astrologie nicht als Unsinn abtun?«, fragte er.

»Ja, könnte man. Aber so einfach ist die Sache nicht. Mit dem Unsinn wird viel Geld verdient. Das Schlimmste aber ist, dass sie nicht ganz so harmlos ist, wie man denken könnte. Es gibt tatsächlich Politiker, die vor einer Entscheidung die Sterne und Planeten zurate ziehen. Manche Banker richten sich bei Investitionen nach astrologischen Vorhersagen. Sogar Firmenlenker treffen ihre Personalauswahl danach. Wenn eine Bank pleitegeht oder Sie nicht eingestellt werden, weil die Konstellationen zu Ihrer Geburt ungünstig waren, dann ist das eine ernsthafte Sache. Letztendlich ist die Astrologie diskriminierend, weil sie uns gute und schlechte Eigenschaften verpasst, die völlig aus der Luft gegriffen sind. Sensible Menschen können sogar in ein tiefes Loch fallen, wenn Prognosen sie beunruhigen. Deshalb rege ich mich so auf. Sorry dafür.«

Weber trank einen Schluck Weizenbier und wischte sich den Schaum vom Mund.

Er fuhr fort: »Die Astrologen haben sich übrigens für die Kritik Gegenargumente ausgedacht. So behaupten sie, dass es gar nicht die Sterne sind, die unser Leben beeinflussen, sondern es gäbe irgendwelche synchronen Zusammenhänge mit Vorgängen auf der Erde. Auch was die Verschiebung der Sternzeichen angeht, haben sie Erklärungen konstruiert. Doch lassen wir das. Ich merke, wie mein Blutdruck steigt.«

»Aber warum glauben so viele Menschen an die Astrologie?«

»Das hat zahlreiche Gründe. Letztendlich stecken in uns noch die Gene der Steinzeitmenschen, die überall geheimnisvolle Kräfte am Werk sahen.«

Flottmann lehnte sich zurück. »Das war sehr aufschlussreich für mich, Herr Weber.«

»Wirklich?«

»Ja, sehr. Es könnte uns weiterhelfen.«

»Worum geht es eigentlich, wenn man fragen darf?«

Flottmann schilderte die Vorgänge, soweit er es vertreten konnte. Anschließend nutzte er die Gelegenheit, den Astronomen und Astrophysiker über die Sterne und das Universum auszufragen. Schließlich wollte er vor Lena mit seinem Wissen darüber glänzen, wenn sie die Nacht zusammen in Sankt Peter-Ording unter freiem Himmel verbrachten.

Es wurde noch ein langer Abend im Brauhaus. Als Flottmann den Heimweg antrat, fühlte er sich beschwingt und um einiges schlauer. Und das bezog sich nicht nur auf die wissenschaftlichen Aspekte. Vielleicht war die Astrologie doch nicht in jedem Fall nur eine unbedenkliche Spinnerei. Es war nicht auszuschließen, dass sie Schaden anrichtete und den einen oder anderen psychisch labilen Menschen aus der Bahn warf. Gesichtspunkte, die ihm zu denken gaben.

22

Petra Hinrichsen war nicht gläubig. Dennoch bewegte sie die Lippen: »Lieber Gott, mach, dass sie mich am Leben lassen.« Als Kind hatte sie oft gebetet, wenn es um kleine und große Sorgen ging. Es hatte immer irgendwie geholfen. Jedenfalls für den Moment.

Sie spürte, wie die Kiste angehoben wurde. Dann ging es die Treppe hinauf. Das Blut stieg ihr in den Kopf. Ihr Herz hämmerte, als würde es gleich zerspringen. Die Träger redeten kein Wort. So konnte sie auch keine Rückschlüsse auf deren Stimmung und Absichten ziehen. In wenigen Sekunden würde sie sich entscheiden müssen, ob sie laut um Hilfe rufen sollte. Es konnte eine Entscheidung über Leben und Tod sein. Möglicherweise löste ihr Schreien eine Kurzschlusshandlung der Entführer aus. Andererseits bestand die Chance, dass jemand auf sie aufmerksam wurde. Doch wenn es tiefe Nacht war, hielt sich kaum ein Mensch im Freien auf.

Die Kiste kam wieder in die Waagerechte. Jetzt musste sie an Deck sein. Man würde sie an der Anlegestelle sicher nicht ins Wasser werfen. Es bestand also keine unmittelbare Gefahr. Deshalb beschloss Petra still zu bleiben, auch wenn es sie unmenschliche Überwindung kostete. Am Klang der Schritte erkannte sie, dass sie über festen Boden getragen wurde, über Steinpflaster oder Asphalt. Schon nach einer kurzen Strecke stoppten die Entführer. Das Nächste, was sie vernahm, war das typische Geräusch einer Schiebetür. Die eines Transporters, vermutete sie. Die Tür wurde zugeschoben. Dann war es für einen Moment still. Beide Personen stiegen ein, und der Motor wurde gestartet. Noch immer hatte sie keine Ahnung, was mit ihr geschehen würde. Wollte man sie töten und irgendwo vergraben? Vielleicht sogar lebendig verscharren? Wurde die Kiste, in der sie lag, zu ihrem Sarg?

Aber warum hätten die Entführer das Risiko eingehen sollen, sie an Land zu bringen? Das ergab keinen Sinn. Allerdings konnte sie überhaupt keinen logischen Sinn in all dem erkennen, was sie in den letzten Stunden erlebt hatte, sosehr sie auch darüber grübelte.

Sie hatte das Gefühl für die Zeit verloren. Es mochten zwanzig Minuten oder eine volle Stunde vergangen sein, bis der Wagen anhielt. Wenig später wurde die Schiebetür geöffnet, und man hob sie heraus. Dann ging es wieder über eine Treppe, bis sie schließlich unsanft abgesetzt wurde. Ihr Kopf schlug auf dem Holzboden auf, doch den Schmerz spürte sie kaum. Ihre panische Angst ließ keine anderen Gefühle zu. Sie hörte, wie sich jemand an den Verschlüssen des Kastens zu schaffen machte. Ihr stockte der Atem. Der Deckel wurde angehoben. Das Licht blendete sie. Doch dann blickte sie erneut in die Augen ihres Peinigers. Auch jetzt konnte sie nichts darin ablesen, kein Mitleid, kein Erbarmen, aber auch keinen Hass. In der nächsten Sekunde sah sie das Messer auf sich zukommen. Ihr Mund formte sich zu einem Schrei, doch sie brachte keinen Ton heraus. Ihr Innerstes sträubte sich gegen die Vorstellung, dass der Mann zustach.

***

Helenas Tagebuch, 11. Oktober

Ich habe Mila Hus gebeten, die Sterne über meinen Tod zu befragen. Ich möchte wissen, wann und wie ich sterben werde. Alles darüber stände im achten Haus, hat sie gesagt. Der Tod habe zwei Gesichter. Er könne als Erlöser oder als hässliche Kreatur erscheinen. Mir bliebe noch Zeit, mich vorzubereiten. Mila hat sich geweigert, mir genauere Auskünfte zu geben. Vielleicht weiß sie, wann es so weit ist, aber sie sagt es mir nicht.
Mit Anna konnte ich dieses Mal nicht sprechen. Mein

einziger Trost ist das Treffen mit BB am Sonntag. Wir sehen uns schon am Nachmittag und wollen bei schönem Wetter am Strand von Fuhlehörn spazieren gehen. Dort wird uns niemand sehen, den wir kennen.
Obwohl ich mich auf BB freue, bin ich traurig. Meine Depressionen haben wieder zugenommen. Zur Therapie gehe ich nicht mehr. Sie hat mir nicht viel gebracht. Aber ich weiß, dass wieder bessere Tage kommen werden.

23

Beim Abendessen am nächsten Tag erzählte Lilian ihrer Mutter vom Abenteuer im Bunker. Sie ließ nichts aus und schilderte auch, in welch großer Gefahr sie geschwebt hatten, als das Wasser einbrach. Die Reaktion ihrer Mutter fiel wie erwartet aus.

»Wie konntet ihr nur so ein Risiko eingehen? So etwas darfst du nie wieder machen. Versprichst du mir das?«

»Das nächste Mal werden wir auf das Wetter achten.«

»Du gehst da nie wieder hin! Ja?«

Lilian lachte. »Ich kann selbst auf mich aufpassen. Ich bin erwachsen. Gewöhne dich endlich daran. Findest du es nicht irre, dass wir die Stimmen aufgenommen haben? Und das Infrarotfoto ist ebenfalls ein Beweis dafür, dass es dort nicht mit rechten Dingen zugeht. Ich weiß ja, dass du nicht an Geister glaubst. Aber irgendetwas Paranormales geht da vor sich, und du wirst mich nicht davon abhalten, es zu ergründen.«

Diana Keller schwieg und stocherte in ihrem Essen. Sie hatte Rührei mit Räucherlachs und Schnittlauch zubereitet.

»Du weißt, wie es mir ergangen ist. Ich hab ganz einfach Angst um dich.«

Lilian fasste kurz die Hand ihrer Mutter. »Ja, das war ganz, ganz schrecklich. Aber es hat nichts mit unseren Forschungen zu tun. Ich verspreche dir, dass wir vorsichtig sein werden, wenn wir morgen dorthin gehen.«

»Du willst wirklich …?«

»Ja.«

Diana Keller nickte. »Dienstag und Mittwoch ist die Messe. Es ist alles vorbereitet. Aber ich kann nicht teilnehmen. Ich schaffe das einfach nicht.«

»Wir haben schon darüber gesprochen. Ich werde für dich einspringen, und wenn ich nicht klarkomme, kann ich ja deine Aushilfe fragen. Wie heißt sie noch?«

»Susanne, Susanne Winkler. Ja, sie weiß über alles Bescheid. Sie kann auch das Computerprogramm bedienen, das die Planetenkonstellationen berechnet. Danke für deine Hilfe, Lilian.«

»Das ist doch selbstverständlich.«

Am frühen Samstagnachmittag trafen sich die vier Freunde bei Christoph. Sie packten die Geräte ein und fuhren Richtung Heide. Diesmal spielte das Wetter mit. Was sie ansonsten erwartete, war ungewiss und ließ die Spannung stetig ansteigen. Noch nie hatten sie so klare Anzeichen für paranormales Geschehen registriert. Der Ort strotzte nur so von geheimnisvoller Energie. Vielleicht lag die Ursache in der Geschichte des Bunkers. Lilian hatte versucht, einiges darüber zu erfahren. Aber sie hatte nichts herausfinden können, außer dass dort Menschen während des Zweiten Weltkriegs Schutz gesucht hatten. Gerne hätte sie etwas über deren Schicksal gewusst.

Sie parkten an derselben Stelle wie beim letzten Mal. Nachdem sie ihre Geräte klargemacht hatten, gingen sie gemeinsam zum Eingang und halfen sich gegenseitig, über die Mauer zu klettern. Anschließend versammelten sie sich im ersten Raum, der noch leidlich durch das Sonnenlicht erhellt wurde. Die Spuren des Wassereinbruchs waren deutlich zu erkennen. An den Wänden hatte sich eine neue Schlammschicht abgesetzt, und der Boden war mit Pfützen übersät.

Dennis wusste noch genau, wo er die Infrarotaufnahme gemacht hatte, und sorgte dafür, dass niemand die Stelle betrat. Nach kurzer Besprechung richtete er seine Kamera sofort auf den Fleck aus. Aber vergeblich. Das Gebiet war gleichmäßig kalt. Zur Enttäuschung aller zeichneten sich keinerlei Konturen auf dem Display ab. Die kauernde Gestalt, die er beim letzten Mal fotografiert hatte, war verschwunden. Trotzdem scannte er den kompletten Raum und auch den Nebenraum ab. Ebenfalls erfolglos.

Der Rest der Truppe stand vor der Stahltür, die mit einem Vorhängeschloss versehen war.

»Sollen wir, oder sollen wir nicht?« Christoph hielt einen Bolzenschneider in der Hand und deutete an, wie er den Bügel durchtrennen würde.

»Wir hätten beim letzten Mal eine Markierung anbringen sollen«, sagte Lilian. »Dann hätten wir sehen können, ob sich jemand daran zu schaffen gemacht hat.«

»Geister können durch Wände gehen«, sagte Bernd. »Sie werden bestimmt keinen Schlüssel benutzen.«

»Gehen wir da nun rein oder nicht?« Christoph setzte den Bolzenschneider am Bügel an.

Einen Moment schwiegen alle.

»Klar«, sagte Lilian schließlich. »Deshalb sind wir doch gekommen.«

»Okay.«

Christoph musste seine ganze Kraft aufwenden, um das Metall zu durchtrennen. Danach gab er das Werkzeug an Lilian weiter und löste das Schloss ab. Die Tür sprang einen Spalt auf. Er nahm eine Taschenlampe aus seinem Umhängebeutel und schaltete sie ein. Die anderen folgten seinem Beispiel.

Langsam öffnete Christoph die Tür. Die Scharniere mahlten und quietschten, wie es sich für eine Gruselszene gehörte. Lilian spürte die Gänsehaut, die sich über Arme und Rücken ausbreitete.

Christoph leuchtete in den Gang hinein. Die Wände und die Decke aus grauem Stahlbeton waren an vielen Stellen abgebröckelt, und der Schutt bedeckte den Boden. Christoph ging voran. Lilian und die anderen folgten ihm. Die Lichtkegel der Taschenlampen zuckten nervös durch das Gewölbe. Kein Geräusch drang von außen herein, nur die Schritte der Besucher waren zu hören. Niemand sprach ein Wort, bis Christoph stoppte. Er lehnte sich an die Wand, nahm den EMF-Detektor aus seiner Tasche und schaltete ihn ein. Nach einigen Sekunden zeigte die grüne LED, dass keine außergewöhnlichen Felder in der Umgebung vorhanden waren.

»Hier ist nichts«, sagte er. »Jedenfalls zeigt das Gerät nichts an.«

Bernd richtete seine Videokamera kurz auf das Display, um Christophs Aussage zu dokumentieren.

»Aber ich spüre etwas.« Lilian löste sich von der Gruppe und ging einige Meter weiter in den Gang hinein. Dann blieb sie stehen und konzentrierte sich auf ihre Sinne und Gefühle.

»Der Raum ist voller Energie.« Sie sprach mit gedämpfter Stimme.

»Ich spüre das auch«, sagte Bernd. »Kommt, lasst uns weitergehen.«

Lilian setzte sich an die Spitze der Kolonne, die Taschenlampe auf den Boden gerichtet, damit sie nicht über einen Betonbrocken stolperte. Plötzlich blieb sie wie angewurzelt stehen. Der Schein ihrer Lampe hatte etwas Weißes getroffen. Einen Knochen! Sie trat unwillkürlich einen Schritt zurück. Die anderen kamen herbei und umringten den Fund. In diesem Moment zog ein kalter Windhauch durch das Gewölbe, und in der Ferne quietschte die Tür.

»Die Geister schließen uns ein!«, rief Dennis und rannte los.

Christoph lachte. »Dem gehen die Nerven durch.«

»Wir hauen besser auch ab«, sagte Bernd. »Wir können ja jederzeit wiederkommen.«

»Und der Knochen? Wir sollten ihn mitnehmen und bei der Polizei abgeben.«

»Vielleicht stammt er von einem Tier«, sagte Lilian.

»Vielleicht auch nicht.« Christoph hob ihn auf, betrachtete ihn kurz und steckte ihn in seine Umhängetasche. »Okay. Gehen wir.« Er leuchtete noch einmal den Gang entlang. »Da drüben geht es sowieso nicht weiter. Der Ausgang ist zugemauert.«

Als die drei den Bunkerraum betraten, fanden sie Dennis etwas verlegen vor.

»Es hätte ja sein können, dass die Tür zufällt und wir eingeschlossen wären«, sagte er.

»Hast du gut gemacht, Dennis.« Christoph klopfte ihm auf die Schulter.

Sie inspizierten noch den Nebenraum und die von dort abgehenden Fluchtgänge, die nicht verschlossen waren. Dann beendeten sie die Expedition. Als sie ins Freie traten, hatte die Dämmerung bereits eingesetzt. Alle waren enttäuscht, dass sie keine Kommunikation mit den Geistern aufnehmen konnten. Aber immerhin hatten sie einen Knochen gefunden. Der lag jetzt im Kofferraum und regte die Phantasie der Forscher an. Sobald Lilian wieder zu Hause war, wollte sie die Erlebnisse in ihren Blog schreiben. Christoph würde die Videoaufnahmen bearbeiten und auf YouTube und andere Plattformen stellen.

24

Jedes Mal, wenn Markus Reinke vom Friedhof kam, holte er die Flasche Köm aus dem Kühlschrank. Er leerte gerade das vierte Glas, als das Handy klingelte. Peter Römer war am Apparat. Er und seine Exfrau Sabine waren Freunde der Familie. Nach deren Trennung war die Verbindung zu Sabine abgebrochen. Aber Peter Römer hatte sich regelmäßig gemeldet, auch während der schweren Zeiten nach Annas Tod. Anders als die meisten übrigen Freunde und Bekannten, die Helena und ihn wie Aussätzige behandelt hatten. Ein gewisses Verständnis hatte Reinke sogar dafür. Keiner von ihnen hatte gewusst, wie er ihnen gegenübertreten oder gar Trost spenden sollte. Nach Helenas Tod war auch Römer nur noch selten gekommen. Aber in den letzten Monaten hatte er mehrmals angerufen.

»Wie geht es dir, Markus?«

»Schlecht. Alles andere wäre gelogen. Aber ich saufe mir gerade einen an. Das hilft, und morgen wird es wieder besser sein.«

»Alkohol ist keine Lösung. Jeder weiß das.«

»Das stimmt. Aber es gibt keine Lösung für mein Problem. Insofern kommt es auf dasselbe raus.«

»Ich würde gerne vorbeikommen. Ich trinke auch einen mit.«

»Du bist immer willkommen. Hast du einen bestimmten Grund?«

»Ich muss mit dir reden.«

»Okay, komm vorbei, wann du willst.«

»Dann fahr ich jetzt los. Bis gleich.«

Eine Viertelstunde später fuhr ein Auto in die Einfahrt. Es klingelte an der Tür, und Reinke öffnete. Die beiden Männer umarmten sich im Flur.

»Komm in die gute Stube«, sagte Reinke. »Ich hab auch Bier und Wein.«

»Ich muss noch fahren. Aber ein oder zwei Kurze werde ich schon vertragen.«

Reinke holte ein Glas aus der Küche und setzte sich zu seinem Freund, der am Esstisch Platz genommen hatte. Dann schenkte er die Gläser voll und prostete ihm zu. Beide kippten den Aquavit die Kehle hinunter.

»Das Zeug schmeckt furchtbar.« Peter Römer schüttelte sich.

»Stimmt. Ich war heute am Grab. Dort hat jemand frische Blumen in eine der Vasen gestellt. Warst du das?«

»Ja. Ich bin zwar nicht so der Typ für solche Gesten. Als eingefleischter Atheist hab ich ein eher rationales Verhältnis zum Tod. Aber mir war ganz einfach danach.«

»Das Trauern hilft den Zurückgelassenen, nicht den Toten.«

Römer nickte. »Ich hab Helena sehr gemocht. Sie hatte so etwas erfrischend Kindliches an sich.«

»Anna war Helena sehr ähnlich. Das blonde Haar, das Lachen …« Reinke wischte sich eine Träne ab. »Jetzt ist ihre Mutter bei ihr. Leider hat diese Vorstellung nur einen symbolischen Wert. Aber vielleicht kann ich noch etwas für sie tun.«

»Wie meinst du das?«

Reinke nahm die Flasche und schenkte beide Gläser randvoll. »Nur so. Helena soll nicht umsonst gestorben sein.«

»Was meinst du genau?«

»Vergiss es.« Reinke kippte den Köm hinunter.

Römer hakte nach. »Was hast du vor?«

»Nichts, gar nichts. Diese verdammte Astrologie hat Schuld an ihrem Tod. Sie ist nicht mehr davon losgekommen. Es war zum Verzweifeln. Immer musste sie die Sterne befragen lassen, bevor sie sich zu etwas durchringen konnte. Aber am schlimmsten war – ach, lassen wir das.«

Nun hob auch Römer sein Glas und trank es aus. »Hast du von dem Kornkreis gehört, den man auf dem Feld hinter Horstedt gefunden hat?«

Reinke sah seinen Freund erstaunt an. »Warum fragst du?«

»Der Kornkreis zeigt ein Tierkreiszeichen, genauer einen Skorpion.«

»Helenas Sternzeichen war ...« Reinke stockte. Der Schnaps war ihm zu Kopf gestiegen, sonst wäre ihm der Lapsus nicht passiert.

»Ich weiß, dass du das warst. Wahrscheinlich hast du auch die Sache mit der Glocke verbrochen, die in der Zeitung stand. Rungholts Glocke. Da hast du etwas losgetreten. Die Medien haben sich daraufgestürzt. Das hast du doch beabsichtigt, nicht wahr?«

Reinke schwieg.

»Markus. Ich weiß nicht, was du damit erreichen willst, aber nimm den Rat eines guten Freundes an. Lass solche Aktionen in Zukunft. Die werden dich sonst noch in Teufels Küche bringen.«

»Du bist gekommen, um mir das zu raten?«

»Ich wollte sehen, wie es dir geht, und sicherstellen, dass du keine Dummheiten machst. Nimm endlich die Hilfe von Fachleuten für Trauerbewältigung an. Ich war für kurze Zeit sogar damals nach der Trennung von Sabine in psychologischer Behandlung.«

»Du, der harte Kerl, hast einen Psychofritzen aufgesucht?«

»Ja. Und er, beziehungsweise sie, hat mir geholfen. Natürlich ist eine Trennung nicht mit deinem Leid zu vergleichen. Umso wichtiger wäre eine Therapie für dich. Überleg dir das. Und versprich mir, dass du mit dem Unsinn aufhörst – falls du der Täter bist.« Römer grinste.

»Ich verspreche es – für den Fall, dass ich hinter den Aktionen stecke. Ich vermute mal, dass der ›Täter‹ die Öffentlichkeit aufrütteln und auf die Gefahren der Astrologie und auf den ganzen Esoterikquatsch aufmerksam machen will.«

»Er wird das Gegenteil erreichen. Sieh dir die sogenannten Verschwörungstheoretiker an. Die erreicht man mit solchen Belehrungen nicht. Selbst wenn jemand den Schwindel aufdeckt, werden sie an ihren Vorstellungen festhalten und sogar die Erklärungen ins Gegenteil verkehren.«

»Meinst du?«

»Allerdings. Es gibt genug Beispiele dafür.«

»Willst du noch einen?«

»Nein, danke.«

Reinke schraubte den Deckel auf die Flasche. Auch er hatte genug. Wenn er sich betrank, lief er Gefahr, Dinge zu sagen, die er bereuen könnte. Was wusste sein Freund wirklich? Wenn der ihn in Verdacht hatte, würde es nicht lange dauern, bis die Polizei hier auftauchte. Früher oder später rechnete Reinke sowieso damit. Aber noch durfte das nicht sein. Er nahm sich vor, zukünftig besondere Vorsicht walten zu lassen.

»Da ist noch etwas, Markus. Vor ein paar Tagen stand in der Zeitung, dass man eine Frau in letzter Minute aus dem Watt gerettet hat.«

»Hab ich nicht gelesen.«

»Die genauen Umstände wurden nicht erwähnt. Aber ich hab einen Kumpel bei der Redaktion. Von ihm hab ich einiges mehr erfahren. Es war Diana Keller.«

»Die Astrologin, zu der Helena ging?«

»Ja. Soweit ich weiß, wurde sie entführt und ins Watt gebracht.«

»Und nun glaubst du, dass ich …?«

»Hast du?«

Reinke stand der Mund offen. »Bist du bescheuert?«

»Sorry. Ich meine ja nur – vergiss es. Aber mit deinen Aktionen läufst du Gefahr, dass man dich verdächtigt.«

»Unsinn. Traust du mir so etwas zu?«

»Nein, entschuldige. Jetzt brauch ich doch noch einen.« Römer zeigte auf die Flasche.

»Sag mal, etwas ganz anderes. Kennst du jemanden, die oder der die Initialen BB hat?«

»BB? Nein. In welchem Zusammenhang? Brigitte Bardot wird manchmal so genannt.«

»Wer?«

»Ach, vergiss meine Bemerkung.«

»Es muss jemand aus Helenas Bekanntenkreis gewesen sein.«

»Du kennst doch ihren Umgang besser als ich. Worum geht es? Hat Helena ein Geheimnis gehabt? Vielleicht sogar eine Affäre?«

»Glaubst du das?«

»Stille Wasser können tief sein. Sorry – nein. Helena war nicht der Typ für so etwas.«

»Hm.« Reinke nickte.

Römer blieb noch eine Stunde. Trotz allem tat Reinke das Gespräch mit seinem Freund gut. Der hatte vermutlich etwas zu viel getrunken und hätte besser ein Taxi genommen. Aber Reinke hielt ihn nicht zurück, als er in sein eigenes Auto stieg.

***

Helenas Tagebuch, 18. Oktober

Auch in dieser Woche war ich wieder bei Mila. Wieder hat die Verbindung zu Anna nicht geklappt, was mich sehr bedrückt. Stattdessen hat Mila mir ein neues Horoskop erstellt. Eine neue Liebe berge Gefahren für meine psychische Gesundheit. Sie könne zu Konflikten führen, die ich nicht bewältigen würde. Sie muss BB gemeint haben. Es ständen schwierige Entscheidungen an. Ich solle meine Schritte genau überlegen.

Ständig denke ich darüber nach, was das zu bedeuten hat. Eine Trennung von BB kommt für mich nicht in Frage. Von Markus habe ich mich innerlich schon lange getrennt. Vielleicht erfahre ich beim nächsten Termin mehr über die Zukunft. Ich habe keinen Zweifel, dass die Sterne die Wahrheit sagen. Aber ihre Aussagen sind nicht immer eindeutig. Man muss verstehen, wie man sie auf das eigene Leben anwendet.

25

In Flensburg wurde die Sonderkommission »Wattenmeer« eingerichtet, zu Flottmanns Ärger ohne die Beteiligung der Husumer Polizei. Sie sollte den Mordanschlag auf Diana Keller aufklären. Priorität hatte allerdings die Suche nach Petra Hinrichsen. Für Flottmann und Hilgersen gab es in der Sache nichts zu tun. Wieder schlugen zwei Seelen in Flottmanns Brust. Einerseits wollte er mit Mordfällen am liebsten nicht behelligt werden, andererseits wurmte es ihn, dass er aus den Ermittlungen ausgeschlossen wurde. Ihm und Hilgersen blieben die üblichen Routinefälle, zu denen auch die mysteriösen Vorgänge der letzten Zeit gehörten. Als Flottmann am Morgen ins Büro kam, war er schlecht gelaunt.

Mit einem brummigen »Moin« hängte er seine Jacke an den Garderobenhaken.

»Ist dir 'ne Laus über die Leber gelaufen?«

»Nee, aber ein schwarzer Kater. Das soll Unglück bringen. Davor hab ich Angst.« Flottmann setzte sich an seinen Schreibtisch.

»Von links nach rechts oder von rechts nach links?«

»Was?«

»Ist der Kater von links oder von rechts gekommen? Von rechts nach links gelingt's. Von links nach rechts bringt's Pech.«

»Oh Gott, ich glaube, das war von links nach rechts. Wer hat sich nur so einen Blödsinn ausgedacht?«

»Das hat einen biblischen Ursprung, hab ich mal gelesen. Die linke ist die unchristliche Seite. Laut Bibel stellen sich beim Jüngsten Gericht die guten Menschen auf die rechte Seite und die schlechten auf die linke. Wenn der Kater also von links kommt, kommt er von der unglückbringenden Seite. Sei also das nächste Mal vorsichtig. Geh ihm am besten aus dem Weg.«

»Wie soll das gehen? Das Tier wohnt bei mir.«

»Bogomil?«
»Ja, natürlich. Er war auf dem Weg zum Futternapf.«
»Vielleicht gilt die Regel nicht für das eigene Haustier.«
»Hoffentlich.«
»Ich hab übrigens zwei Karten für uns besorgt.«
»Karten? Wofür? Willst du mit mir in die Oper gehen?«
»Nee. Oper ist nichts für mich. Und als Begleitung könnte ich mir jemand anders vorstellen.«
»Das enttäuscht mich, Gustl.«
»In Schleswig findet eine Esoterikmesse statt. Da sollten wir hingehen.«
»Das ist nicht dein Ernst, oder?«
»Doch. Ich bin mir zwar nicht sicher, dass sich deine Vorurteile dadurch abbauen lassen, aber gute Kenntnisse auf dem Gebiet könnten für die Lösung des Falles ausschlaggebend sein.«
»Welcher Fall? Wir sind raus.«
»Doch nicht so ganz. Nur ein bisschen. Also, was ist? Kommst du mit?«
»Du hättest mich vorher fragen sollen.«
»Du hättest Nein gesagt.«
»Stimmt.«
»Aber jetzt hab ich die Karten, und ich krieg zwanzig Euro von dir.«
»Zwanzig Euro für den Scheiß?«
»Sei nicht so geizig, Mensch. Außerdem könnten wir versuchen, das Geld über die Reisekostenabrechnung zurückzubekommen. Diana Keller stellt dort übrigens auch aus. Sie lässt sich aber wohl durch ihre Tochter vertreten.«
Hilgersen schaffte es, Flottmann zu überreden. Doch er musste versprechen, dass er den Kollegen nichts vom Messebesuch erzählen würde. Dass man ihn mit dem esoterischen Kram in Verbindung brachte, wäre Flottmann peinlich gewesen. Er erinnerte sich noch gut an diverse Presseartikel, in denen berichtet wurde, dass Ermittler bei der Suche nach

Vermissten die Dienste von Weissagerinnen in Anspruch genommen hatten. Er hatte schon den Aufreißer vor Augen: »Polizei tritt auf der Stelle und befragt Hellseher«.

»Was ist eigentlich bei deiner Teichrecherche herausgekommen?«, fragte Flottmann.

»Ich hab die Anwohner befragt. Die meisten haben einen lauten Knall gehört, und die Fensterscheiben sollen gewackelt haben. Einer hat durch sein Schlafzimmerfenster angeblich eine Leuchterscheinung gesehen. Er ist überzeugt, dass sie von einem außerirdischen Raumschiff stammte.«

»Dann ist der Fall ja geklärt. Aliens haben den Teich als Nachschub für ihren Fusionsantrieb leer gelutscht.«

»Nee, ich hab schon eine andere Theorie.«

»Die wäre?«

»Ich werde sie dir auf keinen Fall erzählen, bevor ich Beweise habe. Gestern hab ich Bodenproben gesammelt. Die schicke ich an das LKA. Den Auftrag werde ich mit dem Anschlag auf Diana Keller begründen.«

»Du bewegst dich auf dünnem Eis, Gustl. Keinesfalls würde ich die Aliens erwähnen. Ich hab übrigens mit Weber, dem Physiker aus Kiel, gesprochen. Er hat mir einiges Interessantes zur Astrologie erzählt. Ich soll dich grüßen.«

»Danke. Was hält er davon?«

»Nichts.«

»Hm.«

Am Nachmittag des nächsten Tages fuhren die beiden Kommissare nach Schleswig zur Esoterikmesse. Flottmann war über die vielen Aussteller überrascht. Nicht minder überrascht war er von den Angeboten, die auf den Stellwänden präsentiert wurden, von Lichtnahrung über Geistheilung und Aura-Chakra-Fotografie bis zur Magie und Wasserenergetisierung.

»Scheint für jeden etwas dabei zu sein.« Flottmann nickte anerkennend mit dem Kopf und grinste.

»Du solltest deine Skepsis an der Garderobe abgeben«, sagte

Hilgersen. »Wir sehen uns einfach etwas um und unterhalten uns mit den Ausstellern. Dann kannst du immer noch dein Urteil fällen.«

»Okay. Fangen wir doch gleich hier an.« Flottmann zeigte auf einen Stand in der Nähe. »Strahlenfrei wohnen mit Orgonit. Das klingt doch interessant.«

Als Flottmann näher trat, wurde er von einem grauhaarigen Mann mit dicken Brillengläsern angesprochen. Sofort begann dieser, über die Schädlichkeit von Elektrosmog zu fachsimpeln.

»Und diese Dinger helfen dagegen?« Flottmann zeigte auf eine der transparenten Pyramiden, die vor ihm auf dem Tresen standen. Sie waren gefüllt mit verschiedenfarbigem Material.

»Lapis, Lazulith, Bergkristall und Messing«, erklärte der Mann. Es komme auf das ausgewogene Verhältnis der Bestandteile an. Sie bewirkten die Harmonisierung der Lebensenergie, und die gesundheitsgefährdende elektromagnetische Strahlung werde komplett neutralisiert. Das hätten viele wissenschaftliche Studien ergeben.

Flottmann war beeindruckt, auch wenn er das Funktionsprinzip nicht so recht verstand.

»Hilft das auch gegen Verspannungen im Nacken?«, fragte er.

Die Antwort ließ einige Sekunden auf sich warten. »Sicher. Die Störung der Lebensenergie kann sich auf den ganzen menschlichen Körper auswirken.«

»Und bei Katzen? Mein Kater hat manchmal Depressionen.«

»Mit der Behandlung von Tieren haben wir leider keine Erfahrung. Aber ich könnte mir vorstellen, dass sie genauso empfänglich sind.«

»Das wäre eine tolle Sache. Und was kostet so ein Wunderding?«

»Nach Abzug des Messerabatts nur neunzig Euro.« Der

Grauhaarige nickte Hilgersen zu. »Wenn Sie zwei nehmen, kann ich Ihnen entgegenkommen.«

»Ich werde es mir überlegen. Und du, Gustl?«

»Äh – ja – ich auch.«

Flottmann bedankte sich für die Beratung und ging weiter.

»Wirklich beeindruckend«, sagte er.

»Mach dich ruhig lustig darüber. Du wirst schon sehen, dass es hier auch überzeugendere Heilmethoden gibt. Ich glaub ja auch nicht an alles, was angeboten wird.«

Flottmann klopfte Hilgersen auf die Schulter. »Da bin ich aber froh.«

»Aber zum Beispiel da drüben.« Hilgersen zeigte auf Plakatwände, auf denen ein überdimensionales Pendel dargestellt war, sowie eine Wünschelrutengängerin in sexy Outfit, das Flottmann eher bei einer Werbung für einen Sportwagen erwartet hätte.

»Ich kenne jemanden, dem hat ein Rutengänger gezeigt, wo in seinem Garten eine Wasserader verläuft. Und, was soll ich dir sagen, er hat dort jetzt einen ergiebigen Brunnen.« Hilgersen warf Flottmann einen triumphierenden Blick zu.

»Und wenn er nichts gefunden hätte? Hättest du mir das dann auch erzählt?«

Hilgersen stutzte. »Wahrscheinlich nicht.«

»Eben. Aber ich lasse mich jetzt ganz unvoreingenommen auf das Pendeln ein. Eine Wasserader brauche ich ja nicht.«

»Du und unvoreingenommen. Dass ich nicht lache.«

»Okay. Dann solltest du dich zur Verfügung stellen. Du bist ja offen für all solche Dinge. Also los. Der Tisch dort drüben ist gerade frei.«

Hilgersen zögerte. Aber offenbar fiel ihm keine Ausrede ein.

Wenig später saß er einer attraktiven Dame gegenüber und hielt einen Bindfaden in der Hand, an dem ein Messingkegel baumelte. Flottmann hatte etwas abseits Platz genommen. Keinesfalls wollte er die Sitzung stören.

»Mein Name ist Veronika«, stellte sie sich vor und schaute Hilgersen fragend an.

»Gustav.«

»Okay. Also, das Ganze funktioniert so. Mit dem Pendel erhalten wir Antworten aus einer jenseitigen Schwingungsebene. Dort befinden sich zum Beispiel Informationen über das Geschlecht eines ungeborenen Kindes oder über Krankheiten. Es lassen sich auch die richtigen Medikamente und deren Dosierung ermitteln.«

»Das interessiert mich eher weniger.«

»Man kann damit auch verschwundene Menschen, Tiere und Gegenstände wiederfinden sowie Bodenschätze und Wasseradern entdecken.«

»Verschwundene Menschen?«

»Ja, das hat schon sehr oft zum Erfolg geführt.«

Hilgersen sah zu Flottmann hinüber. Natürlich dachte er an die entführte Petra Hinrichsen. Flottmann antwortete auf die unausgesprochene Frage mit einem Kopfschütteln.

»Etwas Persönliches wäre mir lieber.«

»Gut. Den Arm bitte etwas mehr abwinkeln.«

Hilgersen gehorchte. Das Pendel begann bereits zu schwingen. Zunächst vollführte es eine Kreisbewegung, um dann aber nach einiger Zeit eine eindeutige Richtung einzunehmen.

»Sind Sie bereit, Fragen zu beantworten?«

»Ja.«

»Das Pendel schlägt auf diese Frage von rechts nach links aus. Also wird die Richtung stets ein Ja bedeuten, und von unten nach oben entsprechend ein Nein.«

»Das klingt logisch.« Hilgersen war die Konzentration anzumerken.

»Die Liebe ist ein sehr beliebtes Thema für eine Pendelbefragung.« Die Schönheit zauberte ein Lächeln hervor. »Dieses Exemplar hier wurde übrigens bei Mondlicht aufgeladen.«

»Aufgeladen?«

»Mit positiver Energie. Es gibt auch andere Verfahren. Man

kann es zum Beispiel in einen Blumentopf vergraben. Aber das muss Sie nicht weiter interessieren. Es sei denn, Sie wollen sich selbst ein Pendel anschaffen. Also, fangen wir mit der Liebe an?«

»Äh – ja, okay.«

»Sie sind in einer Partnerschaft?«

»Ja.«

»Darf ich fragen, wie sie heißt?«

»Franziska.«

»Verstehen Sie sich gut mit Franziska? Bleiben Sie bitte ganz entspannt.«

Das Pendel schwang von links nach rechts, was einem Ja entsprach. Hilgersen sah auf und warf Flottmann einen nervösen Blick zu. Dann starrte er wieder auf den Messingkegel. Richtig geheuer schien ihm das Ganze nicht zu sein. Flottmann meinte, erste Schweißperlen auf Hilgersens Stirn zu entdecken. Vielleicht war es ihm unangenehm, sein Innerstes vor seinem Kollegen nach außen zu kehren.

»Lieben Sie Franziska?«

Hilgersens Pendelhand zitterte, brachte aber ein eindeutiges Ja hervor.

»Haben Sie den Eindruck, dass Franziska Sie liebt?«

Die Spitze vollführte eine Kreisbewegung, um anschließend senkrecht zur ursprünglichen Richtung zu schwingen. Das bedeutete ein klares Nein.

Veronika räusperte sich. Das Ergebnis schien ihr nicht gerade verkaufsfördernd zu sein. »Das ist eine Antwort aus Ihrem Unterbewusstsein. Die ist nicht immer korrekt. Wir werden eine objektive Reaktion aus der jenseitigen Schwingungsebene erhalten. Also konzentrieren wir uns. Pendel, bitte sag mir, ob Franziska die Liebe erwidert.«

Hilgersens Hand zitterte noch mehr als zuvor. Als sich der Kegel auf ein Nein einschwingen wollte, glitt der Faden durch seine Finger, und das Metall schlug auf der Tischplatte auf.

»Ich glaube, das reicht mir.« Er stand auf.

»Mit einer Pendeltafel können wir genauere Aussagen erhalten. Eine Sitzung von einer halben Stunde kostet lediglich fünfzig –«

»Danke, vielen Dank.«

Hilgersen verließ den Stand.

Flottmann erhob sich ebenfalls und zuckte mit den Schultern. »Er muss die Wahrheit erst einmal verkraften. Dann kommt er bestimmt wieder.«

Er beeilte sich, Hilgersen einzuholen.

»Ich muss sagen, dass die Frau mich überzeugt hat. Es scheint tatsächlich etwas an der Sache dran zu sein. Du hast recht. Ich sollte meine Vorurteile abbauen.«

Hilgersen brummelte etwas Unverständliches und beschleunigte seine Schritte auf dem Weg durch die inzwischen steigende Besucherschar. Sie passierten Aussteller mit verlockenden Angeboten, wie energetisch aufgeladenem Wasser, Rainbow-Energiespiralen, Engelssitzungen und Lesungen aus der Palmblattbibliothek. Doch Hilgersens Interesse schien verflogen zu sein. Er strebte stur dem Ausgang zu.

»Warte doch mal«, rief Flottmann ihm nach. »Wir sollten auf jeden Fall noch den Stand von Diana Keller beziehungsweise ihrer Tochter aufsuchen.«

»Ja, in Ordnung.« Endlich stoppte Hilgersen.

Flottmann hätte noch einige ironische Bemerkungen parat gehabt. Aber die verkniff er sich.

Am Stand »Astrologische Beratung Diana Keller« wurde Kaffee ausgeschenkt. Lilian Keller konnten sie am Namensschild erkennen, das sie an ihr dunkelblaues T-Shirt geheftet hatte. Sie saß an einem Tisch, auf dem Informationsmaterial auslag. An einem weiteren Tisch mit Computerbildschirm betreute eine junge Frau einen Kunden. Flottmann und Hilgersen gingen auf Lilian Keller zu und stellten sich vor.

»Wir untersuchen den Angriff auf Ihre Mutter«, sagte Flottmann.

»Ja, ich weiß. Bitte nehmen Sie Platz.« Lilian holte einen zusätzlichen Stuhl herbei.

»Wir sind aber eher zufällig hier.«

»Sie interessieren sich für Esoterik?«

»Man muss für alles offen sein«, antwortete Flottmann. »Ihre Mutter ist nicht hier?«

»Nein. Der Anschlag hat sie sehr mitgenommen. Dazu der Brand in ihrem Haus. Ich weiß nicht, ob sie das Geschäft überhaupt noch weiterführen wird.«

»Treten Sie dann in die Fußstapfen Ihrer Mutter?«

»Nein. Ich hab mich zwar etwas mit Astrologie beschäftigt, aber das ist nichts für mich. Jedenfalls kann ich mir das nicht als Beruf vorstellen. Ich hab einen guten Job bei der Bank. Und in meiner Freizeit beschäftige ich mich mit Geistern.« Sie lachte.

»Mit Geistern?«

»Ja, ernsthaft sogar. Wir untersuchen paranormale Ereignisse.«

»Das ist interessant.« Hilgersen rückte mit seinem Stuhl näher. »Außersinnliche Wahrnehmung, Spuk und Ähnliches?«

Flottmann war über das wiederaufflammende Interesse seines Kollegen erstaunt. Dabei hatte er gedacht, dass seine kleine Lektion mit dem Pendel zumindest für ein paar Stunden anhalten würde.

»Wir sind ein kleines Team und beschäftigen uns seit einigen Jahren mit solchen Dingen. Manchmal rufen uns Menschen an, die etwas Seltsames gesehen oder gehört haben. Dann ziehen wir mit unseren Messgeräten los und versuchen, die Ursachen zu ergründen. Oft gibt es einfache Erklärungen. Aber das eine oder andere Mal stoßen wir auf mysteriöse Vorkommnisse. Wir unternehmen auch Forschungen aus eigenem Antrieb und suchen geheimnisvolle Orte auf. Wir hatten gerade vor einigen Tagen ein wirklich krasses Erlebnis in einem Bunker in der Nähe von Heide. Dort habe ich Stimmen gehört und aufgezeichnet. Außerdem haben wir mit unserer Infrarotkamera eine Gestalt am Boden aufgenommen. Das ist kein Scherz. Es gibt drei weitere Zeugen. Und dann mussten wir abbrechen, weil Regen den Bunker überflutete. Wir sind später noch einmal hineingegangen. Stimmen haben wir nicht mehr gehört. Auch unsere Geräte haben nicht angesprochen. Allerdings haben wir einen Knochen gefunden. Wir haben ihn zur Polizei gebracht. Die will ihn untersuchen lassen.«

Davon hatte Flottmann nichts gehört, nahm sich aber vor, sich bei den Kollegen zu erkundigen.

»Frau Keller, wir müssen den Anschlag auf Ihre Mutter unbedingt aufklären. Es könnte sein, dass sie immer noch in Gefahr ist. Wissen Sie irgendetwas, das mit dem Vorfall zusammenhängen könnte? Etwas, das Ihre Mutter Ihnen vielleicht einmal erzählt, aber vergessen hat? Oder etwas, das sie uns aus irgendwelchen Gründen nicht sagen will? Ärger mit einem Kunden zum Beispiel, Probleme mit einem Verehrer oder anderes, das wir wissen sollten?«

Lilian schüttelte den Kopf. »Absolut nichts. Ich weiß natürlich nicht alles über meine Mutter und über ihre Kunden schon gar nicht. Aber soweit ich weiß, gab es keine besonderen Vorkommnisse. In letzter Zeit waren wir uns wieder etwas näher gekommen. Sie hätte es mir bestimmt mitgeteilt, wenn etwas vorgefallen wäre.«

»Fühlte sie sich vielleicht von jemandem beobachtet?«

»Nicht, dass ich wüsste. Aber das müssen Sie sie selbst fragen.«

»Ja, natürlich. Okay, das waren meine Fragen. Hast du noch etwas, Gustl?«

»Die Sache mit den Geistern ist sehr interessant.«

Flottmann zog die Stirn in Falten. »Die hat wohl kaum etwas mit unserem Fall zu tun.«

»Nein, wohl eher nicht. Aber trotzdem. Sie haben tatsächlich Tonaufnahmen und Fotos?«

Lilian zückte ihr Handy. »Ich hab das Foto auf mein Handy übertragen. Die Tonaufnahme hab ich nicht dabei. Hier!« Sie rief das Bild ab und reichte Hilgersen das Smartphone.

»Unglaublich!« Nachdem Hilgersen das Bild ausführlich betrachtet hatte, gab er das Gerät zurück.

»Wir haben die Audiodatei analysiert und versucht, die Flüsterstimme zu verstehen. Aber es ist uns nicht gelungen. Nur zwei Worte konnten wir verstehen. Das Wort ›Flut‹ und einen Namen. Alles andere geht im Rauschen unter. Die Polizei hat doch bestimmt Verfahren, mit denen man die Stimme herausfiltern kann.«

»Ja, natürlich, das Landeskriminalamt hat eine ganze Abteilung für so etwas«, sagte Hilgersen.

Flottmann versetzte ihm einen sanften Fußtritt für die Bemerkung.

»Ich hätte da jemanden, der Ihnen weiterhelfen kann.« Er hatte nicht die geringste Lust, sich vor den Kollegen beim LKA lächerlich zu machen.

»Wen?«, fragte Lilian.

»Einen Spezialisten, der nicht nur ein außergewöhnliches Gehör hat, sondern auch die notwendige Ausrüstung, um solche Probleme zu lösen. Ich werde ihn fragen, ob er Zeit dafür erübrigen kann. Schicken Sie mir die Datei zu, dann werde ich sehen, was sich machen lässt.«

»Das wäre super.«

»Und Sie versprechen mir, dass Sie sich melden, wenn Ihnen etwas Ungewöhnliches auffällt? Von irgendwelchen Spukgeschichten mal abgesehen.«

Flottmann bereute die letzte Bemerkung sofort. Er ermittelte in einem esoterischen Milieu und sollte sich mit abfälligen Äußerungen zurückhalten, auch wenn er dem ganzen Humbug nicht das Geringste abgewinnen konnte.

Lilian Keller reagierte souverän mit einem angedeuteten Lächeln. Flottmann hinterließ seine Visitenkarte. Dann verabschiedeten sich die Kommissare und liefen Richtung Ausgang. Bis sie den Parkplatz erreicht hatten, kam kein Gespräch zwischen ihnen auf.

Als sie abfuhren, brach Flottmann das Schweigen.

»Du hast mir versprochen, dass der heutige Ausflug unter uns bleibt. Und wir reichen die Kosten dafür auch nicht ein. Einverstanden?«

»Ja, einverstanden.«

»Und über die Antworten des Pendels solltest du nicht weiter nachdenken. Vielleicht wurde das Ding nicht sorgfältig genug im Mondschein aufgeladen.«

Jetzt war es Flottmann schon wieder passiert. Warum konnte er bei dem Thema nicht einfach die Klappe halten?

Hilgersen schwieg und blieb die ganze Fahrt über einsilbig.

26

Die Anzeigen in den verschiedenen Medien zeigten Wirkung. Flottmanns Handy lief heiß. Ihm wurden Klampfen aller Marken am Telefon angeboten. Vermutlich von Vätern und Müttern, deren Kinder schon nach kurzer Zeit die Lust verloren hatten, mühsam ein Instrument spielen zu lernen, oder von Menschen, die sich selbst daran versucht und frustriert das Handtuch geworfen hatten.

Aber am späten Nachmittag erhielt er den entscheidenden Anruf. Es handelte sich angeblich um einen Dachbodenfund, mit Kratzern, aber ansonsten top in Schuss. Eine Martin D-45. Flottmann war sich ziemlich sicher, dass er den Dieb oder einen Hehler am Apparat hatte. Von Gerber hatte er sich die Seriennummer der Gitarre geben lassen. Aber am Telefon danach zu fragen wäre keine gute Idee gewesen.

Natürlich hatte sich der glückliche »Finder«, der sich Jansen nannte, im Internet über den Neupreis des Instruments informiert. Siebentausendfünfhundert Euro sei für das gebrauchte Stück angemessen. Flottmann verhandelte noch ein wenig mit ihm. Schließlich einigten sich beide auf runde siebentausend. Keinen Cent würde er zahlen. Aber das Feilschen musste sein, damit sein Geschäftspartner keinen Verdacht schöpfte.

Er bot Jansen an, das Instrument bei ihm abzuholen. Doch Jansen wollte es lieber persönlich vorbeibringen. Flottmann solle das Geld bereithalten. Zur vereinbarten Zeit saß Flottmann zu Hause und wartete ungeduldig. Bogomil hatte sich in eines seiner Verstecke verkrochen, als ahnte er, dass es ungemütlich werden würde.

Jansen kam fast eine halbe Stunde zu spät. Mit dem Koffer in der Hand betrat er die Wohnung. Er mochte um die vierzig sein, war groß und kräftig, unrasiert und trug Sonnenbrille und Schirmmütze.

Argwöhnisch schaute er sich um. »Sie sind der Gitarrist?«

»Ja. Ich war schon lange auf der Suche nach einer D-45. Meine wurde mir bei einem Konzert gestohlen.«

Jansens Stirn legte sich in Falten. »Gestohlen? Das ist übel. Sie besitzen nur eine einzige Gitarre? Ich sehe hier keine.«

Flottmann erkannte seinen ersten Fehler. Einen Profigitarristen, der nur ein Instrument besaß, gab es vermutlich im ganzen Land nicht.

»Nebenan ist mein Musikzimmer. Da hab ich ein ganzes Dutzend. Aber nichts geht über so eine Martin. Der warme und ausgewogene Klang ist einfach unbezahlbar.«

Jansen trat einen Schritt rückwärts. Flottmann vermutete, dass er keinen glaubhaften Musiker abgab. Warum auch immer.

»Die Fingernägel Ihrer linken Hand sind viel zu lang.«

»Was?«

Jansen antwortete nicht. Er hob den Gitarrenkoffer in die Höhe, und ehe Flottmann reagieren konnte, traf ihn ein Schlag am Kopf. Für einen Moment schwanden ihm die Sinne. Nur mit Mühe hielt er sich auf den Beinen. Er spürte, wie warmes Blut über seine Stirn lief. Als er wieder einigermaßen klar sehen konnte, war Jansen verschwunden.

Flottmann musste sich setzen. Ihm war schwindelig, und die Wunde schmerzte. Einige Minuten vergingen, bis er Schritte hörte. Dann stand plötzlich Jansen vor ihm im Zimmer, in Handschellen, ohne Koffer. Den trug Hilgersen. Er stellte ihn auf dem Boden ab. Flottmann benötigte einige Sekunden, bis er die neue Situation erfasst hatte.

»Soll ich einen Krankenwagen rufen?«, fragte Hilgersen.

»Nee. Geht schon. Sieh mal nach, ob es die Richtige ist.«

Hilgersen schob den Verhafteten beiseite und öffnete den Koffer.

»Wie lautet die Seriennummer?« Flottmann zog einen Zettel aus der Tasche, auf dem die Nummer stand, die Gerber ihm durchgegeben hatte.

Hilgersen nahm die Gitarre heraus und hielt sie so, dass er

die Ziffern durch das Schallloch ablesen konnte. Sie stimmten mit den notierten überein. Er legte das Instrument zurück in den Koffer.

»Einbruch und Körperverletzung. Da kommt einiges auf Sie zu«, sagte Flottmann zu Jansen, der, wie sich herausstellte, Frank Bauer hieß. Der antwortete nicht.

Hilgersen rief einen Streifenwagen und ließ den Delinquenten abführen.

»War schon eine gute Idee von mir, mich unten zu postieren.« Hilgersen setzte sich.

»Deine beste bisher.«

»Das nun auch wieder nicht. Lass dich verarzten. Sieht übel aus.«

»Der Dreckskerl hat ohne Vorwarnung mit dem Gitarrenkoffer zugeschlagen.«

»Solche rauen Einsätze sind nichts für dich. Du solltest besser nur vom Schreibtisch aus operieren.«

»Hm. Kopfarbeit liegt mir in der Tat mehr. Aber wir sind schon ein gutes Team. Du fürs Grobe, ich fürs Intellektuelle.« Flottmann grinste.

»Spätestens heute hat dein Superhirn einen Schaden erlitten. Also lass dich jedenfalls von Lena verarzten.«

»Mach ich. Und dann will ich Gerber seine geliebte Martin zurückbringen.«

»Erst einmal muss ich sie mitnehmen.«

»Ja. Aber sieh zu, dass sie schnell freigegeben wird.«

Als Hilgersen gegangen war, rief Flottmann Lena an. Sie kam sofort vorbei, säuberte die Wunde und klebte ein Pflaster darauf. Natürlich musste er ihr schildern, was passiert war. Er schmückte seine Erzählung ein wenig aus. Er hätte sich die Verletzung beim Kampf mit dem gefährlichen Einbrecher zugezogen, den er aber schließlich mit Hilgersens Hilfe hatte dingfest machen können.

»Mein Held«, nannte sie ihn, was ihm guttat.

Einen Tag später stand Flottmann mit dem Gitarrenkoffer in der Hand vor Gerbers Haustür. Schon einige Male hatte Gerber mit seinem außerordentlichen Gehör und seinen Kenntnissen über Akustik und Geräusche der Polizei bei der Aufklärung kniffliger Fälle geholfen. Die beiden verband inzwischen eine Freundschaft, auch wenn sich ihr Kontakt im Wesentlichen auf das Berufliche beschränkte. Flottmann mochte Gerbers zurückhaltende und sensible Art. Gerber wiederum bewunderte Flottmanns Selbstsicherheit und Durchsetzungsvermögen.

Gerber bat ihn ins Tonstudio. Er freute sich wie ein Kind, das ein langersehntes Weihnachtsgeschenk auspackte. Er setzte sich auf den Drehstuhl am Mischpult und prüfte die Gitarre auf sichtbare Schäden. Dann spielte er ein paar Takte.

»Alles in Ordnung«, stellte er mit einem zufriedenen Lächeln fest. »Das Pflaster. Bist du verletzt?«

Flottmann nahm auf einem Hocker Platz. »Nur eine Schramme. Der Dieb wollte das gute Stück nicht hergeben. Er hat mir nicht abgekauft, dass ich Musiker bin. Meine Fingernägel an der linken Hand wären zu lang. Was hat er damit gemeint?«

Gerber legte die Martin auf einem Ständer ab und zeigte seine Hände vor. »Links sind sie kurz, damit man die Saiten gut greifen kann. Rechts sind sie bei mir lang, da ich meine Nägel fürs Fingerpicking nutze.«

»Aha. Ich hab den Einbrecher wohl unterschätzt. Wir haben ermittelt, dass er selbst Musiker war und sich mit Gitarrenreparaturen Geld dazuverdienen wollte. Deshalb hat er auch verschiedene Werkzeuge mitgehen lassen. Unsere Spurensicherung hat seine DNA am Tatort gefunden. Ein einziges Haar mit Wurzel. In einer der aufgebrochenen Schubladen. Soweit wir wissen, hat er alleine gehandelt.«

»Danke.«

»Ich hab meinen Job gemacht.«

»Und ein bisschen mehr, nicht wahr?«

»Vielleicht. Was macht die Musik?«, fragte Flottmann, als beide im Wohnzimmer Platz genommen hatten.

»Ich komponiere viel. Aber ohne meine Lieblingsgitarre fehlte mir etwas. Immerhin habe ich zurzeit einige Aufträge für die Vertonung von Filmen. Das läuft ganz gut.«

»Es ist schon eine tolle Sache, wenn man von dem leben kann, was man am liebsten macht.«

»Ja, ich weiß das zu schätzen.«

»Tja, als Kriminalbeamter hat man jeden Monat das gleiche Gehalt auf dem Konto, egal, ob man den Täter gefasst hat oder nicht. Aber schon als Kind wollte ich die bösen Verbrecher jagen und fangen. Insofern hat sich mein Traum erfüllt.« Flottmann lachte. »Sag mal, hast du von diesem Glockenläuten in der Johannisnacht gehört?«

»Nicht nur gehört. Ich hab es aufgenommen. Mich hat jemand mitten in der Nacht angerufen und auf das Läuten aufmerksam gemacht. Er wusste, dass ich mich für so etwas interessiere. Er hat der Presse am nächsten Tag ein Interview gegeben.«

»Wer war das?«

»Im Bericht wurde sein voller Name genannt. Er heißt Anton Walter und ist vierundachtzig Jahre alt. Warum interessierst du dich dafür?«

Flottmann zuckte mit den Schultern. »Ach, irgend so ein Witzbold treibt hier offenbar sein Unwesen. Vermutlich hat der einen Lautsprecher aufgestellt, um die Menschen zum Narren zu halten. So etwas kommt immer wieder vor.«

»Das war kein Lautsprecher, Waldemar. Die Glocke war echt.«

Flottmann runzelte die Stirn. »Woher willst du das wissen?«

»Ich hab mich intensiv damit beschäftigt. Das Frequenzspektrum, die Dynamik und, soweit ich das beurteilen kann, auch die Richtwirkung passen nicht zu Lautsprechern. Ich hab das schon vor Ort herausgehört, und meine Auswertungen haben das bestätigt. Die Glocke war echt. Und das Geräusch kam vom Meer.«

»Rungholt ist aus dem Meer aufgetaucht?«

»Nein, natürlich nicht. Aber mysteriös ist das Ganze schon.«

»Hm.« Flottmann kratzte sich am Kopf. »Hast du einen Verdacht?«

»Nicht direkt. Aber …«

»Aber?«

»Ich weiß nicht. Ich bin mir nicht sicher.«

»Spuck es aus, Leon. Auch vage Informationen sind oft Gold wert.«

»Ich glaube, ich kenne die Glocke.«

»Was?«

»Na ja. Die Sache ist kompliziert.«

»Erkläre es so, dass ich es verstehe.«

»Am besten gehen wir dafür in mein Tonstudio.«

»Einverstanden.«

Flottmann stand auf und folgte Gerber in dessen heilige Räume. Gerber setzte sich ans Mischpult und schaltete den Computer ein. Flottmann nahm neben ihm auf einem Hocker Platz. Der Musiker spielte einen Ausschnitt aus seinen Aufnahmen von Nordstrand ab. Der Ton kam aus den Lautsprechern, die an der gegenüberliegenden Wand montiert waren.

»Fällt dir etwas auf?«, fragte er.

»Die Glocke läutet ungleichmäßig. Und die Lautstärke schwankt.«

»Genau. Dass die Lautstärke schwankt, liegt am Wind. Je weiter die Geräuschquelle weg ist, desto größer sind die Schwankungen. Und die unregelmäßigen Schläge kommen meiner Ansicht nach durch die Wellenbewegungen zustande.«

»Also eine Schiffsglocke auf einem Boot? Vielleicht auf einem führerlosen Boot?«

»Nein. Das war eine Kirchenglocke. Sie trieb auf dem Wasser, vielleicht auf einem Boot oder Floß.«

Flottmann stützte seine Hände auf den Knien ab und beugte sich vor. »Und du kennst die Glocke?«

»Auf dem Ausbreitungsweg wird der Schall durch die Luft gedämpft. Höhere Frequenzen mehr als tiefe. Die Absorption ist abhängig von Temperatur und Luftfeuchtigkeit und natürlich von der Wegstrecke. Auch der Aufstellungsort spielt eine Rolle.«

»Äh – wenn es dir möglich ist, lass die Details bitte weg, Leon.«

»Okay. Ich hab versucht, die Veränderungen auf dem Ausbreitungsweg zurückzurechnen. Das geht natürlich nur mit einer begrenzten Genauigkeit. Aber ich glaube, ich konnte in etwa das Originalgeräusch simulieren.«

»Was meinst du mit Originalgeräusch?«

»So wie es im Nahbereich der Quelle zu hören wäre.«

»Das bedeutet?«

»Ich hab die Glocke schon einmal aufgenommen. Sie ist in meiner Datenbank. Ich bin mir einigermaßen sicher. Alle Glocken haben einen charakteristischen Klang. Ich würde behaupten, dass jeder Pastor die Glocke seiner Kirche am Klang wiedererkennt. Das Exemplar, das ich identifiziert habe, stammt aus der Marienkirche in Lübeck. Sie hing im Südturm. Ich hab sie vor zwei Jahren aufgenommen.«

Flottmann schüttelte ungläubig den Kopf. Bei jedem anderen als Gerber wäre er bei solchen Aussagen äußerst skeptisch gewesen. Aber Gerber hatte bisher immer recht behalten. Vermutlich lag er auch diesmal nicht daneben. Flottmann zückte sein Handy und rief Hilgersen an. Er solle überprüfen, ob aus der Marienkirche zu Lübeck eine Glocke gestohlen worden sei. Solche Diebstähle gab es immer wieder. Manche Banden hatten sich darauf spezialisiert. Sie hatten es in der Regel auf das Metall abgesehen und vertickten es an Schrotthändler.

Minuten später rief Hilgersen zurück. »Ich hab den Vorgang gefunden. Im Januar wurde in Lübeck eine Bronzeglocke entwendet. Sie war im letzten Jahr ausrangiert worden. Zwanzig Kilogramm wog sie.«

»Gibt es Hinweise auf den Täter?«

»Nur das Bild aus einer Überwachungskamera. Trotzdem konnte der Täter bisher nicht ermittelt werden. Aber sag mal, worum geht es überhaupt?«

»Um die Rungholtglocke natürlich.«

»Was?«

»Das erkläre ich dir später.« Flottmann legte auf.

»So ganz zuverlässig ist meine Methode nicht«, sagte Gerber. »Ich meine, vielleicht war es doch nur eine ähnliche Glocke.«

»Du glaubst, die aus der Marienkirche erkannt zu haben. Und ausgerechnet die wurde gestohlen. Ein besseres Indiz kann ich mir kaum vorstellen.« Flottmann klopfte Gerber auf die Schulter.

»Hilft es dir weiter?«

»Das weiß ich noch nicht. Ich hab da noch eine andere Sache, Leon. Sie ist etwas – verrückt. Und sie hat nichts mit unseren Ermittlungen zu tun.« Flottmann zog einen Speicherstick aus der Tasche. »Hier ist angeblich eine Geisterstimme drauf. Ich weiß, dass das Unsinn ist. Aber trotzdem würde ich dich bitten, dir das mal anzuhören.«

Gerber sah Flottmann erstaunt an. Aber dann ergriff er den Stick, ohne weiter nachzufragen. Er kopierte die Datei auf die Festplatte und lud sie anschließend in den Audioeditor. Dann setzte er die Kopfhörer auf und veränderte verschiedene Einstellungen am Programm.

Nach einiger Zeit nahm er die Hörer wieder ab und schrieb auf den Notizblock, der neben der Tastatur lag: »Ich bin Elena, von den Sternen verführt und in der Flut begraben.« Er riss den Zettel ab und übereichte ihn Flottmann.

Dieser las den Text mehrmals. »Was soll das bedeuten?«

»Die Worte eines Geistes?«

»Ja. So hat man mir gesagt. Glaubst du an Gespenster?«

»Nein, natürlich nicht.«

»Ich auch nicht. Kornkreise, Geister, Rungholts Glocke und ein Teich, aus dem das Wasser über Nacht verschwindet. Es geschehen merkwürdige Dinge in Nordfriesland.«

»Und mit so etwas beschäftigt sich die Polizei?«

Flottmann strich sich übers Kinn. »Na ja. Da gibt es eventuell einen Zusammenhang mit einem oder mehreren Verbrechen. Das macht die Sache so wichtig. Soweit es mir möglich ist, halte ich dich auf dem Laufenden, Leon. Vielen Dank für deine Hilfe.«

»Es hat mir Spaß bereitet. Was du mir dieses Mal gegeben hast, war ja ganz und gar unblutig.«

»Du solltest die Aufnahme in deine Datenbank einpflegen. Unter dem Stichwort ›Geisterstimmen‹.«

»Das werde ich tun.«

Flottmann war sich sicher, dass Gerber das ernst meinte. Er sammelte alles, was ihm vors Mikrofon kam. Flottmann wusste, dass er eine Kategorie »menschliche Töne« in seiner Datenbank führte, die unter anderem Atmen, Magenknurren, Niesen, Husten, Schmatzen und Rülpsen sowie weitere noch weniger schickliche Geräusche beinhaltete.

27

Petra Hinrichsen schloss die Augen. Der Schmerz würde nicht lange andauern, wenn er gezielt zustach und sie ins Herz traf. Tränen rannen über ihre Wangen. Als sie bemerkte, dass er ihre Füße anhob, öffnete sie die Lider. Verwundert sah sie, wie er mit dem Messer die Fessel durchtrennte. Dann packte er sie mit der Linken an der Schulter, drehte sie fast in Seitenlage und befreite sie vom Kabelbinder an ihren Händen. Noch immer sagte er kein Wort. Kurz überlegte sie, ob der richtige Zeitpunkt gekommen war, ihn anzusprechen. Aber sie schwieg. Ihre Lage schien sich gerade zu bessern. Nur keine falsche Reaktion, riet ihre innere Stimme.

Die Schritte des Entführers entfernten sich, und sie hörte, wie eine Tür zufiel und ein Schlüssel im Schloss umgedreht wurde. Noch eine Minute lag sie regungslos in der Kiste, die eben noch ein Sarg gewesen war. Dann stand sie auf. Sie konnte sich kaum auf den Beinen halten, und nur mit Mühe gelang es ihr, aus der Kiste zu steigen. Der Raum, in dem sie sich befand, erschien ihr für einen Moment wie die Suite eines Luxushotels. Tatsächlich war das Zimmer mit Möbeln und sogar einem Bett ausgestattet. Einzig die Gitter vor den kleinen Fenstern und die kahlen Wände erinnerten daran, dass sie in einem Gefängnis steckte. Sie konnte es kaum glauben, als sie die Tür zu einem Bad entdeckte. Es war mit einer Toilette und sogar einer Dusche ausgestattet. Die Toilette musste sie dringend aufsuchen. Auch fühlte sie sich schmutzig und hätte gerne ausgiebig geduscht, brachte dafür aber nicht den Mut auf. Beim Blick in den Spiegel erschrak sie. Die Haare waren verklebt und strähnig. An der Wange klaffte eine blutige Wunde, die von ihren Versuchen stammen musste, sich vom Knebel zu befreien.

Sie drehte den Hahn auf, trank und schleuderte sich mit den Händen einen Schwall wohltuend kaltes Wasser ins Gesicht.

Dann kehrte sie in den großen Raum zurück und setzte sich auf das Bett. Es war nicht bezogen, aber ein Schlafsack lag auf der Matratze und ein Kissen am Kopfende. Alles sah danach aus, als sollte sie länger hierbleiben. Jetzt kam ihr der Ort nicht mehr wie eine Luxussuite vor. An der Decke waren Neonleuchten angebracht, die ein hässliches Licht verbreiteten. Die Tür war aus Metall und ließ eine Flucht unmöglich erscheinen. Vermutlich hatten die Entführer einen Hobby- oder Gästeraum zu einem Kerker umfunktioniert, aus dem es kein Entrinnen gab.

Alles war so verwirrend. Nie wusste sie, was als Nächstes geschah. Dass der Entführer und sein Komplize sich nicht zu erkennen gaben, war ein gutes Zeichen. Vielleicht hatten sie doch vor, sie freizulassen. Aber warum dann dieses Gefängnis? Und warum dieser grauenhafte Ausflug auf das Meer? Wie hatte sie nur in diese Situation geraten können? Die Tarotkarten hatten nichts über eine bevorstehende Gefahr gesagt. Im Gegenteil! Mila Hus hatte davon gesprochen, dass sie Vertrauen haben sollte. Und sie würde Hilfe erfahren. Vielleicht war die Hilfe ja unterwegs. Hatte Robert sie vermisst und suchte nach ihr? Wären sie noch ein Paar gewesen, dann hätte sie sich darauf verlassen können. Sie war einfach nicht damit klargekommen, dass er viel Zeit mit seinen Zwillingen aus der geschiedenen Ehe verbrachte. Stefanie und Paul, sieben Jahre alt. Dass sie eifersüchtig auf sein altes Leben war und auf seine Exfrau, hatte sie ihm nie eingestanden. Wahrscheinlich wusste er das, hätte aber kaum etwas dagegen tun können. Vielleicht hätte eine Aussprache geholfen. Aber für solche Überlegungen war es zu spät. Außerdem meinten die Sterne es nicht gut mit ihnen. Sie beide passten einfach nicht zusammen. Sowohl Diana Keller als auch Mila Hus hatten das herausgefunden. Zwei Astrologinnen konnten sich nicht irren.

Die Entscheidung für Kinder war bei ihr spät gefallen. Fast schon zu spät. Aber wäre er der richtige Partner gewesen, hätte es noch funktionieren können. In der letzten Phase ihrer Beziehung hatten sie sich nur noch gestritten. Ironischerweise ausgerechnet darüber, dass sie die Astrologie zurate gezogen hatte. Letztendlich waren die Reibereien für die Trennung ausschlaggebend gewesen. Zuerst hatte er aggressiv und mit Vorwürfen reagiert. Später hatte er versucht, sie zurückzugewinnen. Schließlich aber hatte er sich mit der Trennung abgefunden, und sie hatte ihm sogar geholfen, eine neue Wohnung zu finden.

Draußen wurde es langsam hell. Petra stand auf und untersuchte ihr Gefängnis. Die Kamera neben der Tür hatte sie schon längst bemerkt. Es überraschte sie nicht, dass sie beobachtet wurde. Gleichwohl durchsuchte sie einen Schrank nach einem brauchbaren Gegenstand, der als Waffe dienen konnte. Aber die Entführer hatten offenbar vorgesorgt. Kein Messer, keine Schere, nicht einmal ein Schraubendreher oder Hammer. Es war sowieso keine gute Idee, sie anzugreifen. Ihre Chance, einen oder gar beide zu überwältigen, war nahezu null.

Sie ging zurück zum Bett und setzte sich. Von diesem Platz aus hatte sie einen Überblick über das ganze Zimmer und konnte die Tür im Auge behalten. Wenn sie auch nichts gegen die Entführer tun konnte, so wollte sie doch nicht von ihnen überrascht werden. Wieder grübelte sie darüber nach, was sie mit ihr vorhatten. Petra erinnerte sich an den Moment, als sie an Deck des Bootes aufgewacht war. Der Mann an der Reling hatte Ausschau gehalten und war verärgert gewesen. Er hatte laut geflucht. Vielleicht war das Gewitter der Grund für seinen Unmut gewesen. Aber was hatte das zu bedeuten? Ihr Pulsschlag beschleunigte sich. Wie auch immer die Erklärung war, es konnte heißen, dass er sie erneut ins Wattenmeer bringen würde, sobald sich das Wetter geändert hatte. Diese Horrorvorstellung trieb ihr Tränen in die Augen, und sie begann, hemmungslos zu weinen.

Kein Zweifel, sie war in die Hände von Irren geraten, deren Handeln sie nicht verstehen konnte. Was hatte sie nur getan, dass man sie so quälte? Es bestand immer noch die Möglichkeit, dass eine Verwechslung vorlag. Sie würde den Irrtum aufklären. Ihre Hoffnung schwand sofort wieder. Der Mann, der sie vor der Entführung offenbar tagelang beobachtet hatte, musste wissen, wer sie war. Er kannte ihr Auto und hatte vermutlich ihre Handtasche mit den Papieren und ihrem Handy an sich genommen.

Der Anblick der Kiste inmitten des Raums war nur schwer zu ertragen. Nicht noch einmal würde man sie dort hineinzwingen! Sie würde sich bis aufs Blut dagegen wehren. Sie stand auf, ging zum Holzsarg und schlug den Deckel zu. Mit den Füßen schob sie ihn Stück für Stück bis unter das Bett und setzte sich wieder.

Das endlose Warten in ihrem Verlies war kaum zu ertragen. Endlich, nach Stunden, öffnete sich die Tür, und ihr Peiniger kam herein, wieder mit einer Skimaske vermummt. Er trug ein Tablett mit Essen sowie einer Flasche Wasser und stellte es auf den Tisch.

Jetzt musste sie mit ihm reden!

»Bitte, lassen Sie mich gehen!« Sie sprang auf. »Ich hab niemandem etwas getan. Sie müssen mich verwechselt haben. Ich bin Petra Hinrichsen. Ich hab Ihr Gesicht nicht gesehen und weiß nicht, wer Sie sind. Bitte!«

Vielleicht hätte sie ihre Worte genau überlegen sollen. Sie klangen in ihren eigenen Ohren hilflos und wenig überzeugend. Er sah zu ihr herüber. Dann warf er einen Blick auf die Stelle, an der die Kiste gestanden hatte. Noch immer schwieg er. Petra nahm all ihren Mut zusammen und schritt auf ihn zu. Sie wollte ihn am Arm packen und ihn aufrütteln. Ein Faustschlag traf sie ins Gesicht. Benommen fiel sie zu Boden. Noch bevor sie sich aufraffen konnte, hörte sie, wie die Tür zufiel und der Schlüssel im Schloss umgedreht wurde.

***

Helenas Tagebuch, 25. Oktober

BB hat mir abgeraten, weiterhin zur astrologischen Beratung zu gehen. Wir haben uns darüber gestritten. Fast eine Stunde lang. Aber umso schöner war die anschließende Versöhnung. Er versteht immer noch nicht, dass mir die Termine bei Mila wichtig sind. Sie geben mir Halt, und auf die Unterhaltung mit Anna kann ich nicht verzichten. Ich werde nicht mehr mit ihm darüber diskutieren.
Anna geht es gut. In ihrer Welt gibt es kein Leid. Alles ist harmonisch und schön. Gerne wäre ich für immer bei ihr. Manche Fragen, die ich stelle, kann sie nicht beantworten. Aber sie vermisst mich genauso wie ich sie.

28

Flottmann kaute unablässig auf einem Bleistift und wippte dabei mit seinem Schreibtischstuhl, der quietschte und knarrte.

»Deine Diät macht dir zu schaffen, nicht wahr?«, fragte Hilgersen.

»Wieso?«

»Es sieht so aus, als wolltest du den Stift verspeisen. Das Gequietsche geht mir übrigens allmählich auf den Senkel. Also, was ist los mit dir?«

»Danke für deine Fürsorge. Es ist alles in Ordnung.« Flottmann stoppte das Wippen und nahm seine übliche Grübelstellung ein, indem er die Füße auf den Aktenbock legte. Extra für diesen Zweck hatte er eine Lücke zwischen den Ordnern und Papieren gelassen.

»Woran denkst du?«, fragte Hilgersen.

»An den Teich, die Kornkreise, die Glocke und den Spuk im Bunker.«

»Ach! – Und?«

»Ich bin noch zu keinem Ergebnis gekommen.«

»Aber du glaubst jetzt auch, dass die mysteriösen Vorkommnisse etwas mit unseren Fällen zu tun haben?«

»Das sind nicht mehr unsere Fälle.« Flottmann spielte darauf an, dass die Flensburger Ermittler sowohl die Vermisstensache Petra Hinrichsen als auch den Anschlag auf Diana Keller übernommen hatten. »Das K1 hat uns großzügigerweise die paranormalen Ereignisse überlassen. Vermutlich, weil die Kollegen wissen, dass sie bei dir gut aufgehoben sind, Gustl.«

»Das kann schon sein. Und wenn sie mit den anderen Verbrechen zusammenhängen, sind wir doch noch mit von der Partie.«

»Deswegen denke ich ja darüber nach.«

Nun kaute Hilgersen auf einem Stift. »Am Abend, als wir

von Bredstedt kamen, von der Astrologin Mila Hus, da hatte ich noch einen Termin. Du hast mich gar nicht gefragt, worum es dabei ging.«

»Ich bin halt nicht neugierig.«

»Ich war bei einem Kornkreisforscher.«

»Ach – so etwas gibt es? Unglaublich, womit Menschen sich beschäftigen.«

»Die Unterhaltung mit ihm war sehr interessant. Ich hab viel über Kornkreise erfahren. Wusstest du, dass weltweit über zehntausend gesichtet wurden?«

»Nein.«

»Sie sind auch kein neues Phänomen. Schon 1590 wurde der erste Kornkreis entdeckt. Ich finde das sehr bemerkenswert. Damals hatte man sicher andere Probleme, als Humbug zu betreiben, wie du das nennen würdest.«

»Das ist kein Beweis für Übersinnliches.«

»Nein, ist es nicht. Aber manche Figuren sind dermaßen komplex, dass sie kaum von Menschenhand entstanden sein können. In England gab es eine auf einer Fläche von fünfzigtausend Quadratmetern, mit über vierhundert Einzelkreisen. So etwas kann niemand über Nacht herstellen.«

»Und wie ist die Erklärung des ›Forschers‹?«

»Er glaubt, dass elektrisch geladene Wirbel die Ursache sein könnten. Plasmawirbel hat er sie genannt. Aber woher die kommen, konnte er mir auch nicht sagen.«

»Und warum erzählst du mir das alles?«

»Weil ich etwas anderes, sehr Interessantes erfahren habe.«

»Ich bin ja so was von gespannt.«

»Rate mal, welche Figur in unserem Kornkreis abgebildet ist.«

»Ich bin ganz schlecht im Raten.«

»Ein Skorpion.«

»Ein Skorpion? Merkwürdig. Die Viecher gibt es hier doch gar nicht.«

»Das Tierkreiszeichen.«

Flottmann nahm seine Füße vom Bock. »Das ist 'n Ding.«
»Allerdings. Und schon haben wir eine Verbindung zur Astrologie.«
»Und wie ist es mit dem Teich, der Glocke und dem Spuk? Erkennst du da auch eine Verbindung?«
»Noch nicht.«
Flottmann drehte seinen Bleistift zwischen den Fingern. »Was den Spuk angeht, hätte ich da etwas. Wie ich dir erzählt habe, hat Gerber herausgefunden, was der Geist im Bunker von sich gegeben hat. ›Ich bin Elena, von den Sternen verführt und in der Flut begraben.‹«
»Sterne – in der Flut begraben – Tod durch Ertrinken. Das ist doch kein Zufall.«
»Eben. Und deshalb denke ich nach.«
Hilgersen stieß einen Pfiff aus. »In seltenen Fällen kommt ja doch etwas dabei heraus.«
»Wenn wir davon ausgehen, dass wir es nicht mit übersinnlichen Phänomenen zu tun haben, will uns jemand beziehungsweise die gesamte Öffentlichkeit gehörig verarschen, um es vornehm auszudrücken. Wobei ein Mordversuch und vermutlich eine Entführung bei mir nicht als Scherz durchgehen. Wir müssen etwas über diese Elena herausfinden. Vielleicht gibt es einen Vorgang über sie in unseren Akten. Wir sollten ihren Namen durch den Computer jagen.«
»Wenn der Vorgang länger zurückliegt, wird die Jagd zu keinem Erfolg führen«, gab Hilgersen zu bedenken. »Die älteren Akten sind noch nicht digitalisiert. Aber einen Versuch ist es natürlich allemal wert.«
»Also, was wissen wir über sie?«
»Nicht viel. Sie hat vermutlich das Sternzeichen Skorpion. Allerdings wird das wohl nicht in den Akten stehen, aber natürlich das Geburtsdatum. Wir könnten Knoblauch-Malte auf die Recherche ansetzen. Der Kollege ist sehr genau und ausdauernd in solchen Sachen. Wenn er mitbekommt, dass es um Astrologie geht, wird er nicht mehr zu bremsen sein.«

»Malte ist noch im Urlaub. Du musst dich schon selbst zu den Akten in den Keller begeben«, sagte Flottmann.

»Wieso ich?«

»Für mich ist das nichts. Mir fehlt ganz einfach die Geduld dazu. Du bist gleich nach Malte der richtige Mann dafür, Gustl.«

»Schon wieder so ein durchsichtiges zweckgebundenes Kompliment.«

Flottmann grinste. »Ich vermute mal, dass der Vorgang, wenn es denn einen gibt, nicht sehr lange zurückliegt. Es ist eher unwahrscheinlich, dass jemand etwas zum Anlass für seine Verbrechen nimmt, das mehrere Jahre her ist. Ausgeschlossen ist das natürlich nicht.«

»Okay, ich versuche mal mein Glück mit dem Computer, bevor einer von uns beiden in den Keller geht.«

Die nächste halbe Stunde beschäftigte sich Hilgersen mit der Recherche. Flottmann vertiefte sich in der Zeit in weitere Überlegungen, die allerdings zu keinen neuen Erkenntnissen führten. Auch Hilgersen konnte mit keinem Ergebnis aufwarten.

»Ich hab nur einen Vorgang gefunden«, sagte er. »Es gibt eine Anzeige gegen eine Elena Stirnnagel. Sie hat den Dackel eines Nachbarn mit grüner Farbe besprüht, weil das Tier in ihren Garten gekackt hat.«

»Das dürfte wohl eher nicht das sein, was wir suchen.«

»Nee.«

»Also, auf in den Keller.«

»Wir sollten das mit einer Münze auslosen. Kopf oder Zahl?«

»Ich sagte dir schon, dass –«

Flottmanns Telefon klingelte. Gerber war am Apparat.

»Hallo, Leon. Wir, Hilgersen und ich, grübeln gerade über die Geistersache.«

»Deswegen rufe ich an. Die Sprache war stark von Regengeräuschen überdeckt. Auch deshalb hätte man den Buchstaben H kaum heraushören können. Insbesondere beim Flüstern geht der Hauchlaut leicht unter.«

»Äh – worauf willst du hinaus?«

»Der Name, der genannt wurde, könnte auch Helena statt Elena sein.«

»Jetzt hab ich es kapiert. Das ist ein hervorragender Tipp, Leon. Darauf hätte ich auch selbst kommen können. Ich danke dir.«

»Gerne. Bis dann.« Gerber legte auf.

Flottmann ließ den Hörer geräuschvoll auf die Gabel fallen. »Es gibt sie doch, diese übersinnlichen telepathischen Momente.«

»Wird auch Zeit, dass du das einsiehst. Hat Gerber dich überzeugt?«

»Er hat im richtigen Augenblick angerufen. Definitiv Gedankenübertragung. Such mal nach Helena statt Elena. Computer sind ja so doof, dass sie nur Antworten auf exakt gestellte Fragen geben.«

Während Hilgersen erneut zu recherchieren begann, ging Flottmann in die Küche, um Kaffee zu kochen. Er kam mit zwei Bechern wieder und stellte den mit der Aufschrift »Plattschnacker« auf Hilgersens Schreibtisch ab.

»Ich hab was«, sagte Hilgersen. »Helena Reinke. Ein Suizid. Sie ist bei auflaufendem Wasser ins Watt gegangen und ertrunken. Das war genau an ihrem zweiunddreißigsten Geburtstag. Ihre Leiche wurde eine Woche später an die Nordstrander Küste gespült. Ich wette, dass sie das Sternzeichen Skorpion hatte. Allerdings …«

»Was?«

»Allerdings steht hier als Geburtsdatum 27. November. Das ist Schütze.« Hilgersen schlug mit der Faust verärgert auf die Schreibtischplatte.

»Wette verloren.«

»Ich hab ja nicht gewettet.«

»Sie ist trotzdem der Geist, der im Bunker spukt. In Wirklichkeit ist sie nämlich doch im Sternbild Skorpion geboren.«

»Das verstehe ich nicht.«

»Dann lass es dir erklären. Das ist nämlich so. Die Sternzeichen wurden vor über zweitausend Jahren festgelegt. Aber die Erdachse torkelt wie bei einem Kreisel, den man anstößt. Präzession nennt man das. So etwas solltest du wissen. Das gehört zur Allgemeinbildung. Die Präzession führt dazu, dass die Tierkreiszeichen der Astrologie und die Sternbilder auseinanderdriften. Aus diesem Grunde fällt der 27. November wissenschaftlich gesehen in das Sternbild Skorpion.«

»Was ist denn das für eine Theorie?« Hilgersen schüttelte den Kopf.

»Das ist keine Theorie. Das ist Astronomie.«

»Und was bedeutet das für unseren Fall?«

»Dass der Täter aus Helenas Umfeld ein Gegner der Astrologie sein könnte. Er hat das mit dem falschen beziehungsweise dem richtigen Sternzeichen ausgedrückt.«

»Das klingt ziemlich bekloppt.«

»Finde ich nicht. Du hast am 12. September Geburtstag.«

»Das weißt du?«

»Die Sache mit Maltes Horoskop ist auch mir noch gut im Gedächtnis. Dein wirkliches Sternzeichen ist entsprechend der Verschiebung nicht Jungfrau, wie du immer gedacht hast, sondern Löwe.«

»Dann hätte ich ja immer das falsche Horoskop gelesen. Das erklärt, warum es manchmal nicht so richtig zutraf.«

»Du bist ein hoffnungsloser Fall, Gustl. Wir haben jetzt also ein wichtiges Indiz, dass die mysteriösen Vorkommnisse mit Helena Reinkes Suizid zu tun haben. Zumindest, was den Kornkreis und den Spuk angeht. War sie verheiratet?«

»Mit einem Markus Reinke, wohnhaft hier in Husum. Die gemeinsame Tochter starb mit vier Jahren. Sie ertrank im Teich des Nachbarn.«

»Ich hab noch etwas.« Flottmann tippte mit dem Zeigefinger auf seinen Bildschirm. »Eine Helena Reinke steht auf der Kundenliste, die Diana Keller aus dem Gedächtnis von ihren Kunden erstellt hat.«

»Bingo!«

»Langsam fügt sich einiges zusammen. Allerdings bleiben noch etliche Fragen. Ein paar davon kann uns sicher der Ehemann beantworten. Jedenfalls muss ich jetzt nicht im Keller die Akten durchwühlen.«

»Du?«

»Ja. Ich hatte mich gerade entschieden, das selbst zu übernehmen«, sagte Flottmann mit ernstem Gesicht.

»Du Pharisäer! Wie kannst du nur so schamlos lügen!«

Flottmann zuckte mit den Achseln. »Wir sollten uns noch heute diesen Markus Reinke vorknöpfen. Kommst du mit?«

»Klar.«

»Du könntest deine Waffe mitnehmen. Ich bin etwas aus der Übung. Außerdem hab ich eine Zerrung am rechten Arm. Hab wohl darauf geschlafen.«

»Verstehe.«

29

Mila Hus wollte an diesem Tag endlich neue Gartenmöbel kaufen. Die alten waren mit der Zeit unansehnlich geworden. Immer hatte es Wichtigeres zu erledigen gegeben. Aber heute raffte sie sich auf, stieg in ihren Peugeot und fuhr Richtung Husum. Als sie auf der Bundesstraße 5 unterwegs war, erblickte sie im Rückspiegel erneut den Mercedes mit den getönten Scheiben. Mehr als einmal hatte sie den Eindruck gehabt, jemand würde ihr folgen. Seit ihr Mann vor drei Jahren bei einem Unfall gestorben war, war sie ängstlicher geworden. Ein betrunkener Autofahrer hatte die Vorfahrt missachtet. Gerhard hatte versucht, ihm auszuweichen, und war gegen eine Mauer geprallt. Für das Unglück hatte es leider keine astrologischen Anzeichen gegeben. Sonst hätte sie ihn warnen können. Wobei sie sich oft die Frage gestellt hatte, ob sich der Lauf der Geschichte überhaupt ändern ließ. Konnte man einem prophezeiten Unglück ausweichen? Gelänge das, so wäre die Prophezeiung ja falsch gewesen.

Dass das Auto hinter ihr sie so nervös machte, lag wohl am Besuch der Kommissare vor einigen Tagen. Die Entführung von Diana Keller und das Verschwinden von Petra Hinrichsen zeigten, wie schnell man Opfer eines Verbrechens werden konnte.

Jetzt hätte der BMW-Fahrer Gelegenheit gehabt, sie zu überholen. Sie fuhr lediglich achtzig, und die Gegenfahrbahn war frei. Stattdessen vergrößerte er den Abstand und fiel weit zurück. Mila Hus war beruhigt. Eine Viertelstunde später hatte sie ihr Ziel erreicht und lenkte den Wagen auf den Parkplatz des Möbelhauses. Sie wollte gerade aussteigen, als sich der BMW mit den getönten Scheiben so eng neben ihren Peugeot setzte, dass sie die Tür nicht öffnen konnte. Sekunden später wurde die Beifahrertür aufgerissen. Ein Mann beugte sich zu ihr herüber und hielt ihr ein feuchtes Papiertaschentuch vor das Gesicht. Sie schlug mit den Armen um sich, um den Angreifer abzuwehren. Doch sie spürte, wie ihre Kraft nachließ und sich ihr Bewusstsein eintrübte.

Als Mila Hus das erste Mal erwachte, lag sie auf schwankendem Holzboden. Ein modriger Geruch stieg ihr in die Nase. Das Licht blendete, sodass sie nur verschwommene Umrisse erkennen konnte. Sie hörte Schritte und wollte sich aufrichten, aber eine starke Hand drückte ihren Kopf brutal auf den Boden zurück. Ein dunkler Schatten presste ihr ein stinkendes Tuch auf Mund und Nase. Sie rang nach Luft, strampelte mit den Füßen und wollte mit den Händen nach der Schattengestalt greifen. Vergeblich. Die Arme lagen unter ihrem Rücken und gehorchten ihr nicht. Ihr Schrei erstickte. Das Licht an der Decke zerfloss. Dann wurde es dunkel.

Als sie das zweite Mal aufwachte, roch es angenehm. Sie kannten den Duft nach Schlick und Meerwasser und atmete tief durch. Über ihr prangte der Sternenhimmel. Mila Hus kniff die Augen zusammen, um sie gleich wieder zu öffnen. Irgendetwas fühlte sich verkehrt an. Sie gehörte nicht hierher. Schon gar nicht mitten in der Nacht. Sie lag auf hartem Boden. Als sie versuchte, sich aufzurichten, wurde ihr klar, dass sie gefesselt war. Aber sie konnte den Kopf und die Schultern etwas anheben. Trotz der Dunkelheit nahm sie eine Gestalt wahr, die vor ihr stand. Nein, sie bewegte sich. Doch der Abstand zu ihr wurde nicht größer. Erst jetzt erkannte sie, dass sie auf einem Schlitten lag, der von der Gestalt gezogen wurde. Noch immer konnte sie sich keinen Reim auf die Situation machen. Nur langsam kam die Erinnerung zurück. An das Auto auf dem Parkplatz, das sich neben ihres gestellt hatte, und an den Mann, der sich über sie gebeugt hatte. An das, was danach geschehen war, erinnerte sie sich nicht.

Wurde sie auf einem Schlitten durch das Watt gezogen? Das war vollkommen widersinnig.

Neben ihr lag etwas. Sie erkannte eine Schaufel oder einen Spaten. Was sollte das bedeuten? Nach und nach gelang es ihr, die Bruchstücke der Eindrücke zu einem logischen Ganzen zusammenzusetzen. Der Mann, der sie entführt hatte, wollte sie im Watt eingraben! Der grausige Gedanke lähmte sie für einen Moment. Dann zerrte sie mit aller Kraft an ihren Fesseln und begann zu jammern und zu flehen. Als er stoppte, verstummte sie. Er ließ das Seil in den Schlick fallen und kam auf sie zu. Als er sich über sie beugte, blickte sie in ein unbekanntes Gesicht. Der Fremde öffnete ihr gewaltsam den Mund und stopfte ihr einen Knebel hinein. Nur mit Mühe gelang es ihr, den Stoff mit der Zunge und durch Hin- und Herschieben des Kiefers so zurechtzurücken, dass sie weiteratmen konnte.

Der Mann ging zurück zum Seil und zog den Schlitten weiter. Sie hätte ihn fragen sollen, warum er das tat. Es musste eine Verwechslung vorliegen. Ja, eine Verwechslung! Das war die einzige Erklärung. Wenn sie wieder sprechen konnte, würde sie ihm das sagen. Sie versuchte, den Knebel auszuspucken, was ihr aber nicht gelang. Die Laute, die sie von sich gab, musste er hören. Doch er kümmerte sich nicht darum. Hätte sie doch nur mit ihm geredet, als es ihr noch möglich war. Stattdessen hatte sie gezetert. Erneut bemühte sie sich, die Fesseln zu sprengen, bewirkte aber nur, dass die Schnüre ihr noch tiefer ins Fleisch schnitten. Sollte sie ausgerechnet an ihrem Geburtstag sterben? Wer wollte ihren Tod und aus welchem Grund? Als seien dies die wichtigsten Fragen, die es noch zu Lebzeiten zu klären galt, dachte sie fieberhaft darüber nach.

Das Gespann stoppte erneut. Eine Taschenlampe leuchtete auf. Der Schein streifte kurz ihr Gesicht. Der Mann kam herbei und machte sich am Schlitten zu schaffen. Er war ganz nah. Sie wollte ihn am Arm fassen und ihn zur Vernunft bringen, ihn auf den Irrtum aufmerksam machen. Aber ihre Hände bewegten sich nicht, und ihr Mund brachte keine verständlichen Worte heraus. Der Mann band den Spaten los und ging damit außer Sichtweite. Dann vernahm sie, wie er ihr Grab schaufelte. Wenn sie noch einen Funken Hoffnung gehabt hätte, wäre der jetzt erloschen.

***

Helenas Tagebuch, 1. November

BB würde gerne mit mir weggehen. Vielleicht nach Argentinien. Es ist nur ein Traum, den wir manchmal zusammen träumen. Er hat da oft den Urlaub verbracht und mag das Land. Ich kann mir nicht vorstellen, dort zu leben. Aber zusammen so etwas zu träumen ist trotzdem schön. Es zeigt, wie sehr wir uns lieben und einander vertrauen.
Das Wetter soll morgen schön werden. Deshalb wollen wir noch einmal in Fuhlehörn an den Strand gehen. Dort kennt uns keiner. Eigentlich wäre es nicht schlimm, wenn man uns zusammen sehen würde. Aber ich habe immer noch Angst, dass Markus von uns erfährt. Ich könnte den Streit darüber nicht ertragen. Jedenfalls noch nicht. Vielleicht müsste ich ausziehen, wenn wir uns scheiden lassen würden. Das wäre schlimm für mich. Denn trotz allem ist das Haus mein Ruhepunkt. Außerdem wohnt Annas Geist noch dort. Nicht ihr richtiger Geist, sondern der meiner Erinnerung an sie. Wenn ich ausziehen würde, hätte ich das Gefühl, sie erneut alleinezulassen.
Aber auf Dauer wird es nicht so weitergehen. Meine heimliche Liebe (Affäre wäre das falsche Wort) gibt mir einerseits viel Kraft, andererseits kostet sie auch viel Energie. Die Heimlichkeiten und Lügen strengen mich an. Ich muss bald eine Lösung finden.
BB hat gesagt, ich hätte stark abgenommen. Ich glaube, dass ihm das nicht gefällt. Und er macht sich Sorgen um mich. Ständig sorgt er sich um mich.

30

Markus Reinke wohnte im Norden der Stadt, im Lundweg, keine zehn Minuten von der Dienststelle in der Poggenburgstraße entfernt. Flottmann und Hilgersen machten sich auf den Weg zu ihm.

»Etwas gefällt mir nicht an der Vorstellung, dass Reinke unser Täter ist«, sagte Flottmann während der Fahrt.

»Und was ist das?«

»Die erste Frage wäre, was für ein Motiv er haben sollte.«

»Nächste Frage, bitte.«

»Okay. Warum sollte er uns mit seiner Geisteraktion einen Hinweis auf Helenas Suizid geben? Er muss doch wissen, dass er damit in den Kreis der Verdächtigen rückt.«

»Wenn Helenas Geist tatsächlich im Bunker spukt, hat Reinke mit den Ereignissen dort nichts zu tun.«

Flottmann sah zu Hilgersen hinüber. »Das ist nicht dein Ernst, oder?«

»Sagst du nicht immer, dass wir alle Spuren verfolgen müssen?«

»Die von Gespenstern habe ich dabei nicht gemeint.«

»Hab ich mir gedacht.«

»Ich bin überzeugt, dass Reinke den Spuk inszeniert hat. Vielleicht hat er auch den Kornkreis und andere Dinge ausgeheckt. Wie und aus welchem Grund auch immer. Aber warum sollte Reinke uns mit der Nase auf Helenas Suizid stoßen, wenn er für Diana Kellers und eventuell Petra Hinrichsens Entführung verantwortlich ist?«

»Darauf gibt es zwei Antworten. Erstens hat er nicht damit gerechnet, dass die Geisterjäger die Polizei informieren. Zweitens kommt es durchaus vor, dass Täter gefasst werden wollen und absichtlich eine Spur legen, die zu ihnen führt.«

»Hm. Da ist was dran. Aber wir sollten uns nicht zu schnell

auf Reinke einschießen. Und ob ein Zusammenhang zwischen Kornkreis und Co. einerseits und den Entführungen andererseits besteht, wissen wir letztendlich auch nicht. Hast du etwas aus Flensburg gehört? Haben die Kollegen vom K1 im Fall Diana Keller etwas herausgefunden?«

»Die arbeiten Kellers Kundenliste ab. Vorrang hat aber natürlich Petra Hinrichsen. Laut Lothar Böttcher geht die Soko vom selben Täter aus. Wenn er sie wie Diana Keller in der Nacht ihrer Gefangennahme im Watt eingegraben hat, war sie bereits tot, als Robert Thaler die Vermisstenmeldung aufgegeben hat.«

»Aber falls nicht, könnte sie noch am Leben sein. Und dann käme es auf jede Minute an.«

»Die Flensburger werden einen guten Job machen. Wir sind mal wieder außen vor. Das ärgert dich, nicht wahr?«

»Nein«, log Flottmann. »Wir haben ja noch die paranormalen Ereignisse, die Nordfriesland heimsuchen. Das ist ja auch was. Und in der Mission sind wir heute unterwegs. Stell dir vor, wir lösen das Geheimnis der Kornkreise und das von Rungholts Glocke. Wäre das nicht grandios?«

»Das klingt für mich nach Galgenhumor. In Wirklichkeit bist du doch sauer.«

Hilgersen steuerte das Auto an den Straßenrand. Sie hatten ihr Ziel erreicht.

»Hast du die Plakate in der Stadt gesehen? Die hat Robert Thaler aufgehängt. Seine Handynummer ist darauf angegeben. Und er verspricht eine Belohnung für Hinweise.«

»Auf Facebook hab ich ebenfalls entsprechende Suchmeldungen gefunden. Sehr aussichtsreich sind die Aktionen wohl nicht. Aber wir wissen ja immer noch nicht, was passiert ist. Ich hab mich übrigens über ihn informiert. Er war verheiratet und ist seit zwei Jahren wieder geschieden. Das Paar hatte Zwillinge. Außerdem hat seine Frau einen Sohn mit in die Ehe gebracht, den er adoptiert hat. Der Junge ist mit fünf Jahren an einem Gehirntumor gestorben. Und jetzt kommt es. Die Frau hat wohl lange eine schulmedizinische Therapie abgelehnt und darauf bestanden, dass das Kind mit alternativen schonenden Verfahren behandelt wurde. Bei ihm wurde die sogenannte Quantenheilung angewendet. Weißt du, was das ist?«

»Eine Therapie für meine Füße, nehme ich an.«

»Angeblich ist das ein modernes Verfahren, bei dem das Bewusstsein des Heilers auf den Patienten wirkt. Ähnlich wie beim Handauflegen. Ich hab mich kurz in die Thematik eingelesen. Wenn du mich fragst, ist das purer Unsinn, dem die Vertreter mit dem Begriff Quanten nur ein wissenschaftliches Mäntelchen umgehängt haben.«

»Das aus deinem Munde zu hören erstaunt mich, Gustl.«

»Du tust immer so, als würde ich jeden Quatsch glauben.«

»Sorry. Deine Information ist jedenfalls wichtig, auch wenn ich nicht weiß, was das mit unserem Fall zu tun hat. Ich kann mir kaum vorstellen, dass unsere Astrologinnen so etwas praktizieren. Obwohl ich manchmal staune, auf wie vielen Gebieten einige ›Berater‹ zu Hause sind.«

»Sicherheitshalber habe ich Diana Keller angerufen. Sie wusste angeblich gar nicht, was unter Quantenheilung zu verstehen ist. Mila Hus habe ich nicht erreicht.«

Hilgersen und Flottmann stiegen aus. Das Haus, in dem Reinke wohnte, war ein typischer Backsteinbau der Gegend. In der Einfahrt parkte ein roter Passat. Hilgersen hatte die Hand an seiner Waffe, als sich die Tür nach dem ersten Klingeln öffnete. Der Mann, der vor ihnen stand, war fünfunddreißig, wie sie aus den Akten wussten, wirkte jedoch älter. Sein Gesicht war unrasiert, das Haar stellenweise ergraut, und die Wangenknochen standen hervor. Er hatte eine kräftige Statur und war mindestens einen Meter fünfundachtzig groß.

»Herr Reinke?«, fragte Flottmann.

»Ja. Wer sind Sie?«

»Mein Name ist Flottmann, mein Kollege Hilgersen von der Kripo Husum. Wir würden gerne mit Ihnen reden.«

»Polizei? Gut, kommen Sie rein.«

Reinke schien nicht besonders überrascht zu sein. Flottmann war es gewohnt, dass die Menschen zumindest ein wenig irritiert wirkten, wenn sie die Kriminalpolizei unangemeldet besuchte. Die Kommissare traten in den Hausflur, und Reinke schloss die Tür. Er führte sie ins Wohnzimmer, das mit seinen modernen Möbeln und Bildern an den Wänden vermutlich die Handschrift seiner verstorbenen Ehefrau trug.

Nachdem alle Platz genommen hatten, begann Flottmann: »Wir untersuchen ein paar merkwürdige Vorfälle in der Gegend. Dabei sind wir auf Ihren Namen gestoßen.«

»So? Was sind das für Vorfälle?«

Keinesfalls wollte Flottmann gleich zu Beginn auf den Mordversuch an Diana Keller und die mutmaßliche Entführung Petra Hinrichsens zu sprechen kommen. Das hob er sich für später auf.

»Junge Leute haben in einem Bunker Stimmen gehört. Der Name Ihrer Frau wurde genannt.«

»Stimmen? In einem Bunker? Was hab ich damit zu tun?«

»Das fragen wir Sie.«

»Ich war noch nie in einem Bunker. Und mir würde sicher nicht einfallen, dort Helenas Namen auszurufen. Ihr Tod und der meiner Tochter haben mich schwer mitgenommen. Aber so durchgeknallt bin ich nun auch wieder nicht. Wieso interessiert sich überhaupt die Polizei für den Unsinn? Selbst wenn ich dort herumgelaufen wäre und ihren Namen gerufen hätte, wäre das doch keine Straftat.«

»Wie gesagt gibt es mehrere Vorfälle, die wir untersuchen. In der Gegend von Horstedt wurde ein Kornkreis entdeckt. Jemand hat das Getreide niedergewalzt. Dadurch ist ein beträchtlicher Schaden entstanden.«

Reinke grinste. »Die Husumer Kriminalpolizei beschäftigt sich mit solchen Lappalien?«

»Herr Reinke, wir sind hier schneller fertig, wenn Sie einfach unsere Fragen beantworten. Haben Sie den Kornkreis, der das Sternbild Skorpion zeigt, erzeugt?«

»Nein. Ich wüsste gar nicht, wie man so etwas macht.«

»Wo waren Sie in der Nacht vom 14. auf den 15. Juni?«

»Zu Hause natürlich. Ich bin fast immer hier. Und nachts schlafe ich in meinem Bett.«

»Sie sind bei den Wasserwerken beschäftigt?«

»Ja. Aber ich bin zurzeit arbeitsunfähig. Sie kennen sicher meine Geschichte.«

Flottmann nickte. »So etwas kann einen Menschen ganz schön aus der Bahn werfen.«

Reinke schwieg.

»Kennen Sie die Astrologinnen Diana Keller und Mila Hus?«

Reinke seufzte. »Nicht persönlich. Aber meine Frau hat sich von ihnen beraten lassen. Wobei ich das Wort ›beraten‹ lächerlich finde. Helena war regelrecht abhängig von der Sterndeuterei. Ich hab das nie verstanden. Aber das war natürlich ihre Sache.«

»Sie haben das akzeptiert?«

»Was hätte ich denn tun sollen? Sie hat sich eingebildet, darin Trost für den Verlust unserer Tochter zu finden. Allerdings hat sie sich schon vorher mit Astrologie, Kartenlegen und solchen Dingen beschäftigt. Sie war nicht davon abzuhalten. Sie und ihre Freundin Petra haben sich gegenseitig angestachelt.«

»Wie heißt die Freundin mit Nachnamen?«

»Hinrichsen. Petra Hinrichsen. Die beiden haben viel Zeit miteinander verbracht, insbesondere nach dem Tod unserer Tochter. Das wäre ja auch okay gewesen, wenn sie sich nicht so in diese Sterndeuterei verrant hätten. Der Gipfel des Ganzen war der Irrsinn mit dem automatischen Schreiben.«

»Wie wirkte sich das auf Ihre Frau aus?«, fragte Hilgersen, der bisher lediglich zugehört hatte.

»Diese Mila Hus hat behauptet, sie könne Kontakt mit unserer Tochter aufnehmen. Annas Geist würde ihre Hand führen und auf Fragen antworten. Meine Frau kam nach solchen Terminen völlig aufgelöst nach Hause und erzählte mir, dass sie mit Anna gesprochen hätte. Ihr gehe es gut, und sie sei in einer anderen Welt. Manchmal bin ich regelrecht ausgerastet, wenn ich mir so etwas anhören musste. Und Helena haben diese Sitzungen noch tiefer in den Abgrund gezogen. Zuletzt wurden ihre depressiven Schübe immer häufiger. Diese Diana Keller und Mila Hus hatten einen zerstörerischen Einfluss auf meine Frau. Sie sind für ihren Tod verantwortlich. Leider können sie dafür nicht belangt werden. Wieso gibt es eigentlich keinen Paragrafen gegen solche Delikte?«

»Da müssen Sie ja einen Hass auf die Astrologinnen haben«, sagte Flottmann.

»Hass wäre übertrieben. Verachtung trifft es besser. Und Wut.«

»Herr Reinke, wir können nicht ausschließen, dass Helenas Tod mit Anschlägen auf andere Personen zusammenhängt. Es deutet einiges darauf hin, auch wenn wir die genauen Zusammenhänge nicht kennen. Jedenfalls besteht die Möglichkeit, dass der Täter in Helenas Umfeld zu suchen ist.«

»Anschläge? Auf wen? Was ist passiert?«

»Mehr können wir Ihnen im Moment nicht sagen. Wir brauchen aber von Ihnen eine Zusammenstellung all Ihrer Kontakte und die Ihrer Frau.«

»Sehr viele sind das nicht. Einige unserer Freunde haben sich zurückgezogen. Ich schicke Ihnen eine Liste mit Telefonnummern.«

»Führen Sie bitte auch die auf, zu denen der Kontakt abgebrochen ist.«

»Ja, natürlich.«

Die Befragung Reinkes dauerte länger als erwartet. Er konnte weder für die Überfälle auf Diana Keller noch für die Entführung Petra Hinrichsens Alibis aufweisen. Er behauptete, stets alleine daheim gewesen zu sein. Eine Hausdurchsuchung hätte gegebenenfalls belastbare Indizien oder Beweise liefern können. Aber für eine richterliche Genehmigung reichten die Verdachtsmomente nicht aus.

Trotzdem hatte das Gespräch einiges an Klarheit gebracht. Reinke hatte ein starkes Motiv für die Taten. Er machte die Astrologinnen Diana Keller und Mila Hus sowie die Freundin Petra Hinrichsen für den Tod seiner Frau verantwortlich. War auch Mila Hus in Gefahr?

Die Spur zu Helena beziehungsweise zu Reinke war ganz frisch. Auch wenn sie sich als Sackgasse erweisen konnte, musste doch die Soko sofort darüber informiert werden. Die Kollegen mussten auch entscheiden, ob Mila Hus unter Personenschutz gestellt werden sollte.

Flottmann war es recht, dass er die Verantwortung an die Flensburger abgeben konnte. Aber ganz heraushalten wollte er sich natürlich nicht. Eine gewisse Hoffnung setzte er auf die Liste der Kontakte, die Reinke aufstellen würde, denn einiges sprach dafür, dass der Täter aus Helenas Umkreis stammte. Hätte ihr Suizid nicht mehrere Monate zurückgelegen, hätte auch ein Verbindungsnachweis ihres Mobilfunkanbieters weiterhelfen können. Aber die derzeitigen Gesetze über die Vorratsdatenspeicherung schlossen das aus.

31

Zur Nachtzeit einen Parkplatz in St. Peter-Ording zu finden war nicht schwierig. Um zwei Uhr spazierten Lena Abendroth und Flottmann über die tausend Meter lange, beleuchtete Seebrücke Richtung Meer. Er trug die Tasche, in die Lena Zubehör für ein Picknick gepackt hatte: zwei kleine Kissen und eine Decke, eine Thermoskanne mit Kaffee, Wasser, belegte Brötchen und Kekse.

Auf der Brücke begegneten sie nur wenigen Menschen, die ausnahmslos mit einem freundlichen »Moin« grüßten. Am Strand angekommen, suchten sie sich einen Platz abseits der sieben Meter hohen Pfahlbauten, die so etwas wie das Wahrzeichen des Ortes darstellten. Insgesamt fünfzehn gab es davon, in denen Restaurants, Toiletten, Umkleidekabinen sowie die Strandaufsicht untergebracht waren. Durch den Anstieg des Meeresspiegels waren die Pfähle einiger Bauten sogar bei Niedrigwasser dem Verfall ausgesetzt. Jedes Jahr rückte die Wasserkante etwa sechs Meter näher in den Strand hinein.

Kaum vorstellbar, fand Flottmann. Aber er hatte sich gut vorbereitet und konnte mit solchen Informationen bei Lena glänzen. Insbesondere hatte er sich natürlich mit den Sternen und Planeten beschäftigt. Das kostenlose Computerprogramm »Stellarium« hatte ihm einen genauen Ausschnitt des Himmels geliefert. Er hatte lediglich Ort, Datum und Uhrzeit eingeben müssen. Lena würde beeindruckt sein.

Der Marsch über die Brücke und den Strand entlang brachte Flottmann fast an seine Leistungsgrenze. Lena hatte einen forschen Schritt drauf, so wie sie nach seiner Vorstellung mit wehendem Kittel durch die Gänge der Klinik eilte, um die Patienten zu versorgen.

Erschöpft ließ er sich in den Sand fallen. Fitnesstraining und kalorienarme Kost standen ganz oben auf seiner To-do-Liste, aber er hatte den Verdacht, dass diese lediglich die Funktion erfüllte, sein Gewissen zu beruhigen. Jetzt lag er neben Lena, vor ihnen das Meer und über ihnen der Himmel. Er fasste Lenas Hand und fühlte sich für einen Moment in seine Jugendzeit zurückversetzt. Sie hieß Mona, hatte braune Augen und pechschwarzes Haar. Ihr Bett war kein Sandstrand gewesen, sondern eine Blumenwiese an der Bonner Siegaue. Die Erinnerung an die erste Liebe war verblasst, würde aber wohl nie ganz verschwinden. Dass er jetzt daran dachte, war ein wenig unpassend. Der Schmerz in seinem Kreuz riss ihn aus seinen Gedanken und erinnerte ihn daran, dass er keine sechzehn mehr war.

Trotzdem stellte sich ein romantisches Gefühl bei ihm ein, und er drückte Lenas Hand für einige Sekunden. Die Luft war herrlich frisch, das Meeresrauschen sorgte für die akustische Untermalung und die Sternenpracht für die optische Kulisse. Weder Wolken noch Dunst behinderten die Sicht. Flottmann versuchte, sich am Himmel zu orientieren. Auf dem Bildschirm hatte das so einfach ausgesehen.

Das Milchstraßenband, das sich quer über das Firmament zog, war beeindruckend und brachte erste Anhaltspunkte. Auch den Großen Wagen im Norden hatte er schnell gefunden sowie Kassiopeia, deren fünf Hauptsterne die markante W-Form bildeten. Das zusammen war bereits die halbe Miete.

Flottmann erzählte Lena, dass der Große Wagen Teil des Sternbilds Großer Bär war, und er zeigte ihr, wie man anhand des Kleinen Wagens den Polarstern fand. Weitere, nicht so auffällige Sternbilder zu orten gestaltete sich schwierig. Ihm fehlten die Linien zwischen den Sternen, die er im Computerprogramm zur Verdeutlichung eingeblendet hatte. Aber nach einiger Zeit identifizierte er die Sternbilder Wassermann und Steinbock im Süden. Auch die Planeten Saturn und Jupiter machte er am Horizont aus. Ob er damit richtiglag, wusste er nicht, aber Lena würde das kaum überprüfen können.

»Was du alles weißt«, bewunderte sie ihn denn auch.

»Ich weiß noch viel mehr. Wir hätten ein Teleskop mitnehmen sollen, dann hätte ich dir das ganze Universum zeigen können – okay, das war ziemlich geprahlt. Und einen Stern kann ich dir auch nicht vom Himmel holen.«

»Ach, wie schade.« Sie lachte. »Ich hatte mir schon einen ausgesucht.«

»Es sind ja genug da. Mehr als Sandkörner an diesem Strand. Allein in unserer Galaxie, der Milchstraße, gibt es über hundert Milliarden Sterne und im Universum nach neuesten Schätzungen mehr als eine Billion Galaxien, also tausend Milliarden. Wenn man die Zahlen miteinander multipliziert, kommt man auf eine unglaubliche Zahl von – keine Ahnung, wie man die Zahl nennt. Wahrscheinlich existieren ähnlich viele Planeten. Es wäre schon ein Wunder, wenn wir die einzige intelligente Spezies wären. Wobei ich an der Intelligenz der Menschen manchmal zweifle.«

»Da oben bewegt sich etwas.« Lena zeigte mit dem Finger auf einen Lichtpunkt.

»Ein Satellit. Es könnte auch die Raumstation ISS sein. Aber ihre Bahn verläuft immer von West nach Ost. Also ist es ein Satellit.«

»Ich bin echt beeindruckt.«

»Das war ja Sinn des Ausflugs. Ich hab mich darauf vorbereitet.«

»Dann weißt du sicher auch, warum unsere Galaxie Milchstraße heißt.«

»Äh – nein. Jetzt hast du mich erwischt.«

»In der griechischen Sage hat die Göttin Hera ihren Sohn Herakles gesäugt. Weil der so ungeschickt getrunken hat, hat sich die Milch über den Himmel verteilt.«

»Das klingt wirklich einleuchtend.«

Flottmann hatte noch einiges zu erzählen. Vom Schwarzen Loch Sagittarius A* im Zentrum der Milchstraße, vom Zusammenstoß der Milchstraße mit der Andromedagalaxie in ferner Zukunft und von der Dunklen Materie, die die Galaxien umgab. Einiges hatte er von Weber erfahren, anderes hatte er sich im Internet angeeignet.

Nachdem Flottmann sein Pulver verschossen hatte, schwiegen beide eine Weile. Ihre Blicke waren immer noch in den Himmel gerichtet, als eine Sternschnuppe eine leuchtende Spur zeichnete.

»Hast du dir etwas gewünscht?«, fragte Lena aufgeregt.

»Was meinst du?«

»Ob du dir etwas gewünscht hast. Du darfst mir natürlich nicht erzählen, was es ist. Sonst geht es nicht in Erfüllung.«

»So ein Quatsch!« Flottmanns Tonfall war ruppig und abfällig.

Lena richtete sich auf und sah ihn an. Trotz der Dunkelheit konnte er das Funkeln in ihren Augen erkennen.

»Spielverderber!«, rief sie aus und ließ sich wieder in den Sand fallen.

Die romantische Stimmung verflüchtigte sich innerhalb einer Sekunde. Beide starrten wieder auf die Sterne.

»Sorry«, sagte er nach einer Weile und tastete nach ihrer Hand.

»Schon gut.«

»Nein, das ist es nicht. Der Fall, an dem wir arbeiten, ist schuld. Der verdammte Aberglaube, die Astrologie und der ganze Esoterikmist gehen mir gewaltig gegen den Strich. Sie waren Ursache für einen Suizid, einen Mordversuch und vermutlich für eine Entführung.«

»Verstehe.«

Flottmann beugte sich zu Lena hinüber. »Entschuldigung.« Er drückte ihr einen Kuss auf die Stirn. »Soll ich dir etwas sagen?«

»Sprich es aus.«

»Ich hab mir auch etwas gewünscht.«

Beide lachten.

»Eine Frau ist immer noch verschwunden. Wahrscheinlich

ist sie in der Gewalt des Mörders, und ich liege hier, gucke in die Luft und philosophiere über das Universum.«

»Du brauchst auch einmal ein paar Stunden der Besinnung. Manchmal hilft das, um auf neue Gedanken zu kommen.«

»Ja, ich weiß. Außerdem haben die Flensburger Kollegen die Fälle übernommen. Es wurde eine Soko eingerichtet, die sicher auf Hochtouren arbeitet.«

Mit dem Argument beruhigte Flottmann sein schlechtes Gewissen. Eine Zeit lang war es ihm gelungen, die Ereignisse auszublenden. Aber ganz plötzlich funktionierte das nicht mehr so richtig.

Lena bemerkte seine Nachdenklichkeit. Sie nahm eine Handvoll Sand auf und ließ ihn durch ihre Finger rieseln. »Ich kenne ein sehr schönes Gedicht des englischen Dichters William Blake. Leider kann ich nur die ersten Zeilen auswendig. ›To see a world in a grain of sand and a heaven in a wild flower, hold infinity in the palm of your hand and eternity in an hour.‹«

»Mein Englisch ist ziemlich eingerostet. Die Worte kann ich noch einigermaßen verstehen, aber was will uns der Dichter damit sagen?«

»Ich denke, jeder interpretiert das Gedicht anders. Das ist ja das Schöne an solchen Versen. Ich versuche es mal. Die Natur und ihre Schönheit erkennt man in den kleinen Dingen, in einem Sandkorn oder einer wilden Blume. Du kannst den Sinn des großen Ganzen erfassen, die Unendlichkeit in deiner Hand halten und die Ewigkeit in einer Stunde finden. Selbst in einem Sandkorn kann man erahnen, wie großartig die Welt ist.«

»Die Interpretation gefällt mir. Ja, die Welt ist großartig. Wenn nur die Menschen mit ihrem Egoismus nicht wären.«

»Es gibt viele, die sich für den Erhalt der Natur einsetzen, Waldemar. Und viele, die sich für die Gesellschaft engagieren.«

»Ja. Du hast recht. Ein bisschen tun wir das ja auch. Du als Ärztin und ich, indem ich Verbrecher jage. Am meisten bewundere ich die, die sich für die Menschenrechte einsetzen und dabei ihr Leben riskieren. Man muss nicht gleich die ganze Erde retten, um etwas zu tun. Außerdem ist die Erde nicht die Welt. Da draußen gibt es bestimmt Planeten, auf denen es besser läuft.«

»Mit uns läuft es gut, oder?«

»Ja, mit uns läuft es sehr gut.« Flottmann drückte ihre Hand fest.

Seine Gedanken wanderten unweigerlich zurück zum Täter. Keine Frage, der wies psychopathische Züge auf, und seine Planungen zeugten von einer gewissen Intelligenz, was keinen Widerspruch darstellte. An Petra Hinrichsens Auto hatten die Kriminaltechniker keine Lackspuren festgestellt. Möglicherweise hatte der Täter für den geplanten Crash mit ihrem Fahrzeug die Stoßstange seines Wagens verstärkt und die Manipulation später wieder beseitigt. Ermittlungsansätze ergaben sich daraus kaum. Ihm ging noch etwas anderes durch den Kopf. Diana Keller war gerettet worden, weil sie in der Nähe einer Fahrrinne eingegraben worden war, neben einem Seitenarm des Heverstroms, der auch bei Niedrigwasser mit Booten erreichbar war. Wenn der Täter aus Fehlern gelernt hatte, musste er sein nächstes Opfer zu einem Ort abseits der Wasserwege transportieren. Aber wie würde er das bewerkstelligen?

Flottmann wandte sich wieder den Sternen zu, die langsam in der Morgendämmerung verblassten. Schließlich wurde es Zeit, den Heimweg anzutreten. Die Nacht mit Lena am Strand unter freiem Himmel war ein besonderes Erlebnis gewesen und hatte zu neuen Einsichten geführt. Manchmal waren es Kleinigkeiten, die zur Aufklärung eines Falles beitrugen.

32

Das Wetter war für eine Wattwanderung ideal. Wolken sorgten dafür, dass die Sonne nicht zu heiß brannte, die Temperaturen an diesem Morgen lagen knapp über zwanzig Grad, und es wehte ein leichter Wind. Für Ronja Mai und Dirk Beck war es der dritte Urlaubstag. Jedes Jahr zog es sie von Bayern an die Nordseeküste. Inzwischen kannten sie sich im Watt aus. Genauso wie in den Bergen musste man bestimmte Regeln beachten, um nicht in Gefahr zu geraten. Die beste Startzeit war zwei Stunden vor Niedrigwasser. Priele würden sie umgehen und darauf achten, dass sie nicht zu tief im Schlick einsanken. Neben Handys führten sie einen Kompass mit und merkten sich die Richtung zu ihrem Ausgangspunkt. So konnte auch ohne Führer kaum etwas schiefgehen.

Beide hatten gute Laune. Dirk war kurz vor dem Urlaub befördert worden. Jetzt konnte Ronja ihn nicht mehr damit necken, dass sie die Familie ernähren müsste, wenn sie heirateten und zwei Kinder zu ernähren hätten. Beide verdienten nun gleich viel, und es gab keinen Grund mehr, dass er den Haushalt würde führen müssen. Der Streit darüber war nie ernst gewesen. Nicht einmal die Heirat gehörte zur aktuellen Lebensplanung. Nur dass sie zusammenbleiben würden, stand fest.

Sie hatten ihre Turnschuhe ausgezogen und in Dirks Rucksack verstaut. Zumindest eine Zeit lang wollten sie barfuß laufen. Ronja liebte es, wenn der Schlick zwischen ihren Zehen hervorkroch und den Fuß beim nächsten Schritt widerwillig mit einem schmatzenden Geräusch freigab. Nur auf Muschelbänke mussten sie achten. Die Schale einer Auster oder einer Sandklaffmuschel konnte scharf sein und tief ins Fleisch schneiden. So ein Unfall hätte das schöne Erlebnis schnell beendet.

Den zähen Schlick in Küstennähe hatten sie bald hinter sich gelassen. Im Mischwatt mit dem höheren Sandanteil ließ es sich leichter laufen, allerdings mit etwas geringerem Spaßfaktor. Ronja bewunderte die Sandspaghettihaufen der Wattwürmer, sammelte Muscheln, bizarre Holzstücke und besonders dekorative Steine, die sie in Dirks Rucksack packte, sodass er schließlich protestierte. Doch sie lachte nur. Die Fünfundzwanzigjährige in abgeschnittenen Jeans und pinkfarbenem T-Shirt benahm sich wie ein fünfjähriges Kind.

In einiger Entfernung stoben Möwen auf, als sie die zweibeinigen Wanderer erblickten. Irgendetwas hatte das Interesse der Vögel auf sich gezogen. Ronja ließ das Holzstück fallen, das sie gerade aufgehoben hatte. Daraus hätte ein origineller Kerzenhalter werden können. Aber das Ding im Watt forderte ihre vollständige Aufmerksamkeit. Langsam schritt sie darauf zu. Sie konnte ihren Blick keine Sekunde abwenden. Erst als sie wenige Meter davorstand, begriff sie, was sich aus dem grauen Schlick abzeichnete. Ein Gesicht! Das Gesicht einer Frau, aufgedunsen und entstellt. Ronja stieß einen Schrei aus und versuchte, rückwärts zu laufen, geriet aus dem Gleichgewicht und fiel hin. Sie rappelte sich so weit auf, dass sie auf allen vieren durch den Schlamm kriechen konnte, weg von dem grässlichen Ort.

Dirk kam ihr entgegen. »Was ist los?«

»Ein Kopf! Eine Leiche!« Ronja begann zu würgen und ließ sich in den Schlick fallen.

Dirk half ihr in die Sitzposition und wischte ihr mit der Hand den gröbsten Schmutz aus dem Gesicht. »Warte hier.«

Kreidebleich kam er nach wenigen Minuten zurück. Er zückte sein Handy und wählte den Notruf. Mit knappen Worten schilderte er, was geschehen war, und gab ihre Koordinaten durch.

***

Helenas Tagebuch, 15. November

Ich werde nichts mehr in mein Tagebuch schreiben. Mein Kopf ist leer, und in meinem Herzen sind nur noch Anna und BB. Auch Petra hat noch Platz dort. Aber niemand sonst. Ich bin fest davon überzeugt, dass ich Anna bald wiedersehen werde. Dort, wo sie ist, muss es schön sein. Das hat sie mir gesagt. Gestern stand ich zum zweiten Mal auf der Rader Hochbrücke. Die Autos haben gehupt, aber niemand hat angehalten. Ich bin nicht wichtig genug, um ihre Fahrt zu unterbrechen. Trotzdem habe ich es nicht geschafft zu springen. Deshalb habe ich mir etwas anderes überlegt. Ich brauche nur noch ein wenig Zeit. Du bist meine große Liebe, BB, auch wenn wir uns nicht immer verstehen. Das, was wir füreinander empfinden, spielt sich jenseits des Verstandes ab, und es hat Bestand über den Tod hinaus. Es tut mir leid, mein Brummbär!

33

Die Nachricht vom Leichenfund erhielt die Husumer Polizei von den Flensburger Kollegen. Sie hatten auch die Identität der Toten festgestellt. Es war die Astrologin Mila Hus. Die Umstände ihres Todes und die Todesursache waren ebenfalls relativ klar, obwohl noch keine Obduktion durchgeführt worden war. Wenig Zweifel gab es darüber, dass sie demselben Täter zum Opfer gefallen war, der Diana Keller entführt und im Watt eingegraben hatte. Es war zu befürchten, dass er auch Petra Hinrichsen in seiner Gewalt oder bereits getötet hatte.

Flottmann unterrichtete Hilgersen von den neuen Entwicklungen.

»Auch bei ihr wurde eingebrochen und unter anderem der Computer gestohlen, hat Böttcher gesagt. Die Kriminaltechniker sind noch vor Ort und suchen nach Spuren.«

»Der Einbruch unterstützt unsere These, dass der Täter befürchtet, wir könnten Hinweise auf ihn finden.«

»Petra Hinrichsen war kurz vor ihrem Verschwinden bei der Astrologin gewesen. Immer geht es um diese verdammte Sterndeuterei. Aber Petra war als Kundin bei Hus. Ich nehme nicht an, dass der Mörder nicht nur Hass auf die Vertreter der Zunft, sondern auch auf deren Kunden hat. Ansonsten hätten wir ein größeres Problem.«

»Helena Reinke ist die Schlüsselfigur. Sie war Petra Hinrichsens Freundin, und Diana Keller war ihre Beraterin in Sachen Astrologie. Und Mila Hus hat Helena ebenfalls ›beraten‹. Das wissen wir von ihrem Mann.«

»Damit rückt Markus Reinke in der Liste der Verdächtigen wieder ganz nach oben. Aber da du ihn sympathisch findest, können wir ihn ja ausschließen.«

»Ganz so weit gehe ich nicht. Ich würde ihn allenfalls ans

Ende der Liste setzen. Die Kollegen werden Reinkes Alibi prüfen. Das Problem ist, dass er angeblich fast immer zu Hause weilt, weil er krankgeschrieben ist.«

»Allein zu Haus ist kein gutes Alibi«, sagte Hilgersen.

»Nee. Hatten die Flensburger keinen Personenschutz für Mila Hus organisiert?«

»Laut Böttcher hat sie das abgelehnt.«

»Wahrscheinlich ging sie davon aus, dass ihre Karten sie warnen würden. Was wissen wir eigentlich über sie?«

»Sie war dreiundfünfzig, hat früher bei einer Versicherung gearbeitet, keine Kinder. Sie hat ihren Mann bei einem Unfall verloren. Ein Betrunkener hat die Vorfahrt missachtet. Sie war nicht vorbestraft, aber sie wurde angezeigt, weil sie einem wegen Totschlags Angeklagten ein mieses Charakterbild bescheinigt hatte. Sein astrologisches Profil wurde in einer Zeitung abgedruckt. Das ist allerdings über fünf Jahre her.«

»Wie ist die Sache ausgegangen?«

»Ohne Prozess. Es gab einen Vergleich und eine Gegendarstellung in der Presse.«

»Rache ist ein gutes Motiv. Haben die Kollegen die Spur verfolgt?«

»Davon gehe ich aus. Sonst hätten wir das übernehmen können. Ich stelle mir gerade vor, dass wir beide den Fall lösen, anstatt hier rumzusitzen.«

»Hast du nichts zu tun, Gustl?«

»Du weißt, was ich meine. Und im Grunde wurmt es dich auch, dass wir bei der Soko nicht mitmachen.«

»Nein. Ich hab andere interessante Fälle auf dem Tisch liegen. Außerdem sind da ja noch die übersinnlichen Vorgänge, die Glocke, der Geist im Bunker, der Kornkreis und, nicht zu vergessen, der Teich, aus dem das Wasser verschwunden ist.«

»Die Sache mit dem Teich hab ich bald aufgeklärt.«

»Echt? Erzähl!«

»Nee. Auf deine dämlichen Kommentare kann ich verzichten.«

»Okay, dann nicht. Wo ist die Tote eigentlich gefunden worden?«

»Mitten im Watt, westlich von Süderoog.«

»Abseits der Wasserwege?«

»Ja.«

»Das hab ich mir gedacht.«

»So?«

»Der Täter wollte vermeiden, dass man sie leicht findet. Sag mal, wie transportiert man eine Frau mit über siebzig Kilogramm Gewicht vom Gezeitenstrom weit in das Watt hinein?«

»Mit einem Kreier.«

»Einem – was?«

»Einem Schlickschlitten. Die sind allerdings eher in Ostfriesland üblich. Dort gibt es jedes Jahr Schlittenrennen, eine alte Tradition. Früher sind die Fischer mit den Dingern raus ins Watt gerutscht, um ihre mit frisch gefangenem Fisch gefüllten Reusen zu leeren, bevor die Möwen darüber herfielen.«

»Kann man so etwas selbst bauen?«

»Klar, mit etwas handwerklichem Geschick ist das kein Problem. Worauf willst du hinaus?«

»Wenn der Täter den Kreier in einem Laden gekauft hätte, hätten wir einen Ermittlungsansatz.«

»Wahrscheinlich bekommt man so etwas auf dem Gebrauchtmarkt. Die Spur sollten wir verfolgen.«

»Ja, sollten wir.«

Flottmann nahm seine Grübelstellung ein. Nach einigen Minuten drückte er sich schwungvoll vom Aktenbock ab, öffnete die Schublade seines Schreibtischs und holte ein Radiergummi heraus. Mit einem Kugelschreiber bohrte er ein Loch hinein. Dann fand er einen Bindfaden in einer weiteren Schublade, in die er alles gepackt hatte, was man irgendwann einmal gebrauchen konnte.

»Was wird das?«, fragte Hilgersen, der das Treiben verfolgte.

»Wirst du schon sehen.« Flottmann hatte Schwierigkeiten,

das Ende des Fadens durch das Loch zu fädeln. Aber mit Hilfe eines Zahnstochers gelang es ihm schließlich. Das Pendel war fertig. Er stützte den Ellbogen auf dem Schreibtisch auf und betrachtete die Ausschläge.

Hilgersen kam herbei und beobachtete die Szene sichtlich interessiert. Dabei verfolgte er mit seinen Kopfbewegungen das Ende des improvisierten Pendels.

»Was wird das?«, fragte er nach einiger Zeit.

»Das siehst du doch. Ich befrage das Pendel. Ich hab gelesen, dass es keine Rolle spielt, wie es aufgebaut ist. Das ist ja logisch. Ein Radiergummi tut es auch. Und sieh mal, wie es schwingt. Weißt du, welche Frage ich gestellt habe?«

»Nee.«

»Ob ich Reinke für den Mörder halte.«

»Und?«

»Das Pendel schwingt zu mir hin. Das bedeutet, dass ich ihn im Unterbewusstsein für schuldig halte. Das hätte ich nicht gedacht.«

Hilgersen zog die Stirn in Falten. »Ich traue dir nicht. Du machst das absichtlich. Du schummelst und bewegst deine Hand.«

»Tue ich nicht!« Flottmann ließ das provisorische Pendel fallen. »Ich hab mich mal genauer mit dem Phänomen beschäftigt. Es ist quasi unmöglich, die Muskeln vollständig zu kontrollieren. Wegen des langen Hebelarms, also der Schnur, übertragen sich geringste Bewegungen auf die Schwingungen. Und die Ausschläge werden von Beginn an immer deutlicher, weil der Rhythmus der minimalen Muskelimpulse zu einem Aufschaukeln, also einer Resonanz führt. Und dann kommt noch die Erwartungshaltung hinzu, die einen weiteren unbewussten Einfluss bewirkt. In der Psychologie nennt man das ›ideomotorische Bewegung‹. Allein die Vorstellung einer Bewegung reicht aus, um die Muskeln entsprechend zu aktivieren. Und das Unterbewusstsein spielt dabei ebenfalls eine Rolle.«

»Ist ja gut. Ich hab verstanden.« Hilgersen ging zurück an seinen Schreibtisch. »Und wieso hat dein Unterbewusstsein Reinke als Mörder erkannt?«

»Na ja. Ich hab tatsächlich gemogelt.«

»Hat uns das jetzt weitergebracht?«

»Nicht wirklich. Außer der Erkenntnis, dass ein Pendel wohl nicht das richtige Instrument für unsere Ermittlungsarbeit ist. Und auch nicht für Fragen in Liebesdingen.«

Mit dieser Bemerkung spielte Flottmann auf Hilgersens Erlebnis während der Esoterikmesse an. Aber Hilgersen reagierte nicht darauf.

»Weißt du, was besonders gefährlich an all diesen Dingen wie Astrologie, Pendeln und Weissagungen ist?«, fragte Flottmann und gab sofort die Antwort. »Das ist das Phänomen der selbsterfüllenden Prophezeiung. Wenn Menschen an eine Vorhersage glauben, handeln sie oft so, dass sie sich erfüllt. Bei Helena kommt noch dazu, dass sie offenbar glaubte, sie könne ihre Tochter nach ihrem Tod wiedersehen. Ich denke, dass sie unter anderem deswegen Suizid begangen hat.«

»Das schließe ich ja gar nicht aus. Manchmal kommt es mir so vor, als hieltest du mich für einen Verteidiger der Esoterik. Das bin ich aber nicht. Im Gegensatz zu dir bin ich jedoch offen für Argumente.«

»Okay. Es liegt mir fern, dich belehren zu wollen.«

»Das nehme ich dir nun auch wieder nicht ab.« Hilgersen grinste. »Aber etwas anderes. Du kennst doch die Schleuse am Außenhafen?«

»Die eigentlich ein Sperrwerk ist und keine Schleuse.«

»Ach was! Diese Belehrung kannst du dir nun wirklich sparen. Wir wissen zwar noch nicht genau, wann Mila Hus gestorben ist. Aber es wird Dienstag- oder Mittwochnacht gewesen sein. Wahrscheinlich in der Nacht ihrer Entführung. Vielleicht wird die Obduktion den Zeitraum exakter eingrenzen können. Jedenfalls hab ich die Schleusenwärter angerufen, die in den Schichten Dienst hatten. Wenn das Boot im Husumer Hafen abgelegt hat, müsste es an der Schleuse vorbeigekommen sein. Leider haben sie nichts Ungewöhnliches beobachtet.«

»Hm, schade. Aber gut, dass du daran gedacht hast. Ich packe jetzt das Pendel ein und gehe nach Hause.«

»Hoffst du doch, etwas damit herauszufinden?«

»Ich kann mir vorstellen, dass es ein schönes Spielzeug für Bogomil ist.«

»Dann müsste sich dein Kater ja bewegen. Du hattest doch mal so einen Laserpointer mit dieser Pet-Watch-App auf deinem Handy. Die hat ihn ja auch nicht vom Hocker beziehungsweise Sofa gerissen.«

»So ein echtes Pendel ist etwas ganz anderes. Bogomil wird es zu schätzen wissen. Er steht genauso wie ich auf analoge Sachen und nicht auf diesen digitalen Firlefanz.« Flottmann packte die Konstruktion in seine Aktentasche und verließ das Büro.

34

Während des Aufenthalts in Lilians Wohnung kümmerte sich Diana Keller intensiv um den Haushalt. Ihre Tochter betrachtete das mit gemischten Gefühlen. Ein gründlicher Hausputz war überfällig. Doch ihre Mutter mischte sich mit ihrem Tatendrang erneut in Lilians Leben ein.

Beide saßen zusammen am Kaffeetisch, und Lilian sprach sie darauf an.

»Ich bin dir wohl immer noch nicht ordentlich genug?«

»Wie meinst du das?«

»Du hast die Fenster und das Bad geputzt. Und die Vorhänge hast du auch gewaschen.«

»Wenn ich mich schon bei dir einniste, möchte ich mich etwas nützlich machen. Ist das falsch?«

»Nein. Natürlich nicht. Aber ich komme alleine klar.«

»Das weiß ich doch. Mir fällt nur die Decke auf den Kopf, wenn ich nichts zu tun habe. Du bist mich auch bald wieder los. Die Versicherung hat grünes Licht gegeben, und Handwerker hab ich schon bestellt. Es geht also voran. Die Niedermeyers sind bei Verwandten untergekommen. Sie wollen unbedingt wieder in die Wohnung einziehen. Darüber freue ich mich.«

Lilian nahm sich ein weiteres Stück Apfelkuchen, den ihre Mutter gebacken hatte. »Ich finde es schön, dass du hier bist. Bleib so lange, wie du möchtest.«

»Danke.«

»Bis die Renovierungen abgeschlossen sind, könntest du auch von hier aus arbeiten. Mehr als einen Computer und ein Telefon brauchst du doch vorerst nicht dafür.«

»Ich glaube nicht, dass ich wie bisher weitermachen werde. Die Ereignisse haben mir sehr zu denken gegeben, und ich bin nicht ganz unschuldig.«

»Das ist doch Unsinn.«

»Nein. Hauptkommissar Flottmann hat sich gestern bei mir gemeldet und mir Verschiedenes erzählt, was nicht in der Zeitung stand. Jedenfalls ist mir einiges klar geworden. Auch wenn man es nicht beabsichtigt, nimmt man mit der astrologischen Beratung unter Umständen großen Einfluss auf die Kunden. Für psychisch labile Menschen kann das offenbar sehr problematisch werden. Außerdem habe ich nicht immer ganz sauber gearbeitet. Das bereue ich zutiefst.« Diana seufzte.

»Mach dir nicht zu viele Gedanken. Du stehst immer noch unter dem Eindruck der Entführung.«

Diana nickte. »Ich hab erfahren, dass der Täter Mila Hus, die Astrologin aus Bredstedt, auf die Weise umgebracht hat, wie er auch mich töten wollte.«

»Das ist ja grauenhaft. Mein Gott, wenn ich mir vorstelle, dass du ...« Lilian sprach nicht weiter.

Nach einer Pause sagte sie: »Dieser Hauptkommissar Flottmann hat auch mich angerufen. Gestern, während der Arbeit. Er hat mir mitgeteilt, dass der Knochen, den wir im Bunker gefunden haben, von einem Tier stammt.«

»Wie ich dich kenne, hättest du lieber gehabt, dass er von einem Menschen wäre, nicht wahr?«

»Stimmt.« Lilian grinste. »Aber unsere Expedition war sowieso ein Desaster. Der Spuk war ein riesiger Schwindel. Jemand hat uns ganz schön zum Narren gehalten.«

»Bist du jetzt enttäuscht?«

»Wir sehen das sportlich. Es ist eben nicht immer so, wie es scheint. Es gibt aber auch eine gute Nachricht. Wir haben die Genehmigung erhalten, das Schloss vor Husum zu untersuchen.«

»Ihr wollt also weitermachen?«

»Ja, natürlich. So einen Rückschlag muss man wegstecken. Leider hab ich die ganze Aktion im Bunker schon in meinem Blog veröffentlicht. Auch das Video haben wir bereits ins Internet gestellt. Innerhalb kurzer Zeit hatten wir fast eine

Million Klicks. Zuletzt hagelte es negative Bewertungen und Häme. Aber damit müssen wir leben.«

»Was wirst du jetzt machen?«

»Wir haben uns entschlossen, so eine Art Gegendarstellung zu veröffentlichen. Außerdem werden wir einen Link zu diesem Reinke schalten. Der hat haarklein dargestellt, wie er den Fake gemacht hat. Seine Videos haben viel geringere Klickzahlen als unsere. Das liegt wohl in der Natur der Sache. Er ist übrigens auch für den Kornkreis und die Rungholtglocke verantwortlich. Davon hat die Presse ja ganz groß berichtet. Zum Glück stand von unserer Geisterjagd noch nichts in der Zeitung.«

»Sagtest du Reinke?«

»Ja.«

»Hat der Kommissar den Namen genannt?«

»Nein. Ich hab ihm von den Videos erzählt, die dieser Markus Reinke reingestellt hat. Er hat über einen Lautsprecher im Bunker den Geist seiner Frau sprechen lassen. Helena hieß sie. Weshalb er das getan hat, weiß ich nicht.«

»Helena Reinke war eine Kundin von mir und Mila. Flottmann hat mir erzählt, dass sie sich das Leben genommen hat. Ich hab das nicht gewusst. Sie ist der Grund, warum ich nicht mehr in meinem Beruf weiterarbeiten kann. Ich hätte erkennen müssen, dass sie gefährdet war. Stattdessen hab ich sie zu Mila Hus geschickt.«

»Deswegen machst du dir Vorwürfe?«

Diana nickte. »Ich hab immer gedacht, dass ich etwas von Psychologie verstehe. Aber bei Helena habe ich völlig versagt.« Sie trank ihren Kaffee aus. »Ich werde mich etwas hinlegen, Lilli.« Diana stand auf. Sie ließ das Kuchenstück auf ihrem Teller unberührt und verschwand in ihrem Zimmer.

Lilian wusste, dass es für ihre Mutter ein langer Weg werden würde, bis sie die Ereignisse verarbeitet hatte. Vielleicht konnte Lilian ihr helfen, und sei es nur, indem sie ihr zuhörte.

35

Auf die sonntäglichen Treffen mit Laura und Sophia freute sich Gerber stets. Auch an diesem Nachmittag gab es Kaffee und Kuchen. Sophia konnte es kaum erwarten, dass er anschließend seine Gitarre auspackte und mit ihnen Songs querbeet durch alle Genres sang. Gegen Abend waren sie erschöpft, und Sophia zog sich in ihr Zimmer zurück.

»Unglaublich, wie du jedes Lied so toll begleiten kannst.«

»Das ist nicht schwer. Ein Instrument zu spielen ist, wie eine Sprache zu sprechen.«

Laura setzte sich zu Gerber auf die Couch. »Du bist ein Tiefstapler, Leon.« Sie lachte. »Auch wie du der Polizei in dieser Geistersache geholfen hast, war großartig. Warum hast du mir nichts davon erzählt?«

»Das hätte ich sicher noch getan.«

»Hauptkommissar Flottmann hat mich angerufen. Er wollte wissen, wie er dir danken kann.«

»Er hat dich angerufen?«

»Ja. Ich hatte aber auch keine Idee, was er für dich tun könnte. Ich glaube, er war ein wenig besorgt um dich.«

»Weshalb?«

»Wegen deiner Entführung damals. Du kannst das Erlebte nicht einfach so wegstecken. Ich musste ihm da zustimmen.«

Gerber sagte nichts. Laura wollte mit ihm ein Gespräch über seine Probleme beginnen. Das war ihm unangenehm. Er hatte in gewisser Weise sogar Angst davor. Anstatt etwas zu erwidern, stand er auf und ging zu seinem Gitarrenkoffer, der noch geöffnet auf dem Boden lag.

»Ich hab dir etwas mitgebracht.« Er legte einen versteinerten Seeigel auf den Tisch, den er im Watt gefunden hatte, und setzte sich wieder.

Sie nahm das Geschenk und betrachtete es. »Ein Seeigel?«

»Ja. Ich war noch einmal beim Schiffswrack. Auf dem Weg von dort zurück hab ich ihn gefunden.«

»Danke. Der ist wirklich schön.«

Sie legte das Fundstück zurück auf den Tisch.

Einen Augenblick schwiegen beide.

»Ich weiß, dass du nicht gerne etwas über dich erzählst«, sagte sie.

»Was willst du wissen?«

»Ich würde mich freuen, wenn du mir gegenüber etwas offener wärst.«

»Ich hab keine Geheimnisse vor dir.«

»Das meine ich nicht. Du bist sehr verschlossen, Leon. So hab ich dich kennengelernt. Das ist deine Art, und du musst mir auch nicht alles mitteilen. Aber manchmal ist es schwer für mich, dich zu verstehen. Dein Ausflug bei Gewitter ans Meer zum Beispiel. Der war lebensgefährlich. Wie konntest du nur solch ein Risiko eingehen?«

»So richtig hab ich die Gefahr erst erkannt, als du mich angerufen hast. Ich werde in Zukunft vorsichtiger sein. Ich hätte nicht mehr alle Tassen im Schrank, hast du gesagt.«

»Das hab ich nicht so gemeint.«

»Doch. Ich weiß selbst, dass meine Entführung und das Nahtoderlebnis bei mir Spuren hinterlassen haben.«

»Jeder andere würde nach solch einem Vorfall einen Psychologen zurate ziehen.«

»Ich habe keine guten Erfahrungen mit Therapiestunden gemacht. Die Psychofritzen rühren nur in der Vergangenheit rum. Ich muss mir selber helfen.«

»Auch ich bin für dich da.«

»Das weiß ich zu schätzen. Gerne wäre ich auch für dich eine Stütze.«

»Das bist du. Hast du nicht bemerkt, wie viel Spaß Sophia und ich hatten?«

»Das ist etwas anderes.«

»Nein, ist es nicht!«

Wieder trat eine Pause ein.

»Ich hab mir etwas überlegt, Leon. Mancher schreibt ein Buch, um das Erlebte zu verarbeiten. Du hast deine Musik. Und du bist ein Genie auf deinem Gebiet. Setz dich hin, komponiere und schreib Texte über das, was dir widerfahren ist und was dich ängstigt.«

»Ich weiß nicht, ob ich das kann.«

»Klar kannst du das. Und dann machst du eine kommerzielle CD daraus. Mit oder ohne Plattenvertrag. Deine Songs können auch anderen helfen. Ich bin ganz begeistert von meiner Idee.«

Gerber beugte sich vor und nahm den Seeigel in die Hand. Geistesabwesend strich er über die strahlenförmige Zeichnung auf der Oberfläche. »Vielleicht hast du recht.« Er legte die Versteinerung wieder ab und lehnte sich zurück. »Ich könnte es versuchen. Vielleicht ist das mein Weg.«

Laura gab ihm einen Kuss. »Ich bin mir sicher, dass es dein Weg ist.«

»Hast du mit Flottmann darüber gesprochen?«

Laura räusperte sich. »Sein Anruf war nur der Anlass für meine Überlegungen. Die Idee stammt von mir. Wobei sie so naheliegend ist, dass man kaum von einer Idee sprechen kann. Waldemar Flottmann schätzt dich übrigens sehr. Und er hat sich wirklich Sorgen um dich gemacht.«

Gerber nickte.

»Ich soll dir ausrichten, dass er unbedingt eine signierte CD haben möchte, wenn dein Album fertig ist. Jetzt trinken wir ein Glas Wein, und dann lade ich dich in mein Schlafzimmer ein. In Ordnung?«

»Was könnte ich dagegen einwenden?«

Gerber hatte in der Nacht lange wach gelegen. Laura hatte nichts davon mitbekommen. Ihre Idee war ihm nicht aus dem Kopf gegangen. Erst als er sich fest entschlossen hatte, sie umzusetzen, war er eingeschlafen.

Am nächsten Morgen saßen die drei am Frühstückstisch. Gerber hatte, so gut er konnte, bei der Vorbereitung geholfen. Sophia hatte ihn ein ums andere Mal korrigiert, wenn er das Besteck nicht richtig platziert oder die Servietten falsch gefaltet hatte. Alle hatten gute Laune, und Sophia gab am Tisch ein Lied vom Vorabend zum Besten, während Gerber Teetasse und Unterteller mit einem Löffel zum Klingen brachte. In solchen Momenten fühlte er sich wie ein vollwertiges Mitglied der Familie und konnte sich vorstellen, mit den beiden unter einem Dach zu leben. Doch er wusste, dass er seine Unabhängigkeit vermissen würde. Und Laura wusste das auch. Vermutlich hatte sie ihn deshalb noch nie darauf angesprochen.

36

Immer wenn sie hörte, wie der Schlüssel im Schloss umgedreht wurde, begann Petra Hinrichsen am ganzen Leib zu zittern. Als der Vermummte am Abend hereinkam, trug er kein Tablett mit Lebensmitteln, was ihre Angst weiter steigerte. Er trat auf sie zu, packte sie und drehte sie mit dem Rücken zu sich. Dann riss er ihre Arme nach hinten und fesselte ihre Hände. Sie redete auf ihn ein, wimmerte und flehte, aber er zeigte keinerlei Regung. Sein Blick wanderte zum Bett, auf den Boden und zur Kiste. Sie ahnte, was das zu bedeuten hatte. Er ließ sie los, und als könne sie ihn aufhalten, stellte sie sich vor das Bett. Doch er schubste sie brutal beiseite, sodass sie zu Boden stürzte. Er ging auf die Knie, um den Kasten hervorzuholen. Das konnte sie nicht zulassen. Nie wieder wollte sie sich in den Holzsarg einschließen lassen. Mit gefesselten Händen hatte Petra Mühe aufzustehen. Sie stieß sich mit den Füßen ab und rutschte ein Stück an der Wand empor. Dann gelang ihr das Kunststück.

Während er noch kniete, eilte sie auf ihn zu und verpasste ihm einen Tritt. Sein Kopf knallte gegen die Bettkante. Das Geräusch des Aufschlags wurde von einem wütenden Schrei begleitet. Bevor sie erneut zutreten konnte, packte er sie an den Beinen und brachte sie zu Fall. Sie verlor das Bewusstsein. Als sie wieder zu sich kam, sah sie, wie der Deckel über ihr zuklappte. Sie wollte schreien, aber ihr Mund war mit Paketband zugeklebt. Jetzt waren auch ihre Füße gefesselt. Der Horror hatte von Neuem begonnen. Die Entführer würden sie wieder auf das Schiff schleppen. Was dann geschähe, wollte sie sich nicht vorstellen. Das Atmen durch die Nase fiel ihr schwer, und sie kämpfte mit einem Hustenreiz.

Drei Tage hatte man sie in dem Kellerraum gefangen gehalten. Sie hatte immer noch keine Erklärung dafür, warum man sie dorthin gebracht hatte. Und jetzt war sie wieder in der Kiste eingesperrt. Ob sie wollte oder nicht, grübelte sie darüber nach, was das Ganze für einen Sinn gab und wer ihr das antat. Anfangs hatte sie gedacht, den einen Entführer zu kennen. Er war von kräftiger Statur. Vom Gesicht hatte sie nur die Augen gesehen. Doch nur an den Augen konnte man niemanden erkennen, und die Stimme des Mannes hatte sie nicht gehört. Außerdem gab es eine zweite Person, die die Kiste getragen hatte. Vielleicht war diejenige der Haupttäter, einer, der sich nicht gezeigt hatte. Womöglich hatte er besondere Angst, erkannt zu werden. Aber warum? Wenn beide vorhatten, sie zu töten, wäre ihnen das egal gewesen. Doch es war nicht auszuschließen, dass die Vermummung eine reine Vorsichtsmaßnahme war, für den Fall, dass etwas schiefging.

Petras Herzschlag schien einen Moment auszusetzen. Sie wehrte sich verzweifelt gegen einen anderen Gedanken. Der war so ungeheuerlich, dass sie ihn nicht ertragen konnte, und so absurd er auch sein mochte, konnte sie ihn doch nicht verdrängen. Ein Liebhaber, der verlassen wurde, war zu vielem fähig. Nein, nicht Robert. Niemals Robert! Sie hatten sich zuletzt viel gestritten. Er hatte nie verstanden, warum sie so viel Geld für die astrologische Beratung ausgab. Ihr war es einfach wichtig gewesen, keine voreiligen Entscheidungen zu treffen. Schon gar nicht, wenn es um so wichtige Dinge wie eine Beziehung, Ehe und Kinder ging. Sie hatte herausgefunden, dass sie beide nicht zusammenpassten. Jedenfalls nicht für eine dauerhafte Verbindung. Irgendwann hatten sie sich einvernehmlich getrennt. War es wirklich so einvernehmlich gewesen, wie sie es in Erinnerung hatte? War der Wunsch einer bleibenden Freundschaft nur von ihr ausgegangen? Ihre Zweifel mehrten sich. Aber sie war nicht mehr im Vollbesitz ihrer geistigen Kräfte. Eingeschlossen in einem Holzsarg war es unmöglich, einen klaren Gedanken zu fassen. Nein, Robert würde ihr so etwas nie antun!

Sie hörte, wie die Tür geöffnet wurde. Die Schritte zweier Personen! Es war so weit! Man würde sie auf das Boot bringen und im Meer ertränken. Ihr gelang es nicht mehr, sich etwas vorzumachen. Ertrinken war ein grausamer Tod. Sie musste an Helena denken, die den Weg freiwillig gegangen war. Wie hatte sie das nur tun können? Woher hatte sie den Mut genommen? Es musste der Mut der Verzweiflung gewesen sein. Ihre Depressionen waren offenbar schlimmer gewesen, als sie bei ihren Treffen zugegeben hatte. Manchmal war sie sogar ausgelassen und guter Dinge gewesen. Bipolare Störung nannten die Ärzte ihr Krankheitsbild. Aber Petra war sich nicht sicher, ob die Diagnose zutraf. Helena hatte schwere Zeiten durchlebt, und die Zerrissenheit zwischen ihrem Mann und ihrem Liebhaber konnte für den Wechsel der Gefühle mitverantwortlich gewesen sein.

Als die Kiste angehoben wurde, verkrampfte Petras Körper. Ihre Anspannung stieg weiter an. Am Klang der Schritte merkte sie, dass sie ins Freie getragen wurde. Spontan nutzte sie die Gelegenheit, sich bemerkbar zu machen, indem sie mit den gefesselten Füßen gegen die Holzwand trat und Laute durch das Klebeband presste. Das war mehr oder weniger sinnlos. Aber es blieb eine kleine Hoffnung, dass ein Außenstehender auf sie aufmerksam wurde. Doch niemand kam ihr zu Hilfe. Die Kiste wurde abgesetzt, und sie hörte wieder das laute Geräusch der Schiebetür.

Das Atmen fiel ihr von Minute zu Minute schwerer. Den Knebel hatte sie beim ersten Mal mit einem Trick herausziehen können, aber das Klebeband konnte sie nicht auf die gleiche Weise entfernen. Die Aufregung führte dazu, dass sie die Luft hektisch durch die Nase einsog. Du musst ruhig und gleichmäßig atmen, sagte sie sich. Aber es half nicht. Je mehr sie es versuchte, desto panischer wurde sie. Sie bekam noch mit, wie sich das Auto in Bewegung setzte. Dann verlor sie das Bewusstsein.

37

Flottmann träumte von Sternschnuppen und einer lachenden Sonne, als er vom Intro des Songs »Highway to Hell« geweckt wurde. Lena war ebenfalls wach geworden.

»Was ist los?«, fragte sie.

»Keine Ahnung.« Flottmann sah auf das Display des Radioweckers. Die Zahlen verschwammen vor seinen Augen. Er musste einige Male zwinkern, um sie zu erkennen: ein Uhr vierzehn. Er nahm das lärmende Handy vom Nachttisch. Es wurde keine Rufnummer angezeigt. Er drückte auf den grünen Hörer.

»Wer ist da?«

»Mein Name spielt keine Rolle.«

»Dann lege ich jetzt auf.«

»Nennen Sie mich einfach Brummbär.«

»Zu solchen Scherzen bin ich nicht aufgelegt. Schon gar nicht mitten in der Nacht. Also …«

»So hat Helena mich immer genannt. Zugegebenermaßen klingt Brummbär ein wenig albern. Manchmal sagte sie auch einfach BB zu mir. So war sie. Zuweilen kindisch, aber der liebenswerteste Mensch, dem ich je begegnet bin.«

Als der Name Helena fiel, war Flottmann hellwach. Er richtete sich auf und setzte sich auf die Bettkante. Wer immer der Anrufer war, er musste auf ihn eingehen. »Was wollen Sie?«

»Ich möchte mit jemandem reden, der meine Ansichten teilt.«

»Welche Ansichten?«

»Die über Astrologie und Esoterik.«

»Und deshalb rufen Sie mich an? Woher haben Sie meine Nummer?«

»Die zu erhalten war in der Tat nicht einfach. Aber als ich

der Dame von der Leitstelle erzählte, dass noch heute Nacht jemand sterben wird, wenn sie nicht Ihre Handynummer herausrückt, hat sie sich erweichen lassen.«

»Sagen Sie, was Sie wollen, und machen Sie keine Dummheiten. Was haben Sie vor?«

»Sie müssen nicht länger nach dem Täter suchen, Herr Hauptkommissar. Ich bin es, der für den Tod der Astrologin Mila Hus verantwortlich ist. Und ich stelle mich meiner Verantwortung.«

»Wo ist Petra Hinrichsen? Haben Sie sie …?«

»Ja. Sie ist bei mir. Vermutlich fühlt sie sich nicht besonders wohl, denn sie weiß, dass sie um ziemlich exakt zwei Uhr fünfzig sterben wird. Bei mir wird es etwas später werden.«

»Sie sind völlig …« Flottmann stockte.

»Verrückt? Wollten Sie das sagen? Das würde ich eher von denen behaupten, die daran glauben, dass unser Schicksal durch die Sterne bestimmt wird. Das sind die wahren Irren, Commissario. Die Irren sind in Freiheit und nicht in der Psychiatrie. Ich weiß, wovon ich rede.«

Flottmann schaltete auf Verständnis um und mäßigte seine Stimme. »Sie gehören also ebenfalls zu den Skeptikern. Dann können wir ja vernünftig miteinander reden.«

»Deshalb rufe ich Sie an. Es wird nicht lange dauern, bis Sie herausgefunden haben, wer ich bin. Aber es wird zu spät sein. Vielleicht wird meine Leiche irgendwo angespült werden, oder sie wird auf Ewigkeit im Ozean verschwinden. Niemanden wird das interessieren. Doch was ich getan habe, wird im Gedächtnis der Menschen bleiben. Nicht, dass mir daran läge, dass mein Name in Erinnerung bleibt. Nein, ganz gewiss nicht. Aber meine Taten werden es. Sie werden allen die Augen öffnen, und auch der Dümmste wird erkennen, wie schwachsinnig und gefährlich die Astrologie und andere Pseudowissenschaften sind.«

»Aber Sie müssen niemanden töten, um das zu beweisen.«

Flottmann hielt seine rechte Hand vor das Mikrofon und

drehte sich zu Lena um, die sich im Bett aufgerichtet hatte. »Ruf Hilgersen an. Er soll sofort ins Büro kommen«, flüsterte er. Sie nickte.

Flottmann schaffte es, die App auf seinem Smartphone zu aktivieren, die die eigene Stimme über das Mikrofon aufnahm. Den Trick, auch die des Gesprächspartners aufzuzeichnen, hatte er von Hilgersen gelernt. Er musste dazu lediglich den Lautsprecher über die Freisprechfunktion aktivieren.

»Hören Sie mir noch zu?«, fragte der Anrufer.

»Ja, natürlich. Sie denken an den Tod von Helena Reinke? Helena war psychisch labil und wurde von der Astrologie stark beeinflusst. Darum geht es, nicht wahr?«

»Richtig. Und die Schlimmste war Mila Hus. Die Sterne haben ihr offenbar nicht geholfen. Sie hat nicht einmal ihren eigenen Tod voraussehen können. Das alleine zeigt schon, wie absurd Astrologie, Kartenlegen und all der andere Unfug ist. Sie hat Helena sogar eingeredet, sie könne mit ihrer toten Tochter sprechen. Helena hat geglaubt, dass sie zu ihr kann, wenn sie stirbt. Was ist das für ein Wahnsinn!«

»Sie haben recht. Aber wenn Sie Frau Hinrichsen töten, ändern Sie gar nichts.«

»Das Miststück ist genauso schuldig wie die beiden Astrologinnen. Sie war es, die Helena immer wieder darin bestärkt hat, ihr Leben nach den Sternen auszurichten. Von ihr hatte Helena die Adressen der Sterndeuterinnen. Wissen Sie, was ich herausgefunden habe? Die beiden Astroschlampen haben sich abgesprochen mit ihren Prophezeiungen. Das geht aus ihren Aufzeichnungen auf den Computern hervor. Helena hatte geglaubt, dass sie unabhängig voneinander zu gleichen Aussagen kamen. Das machte sie ihrer Ansicht nach besonders glaubwürdig. Sie haben betrogen, um sie als gute Kundin zu behalten. Und ich musste mit ansehen, wie sie immer tiefer in den Sumpf geriet. Schließlich hab ich sie ganz verloren. Diese Mila Hus hat ihr geraten, die Beziehung zu mir zu beenden. Sie hat mit ihren abhängigen Kunden Schicksal gespielt.«

Während Flottmann zuhörte, zog er seine Jeans über die Pyjamahose und schlüpfte in seine Schuhe. Lena, die inzwischen wieder ins Zimmer gekommen war, gab er im Flüsterton zu verstehen, dass er zur Dienststelle laufen würde. Für weitere Erklärungen war keine Zeit. Er benötigte keine zehn Minuten bis zu seinem Büro. Auf dem Weg hielt er den Anrufer in der Leitung. Der schien den Wunsch zu haben, seine Handlungen zu erklären und zu rechtfertigen. Ein typisches Verhalten für einen Psychopathen. Er wollte von anderen verstanden werden. Das musste Flottmann ausnutzen.

Mit dem Handy am Ohr eilte er die Herzog-Adolf-Straße und die Poggenburgstraße entlang bis zum Polizeigebäude. Die Nebengeräusche verrieten, dass er das Haus verlassen hatte. Aber er gab dem Anrufer keine Chance, darüber nachzudenken. Er heuchelte Verständnis für dessen Taten, ließ ihn reden und stellte Fragen.

Hilgersen wartete bereits im Büro auf ihn. Flottmann setzte sich an seinen Schreibtisch und schrieb die wichtigsten Informationen für den Kollegen auf einen Notizblock. Hilgersen solle die Flensburger informieren, und das volle Programm für einen solchen Fall musste anlaufen. Die Soko »Wattenmeer« war am Zug. Flottmann spürte, wie sich ihm der Hals zuschnürte. Er war dem Stress nicht mehr gewachsen und war froh, die Verantwortung an die Kollegen abgeben zu können. Doch solange er den Täter am Apparat hatte, war er mitverantwortlich, und die Verbindung durfte auf keinen Fall abreißen.

Auf dem Weg zur Dienststelle hatte der Anrufer seine Beweggründe eindringlich geschildert. Er hatte ganz sicher ein sehr inniges Verhältnis zu Helena gehabt. War es Reinke am anderen Ende der Leitung? Flottmann hatte Zweifel. Die Stimme passte nicht zu ihm, soweit er das am Telefon beurteilen konnte. Außerdem ließ er ihn rund um die Uhr überwachen, seit er von seinen Videos auf YouTube erfahren hatte. Dass Reinke so dumm war, die Filme zu veröffentlichen, wenn er der Mörder war, erschien sowieso mehr als unwahrscheinlich.

»Lassen Sie Frau Hinrichsen gehen! Sie ist doch selbst ein Opfer. Auch sie wurde von der Astrologie verführt. Sie wissen sicher, dass Frauen besonders anfällig dafür sind.«

»Sie war Helenas beste Freundin, und sie wusste, wie labil sie war. Anstatt ihr nach Annas Tod zu helfen, hat sie sie in die Fänge dieser Betrügerinnen getrieben. Jetzt liegt sie neben mir im Schlick und kann die Sterne betrachten, die angeblich unser Schicksal bestimmen. Mit ihr haben sie es offenbar nicht gut gemeint. Sie wird in etwa achtzig Minuten sterben. Übrigens brauchen Sie gar nicht erst zu versuchen, das Boot zu orten, mit dem ich sie hergebracht habe. Ich hab es versenkt. Und noch etwas. Ich hab aus dem Fehler gelernt, der mir bei Diana Keller unterlaufen ist. Wir sind hier weitab vom Heverstrom. Es wird Ihnen also nichts nutzen, wenn Sie die Hafenpolizei losschicken. Sie wird uns nicht finden. Ich leg jetzt auf.«

»Warten Sie – verdammt!«, schrie Flottmann. Er beendete die Aufzeichnungs-App und warf sein Handy auf den Schreibtisch.

Hilgersen kam zu ihm herüber. »Die Soko ist alarmiert. Du sollst Böttcher auf seinem Mobiltelefon anrufen. Sag ihm, dass sie bei der Suche auf Spuren eines Kreiers achten sollen. Der hinterlässt typische Muster im Schlick. Er könnte sein Opfer damit vom Heverstrom oder einem Seitenarm des Wattstroms weggebracht haben, damit es schwerer zu finden ist. Du hattest so etwas doch vermutet.«

»Stimmt.«

»Sobald das Wasser die Schleifspuren überspült, sind sie nicht mehr zu sehen.«

Flottmann griff zum Hörer und gab alle Informationen an den Flensburger Kollegen durch. Sowohl ein Boot der Wasserschutzpolizei als auch ein Hubschrauber würden das Watt absuchen. Aber in der Dunkelheit waren die Aussichten auf Erfolg gering.

Flottmann reichte Hilgersen sein Handy. »Ich hab das Gespräch aufgezeichnet. Kannst du die Datei auf den Computer übertragen und an die Soko schicken?«

»Ich werde es versuchen.«

Flottmann atmete tief durch. Jetzt war die Soko dran. Er konnte nichts mehr tun. Aber so recht wollte die innere Ruhe nicht einkehren. In achtzig Minuten würde Petra Hinrichsen sterben, hatte der Täter gedroht. Sie war, wie Diana Keller und Mila Hus, im Watt eingegraben und würde mit der Flut ertrinken. Das perfide Spiel sprach für einen Psychopathen. Aber er handelte nicht aus purer Mordlust oder Sadismus. Er wollte, dass seine Opfer das Firmament vor Augen hatten, wenn sie starben. Sie sollten in ihrer letzten Stunde erkennen, dass die Sterne ihnen keine Lebenshilfe, sondern den Tod brachten.

Hilgersen unterbrach Flottmanns Gedanken. »Es war eine Kleinigkeit. Ich hab die Datei schon an die Kollegen gesendet. Der Ton ist allerdings von schlechter Qualität, und es sind viele Nebengeräusche zu hören.«

»Das hab ich mir gedacht. Ich glaube zwar nicht, dass sie viel damit anfangen können, aber wir müssen ihnen jede Information zur Verfügung stellen, die wir haben. Wissen sie über Reinke Bescheid?«

»Ich hab sie auf dem Laufenden gehalten.«

»Gut. Die Zeit spielt gegen uns. Der Täter hat Petra Hinrichsens Tod für zwei Uhr fünfzig angekündigt.«

»Ich hab gerade nachgesehen. Hochwasser ist um sieben Uhr zehn. Bis dahin läuft das Wasser langsam auf. Das könnte also hinkommen.«

»Er hat gesagt, dass er das Boot versenkt hat. Das spricht tatsächlich dafür, dass er seinem Opfer in den Tod folgen will.«

»Vielleicht hat er gelogen, damit wir nicht nach dem Boot suchen.«

»Das ist denkbar, wenn auch eher unwahrscheinlich. Er muss wissen, dass wir jede Möglichkeit wahrnehmen. Wieso hat er mich überhaupt angerufen?«

»So wie du es geschildert hast, sieht er in dir jemanden, der ihn versteht. Außerdem neigen Psychopathen dazu, sich mitzuteilen und zu rechtfertigen.«

»Die gleiche Überlegung hab ich auch bereits angestellt. Was meinst du? Wie groß ist die Chance, Petra Hinrichsen zu retten?«

»Mit einem Helikopter bei Nacht? Äußerst gering, würde ich sagen. Die Wattflächen der Nordsee sind die größten der Erde und umfassen Tausende Quadratkilometer. Darin den Kopf eines Menschen zu finden ist schwieriger als die Nadel in einem Heuhaufen. Das Boot könnte man schon eher entdecken. Wenn es unbeleuchtet ist, wäre das allerdings auch nicht gerade einfach.«

»Du kannst einem echt Mut machen, Gustl.«

»Vielleicht sollten wir …«

»Was?«

»Nichts.«

»Sprich es aus.«

»Es gibt Methoden, Vermisste zu orten. Auf der Messe –«

»Vergiss es!«

»Ich mein ja nur.«

»Vergiss es!«

»Okay. Dann können wir nur noch Däumchen drehen.« Hilgersen trommelte mit den Fingern nervös auf der Schreibtischunterlage. »Dein Outfit gefällt mir übrigens. Solltest du öfter tragen.«

»Danke.«

»Bitte.«

»Wenn Petra Hinrichsens Rettung gelingt, komme ich eine Woche lang so zur Arbeit.«

»Versprochen?«

»Versprochen.«

Beide schwiegen minutenlang. Hilgersen trommelte weiter mit den Fingern, und Flottmann drehte an den Knöpfen seines Pyjamas, bis einer zu Boden fiel.

»Das tatenlose Warten geht mir auf den Senkel«, sagte Hilgersen.

»Mir auch. Schick mir mal die Datei auf meinen Rechner.«

»Was hast du vor?«

»Ich rufe Gerber an. Er soll sich die Aufnahme anhören. Ich glaube zwar nicht, dass das was bringt. Aber wir sollten nichts unversucht lassen. Allerdings …«

»Was?«

»Er ist besonders seit seiner Entführung damals kaum belastbar. Trotzdem ruf ich ihn an. Ich muss ihm ja nicht erzählen, worum es geht.«

38

Noch bevor Petra Hinrichsen die Augen öffnete, nahm sie den unangenehmen Äthergeruch wahr. Unvermittelt tauchten Bilder in ihrem Kopf auf: eine Kiste, ein Boot, ein vermummtes Gesicht, eine Hand, Sterne. Nur die Sterne waren echt. Kassiopeia entdeckte sie auf den ersten Blick, und die Milchstraße war in ungewohnter Deutlichkeit zu sehen. Sie wollte sich in eine andere Richtung wenden, um sich zu orientieren. Doch in der nächsten Sekunde erkannte sie die brutale Wirklichkeit. Sie war bis zum Kopf in den Boden eingegraben. Petra benötigte nur wenige weitere Augenblicke, um zu registrieren, dass sie sich im Wattenmeer befand, um sie herum nur Dunkelheit und der Himmel. Die Entführer hatten sie dorthin gebracht, damit sie während der nächsten Flut ertrank. All ihre Illusionen, sie könnte ihrem Schicksal entkommen, schwanden. Sie versuchte, ihren Körper anzuheben, aber die Last des Schlicks war zu schwer, und ihre Hände konnte sie nicht bewegen, weil sie hinter ihrem Rücken gefesselt waren.

Das Klebeband hatte man ihr abgenommen, sodass sie Hilfeschreie ausstoßen konnte. Sie hatte das Gefühl, dass ihre Rufe ohne Widerhall im Nichts untergingen. Nach einiger Zeit versagte ihre Stimme. Für einen Moment lauschte sie in die Stille. Nur der Wind und fernes Plätschern waren zu hören. Das Wasser kam näher. Ihr blieb nur noch wenig Zeit. Und noch immer wusste sie nicht, wer ihr das antat. Schemenhaft erkannte sie die Konturen des Schlittens, der sie hergebracht hatte. Vom Mann mit der Maske war nichts zu sehen. Vielleicht hätte er ihr jetzt Auskunft gegeben, weshalb sie sterben sollte. War es wegen Helena? Bisher war ihr der Gedanke nicht gekommen. Glaubte jemand, sie wäre mitverantwortlich für ihren Tod? Manchmal hatte sie darüber nachgedacht, dass es ein Fehler gewesen war, ihr zu empfehlen, mit Milas Hilfe Kontakt zu Anna aufzunehmen. Bei einem Telefonat hatte Helena davon gesprochen, Anna bald wiederzusehen. Damals hatte sie angenommen, dass Helena eine weitere Sitzung mit der Astrologin gemeint hatte. Aber vielleicht hatte sie mit den Äußerungen ihren Selbstmord angekündigt. Petra bereute, ihr nicht besser zugehört zu haben. Aber am Telefon war das schwierig gewesen, und seit Helena das Verhältnis mit dem fremden Mann gehabt hatte, hatten sie sich nur noch selten getroffen. Der fremde Mann, ihr Liebhaber! Bis heute wusste sie nicht, wer er war. Brummbär hatte Helena ihn manchmal genannt. Trotz ihrer engen Freundschaft hatte sie ein Geheimnis daraus gemacht. War er es, der hinter allem steckte? Wie tief musste seine Liebe zu Helena gewesen sein, um solch grausame Dinge zu tun? Nein, den Gedanken wollte sie nicht zulassen. Das Argument klang wie eine Entschuldigung für die Tat. Wer so etwas fertigbrachte, musste geisteskrank sein. Wer wusste schon, was für Abgründe in einem Menschen schlummerten?

Petra hob Kopf und Schultern etwas an. Trotz der Dunkelheit zeichneten sich im Schlick Stiefelspuren ab. Im Nahbereich gab es viele Abdrücke. Aber neben dem Schlitten führte eine Spur nach Norden. Dort musste sein Boot liegen, mit dem er, wer auch immer er war, sie hergebracht hatte. Sie stellte sich vor, wie sie sich aus dem Schlick befreite, seiner Spur folgte und ihn hinterrücks mit einem Stein erschlug. Aber das Szenario entstammte lediglich der Phantasie ihres Gehirns, das den Tod nicht akzeptieren wollte.

Petra ließ den Kopf wieder zurückfallen. Das Meeresrauschen war stärker geworden. Das Wasser rückte näher und näher. Vielleicht hatte sie noch eine halbe Stunde zu leben. Sie begann erneut, um Hilfe zu schreien, obwohl es sinnlos schien. Aber sie wollte nicht kampflos aufgeben. Nach einiger Zeit war sie jedoch so erschöpft, dass sie kaum noch einen Laut hervorbrachte. Als eiskaltes Wasser ihren Hals berührte, wusste sie, dass ihr Ende nahte. Sie schloss die Augen. Sich gegen die Vorsehung zu wehren konnte nicht funktionieren.

Flottmann wählte Gerbers Nummer. Es kam ihm unerträglich lange vor, bis er den Musiker am Telefon hatte.

»Hallo, Waldemar«, klang es etwas müde aus der Hörmuschel.

»Hallo, Leon. Tut mir leid, dass ich dich geweckt habe.«

»Kein Problem. Ich hab sowieso schlecht geschlafen. Du hast mich aus einem Alptraum gerissen.«

»Ich hab schon wieder eine Audiodatei mit der Bitte, sie dir anzuhören.«

»Klar. Ein dringender Fall, nehme ich an.«

»Äh – ja. Routine – nein, keine Routine. Sonst würde ich dich nicht aus dem Bett klingeln. Ich schicke dir gleich die Datei.«

»Worauf soll ich achten?«

»Also, es geht um Folgendes: Jemand hat mich aus dem Watt angerufen. Wir müssen ihn finden. Er hat – er hat eine Frau in seiner Gewalt.«

»Im Watt?«

»Ja. Er hat mit mir telefoniert, und ich hab das Gespräch aufgezeichnet. Die Qualität ist miserabel.«

»Im Watt ist es sehr ruhig. Es wird kaum Anhaltspunkte für eine Ortung geben, kein charakteristisches Geräusch, aus dem man die Position schließen kann.«

»Ich weiß. Es ist nur ein verzweifelter Versuch.«

»Die Flut kommt, und sie wird ertrinken, nicht wahr?«

Flottmanns Strategie, Gerber über die Situation im Unklaren zu lassen, war endgültig gescheitert. »In gut einer Stunde wird das Wasser sie erreichen. Deshalb ist die Sache so dringend.«

»Sobald ich die Datei habe, fange ich an.«

»Danke, Leon.« Flottmann legte auf.

Gerade hatte er Gerber die Audiodatei geschickt, als dieser zurückrief.

»Waldemar, woher weißt du, wann das Wasser sie erreichen wird?«

Flottmann stutzte. Warum wollte Gerber das wissen?

»Der Täter hat es angekündigt.«

»Das Wasser flutet das Watt nicht gleichmäßig.«

»Was?«

»Die Höchststände werden an verschiedenen Orten zu verschiedenen Zeiten erreicht.«

Es gab diese Momente, in denen Flottmanns Gehirn signalisierte, dass es eine wichtige Information erhalten hatte, sie aber nicht einordnen konnte. Genau das passierte gerade. Gerber hatte etwas Bedeutendes gesagt. Aber noch wusste Flottmann nichts damit anzufangen.

Hilgersen hatte das Gespräch aufmerksam verfolgt. Er stand auf und gab Flottmann ein Zeichen, den Lautsprecher einzuschalten.

»Hilf mir weiter, Leon. Ich hab auf laut gestellt, damit mein Kollege mithören kann. Einverstanden?«

»Selbstverständlich. Also, ich bin doch oft im Watt unterwegs und fang Geräusche ein. Ich hab das sogar einmal bei auflaufendem Wasser an einer möglichst ungefährlichen Stelle versucht. Dabei musste ich vermeiden, vom Wasser eingeschlossen zu werden. So durfte die Stelle zum Beispiel nicht in der Nähe eines Priels liegen. Andererseits wären die Fremdgeräusche in Ufernähe zu stark gewesen. Denn ich wollte das leise Plätschern des Spülsaums erfassen, das Zerplatzen der Schaumblasen …«

»Ich verstehe, Leon.« Flottmanns Nervosität und Ungeduld steigerten sich ins Unermessliche.

Als hätte Gerber sein inneres Flehen erhört, kam er zum Punkt. »Theoretisch wäre es möglich, bei genauer Kenntnis von Wind, Temperatur und natürlich der Tidezeiten, die Linien zu berechnen, an denen der Wasserstand zu einer vorgegebenen Uhrzeit eine bestimmte Höhe erreicht.«

Endlich machte es bei Flottmann klick. Er sah Hilgersen an.

Aus dessen Miene las er ab, dass auch er kapiert hatte, worum es ging.

»Das Bundesamt für Seeschifffahrt und Hydrographie könnte das vielleicht berechnen«, sagte Hilgersen.

»Das BSH misst den Pegel an hundertdreißig Positionen. Aber ob sie Vorhersagen treffen können, weiß ich nicht.«

»Wenn, dann vermutlich nur an diesen Orten. Und es ist wohl eher unwahrscheinlich, dass der Täter das Opfer dort eingegraben hat. Außerdem werden wir um diese Uhrzeit niemanden vom BSH erreichen.«

Es trat eine kurze Pause ein.

»Ich kann das vielleicht«, meldete sich Gerber zurück. »Wegen meiner Geräuschaufnahmen im Watt hab ich viel recherchiert und jemanden kennengelernt, der ein Simulationsprogramm für so etwas geschrieben hat. Er hat das digitale Geländemodell aus Seevermessungen des BSH genommen und darüber den Pegelverlauf berechnet. Dabei berücksichtigt er nicht nur den Einfluss von Sonne und Mond, sondern auch von Temperatur und Wind. Er hat mir das Programm gegeben. Ich glaube, dass ich damit noch umgehen kann. Wenn ihr mir die genaue Zeit und die Wasserhöhe nennt, die erreicht werden soll, kann ich es versuchen. Aber ich kann natürlich nicht garantieren, dass es funktioniert.«

Flottmann war in heller Aufregung. Die Zeitanzeige auf dem Bildschirm stand auf ein Uhr und vierundfünfzig. Sie hatten nicht einmal mehr eine Stunde, um Petra Hinrichsen zu retten. Er öffnete die Akte über den Mord an Mila Hus und nahm das Foto heraus, das die Kriminaltechniker geschossen hatten. Der Anblick der Leiche war unerträglich, doch jetzt kam es auf ein Detail an. Wie hoch musste das Wasser stehen, um eine eingegrabene Person zu ertränken, wenn sie so im Schlick lag wie die Astrologin?

»Leon. Die Pegelhöhe ist zehn Zentimeter, die Uhrzeit zwei Uhr fünfzig. Hast du verstanden?«

»Ja. Was ist mit der Audiodatei?«

»Vergiss sie. Das hier ist wichtiger. Sorry für den Stress, den ich dir bereite.«

»Macht nichts. Ich melde mich wieder. Temperaturverlauf und Wind hole ich mir aus dem Internet.« Gerber legte auf.

Flottmann schlug mit der Faust auf die Schreibtischplatte. »Teufelskerl!« Ihm lief der Schweiß von der Stirn, und seine Hände zitterten unkontrolliert.

»Weißt du, was mir durch den Kopf geht?«, fragte er nach einer Weile. »Angenommen, der Täter blufft nicht. Wie konnte er den Todeszeitpunkt berechnen? Er wird sicher kein Programm dafür eingesetzt haben.«

»Gute Frage. Aber wenn er vorher einen Ort für das Grab ausgesucht hat, konnte er den Wasserstand dort ganz einfach messen. Danach musste er nur noch den aktuellen Tideverlauf berücksichtigen. Wir hatten in den letzten Tagen eine stabile Wetterlage. Das heißt, Temperatur- und Windprofile waren annähernd so wie heute.«

»Okay, das leuchtet ein. Hoffen wir, dass er so akribisch handelt. Es könnte immerhin zu seinem Persönlichkeitsprofil passen, das sich aus seinen bisherigen Handlungen ergibt.«

»Und zu Reinke?«

»Zu dem auch.«

Das Telefon klingelte. Flottmann nahm ab.

»Ich hab dir eine Bildschirmkopie mit dem Verlauf geschickt. Die Koordinaten hab ich eingeblendet.«

»Egal, wie es ausgeht, Leon. Du hast schon wieder etwas gut bei mir.«

Flottmann legte auf und rief Gerbers Mail ab. Die beigefügte Grafik zeigte eine 3-D-Ansicht des Wattenmeers. Ganz deutlich war die Wasserlinie für die Zeit zwei Uhr fünfzig zu sehen. Interessanter war jedoch die schwarze Kurve, die den Pegelstand von null Komma einem Meter auf dem Wattgelände darstellte. Das war die Todeslinie. Dort entlang mussten die Rettungskräfte suchen. Natürlich war das Ganze mit Unsicherheiten behaftet. Vielleicht hatte der Täter die Zeit nur geschätzt oder die Ankunft des Wassers als Todeszeitpunkt gewählt und nicht die Höhe von zehn Zentimetern. Und schließlich war auch nicht ganz klar, wie exakt das Programm den Pegel an jedem Ort berechnete. Aber Gerbers Methode war das Beste, was ihnen zur Verfügung stand. Flottmann rief Böttcher an. Der war sofort Feuer und Flamme für die Idee. Der Helikopter sollte die Grenzlinie mit Suchscheinwerfern abfliegen.

Kurz darauf meldete sich Böttcher wieder. Hubschrauber und Wasserschutzpolizei seien unterwegs. Er konnte Flottmann auch erste Ergebnisse der Audioanalyse mitteilen. Der Anrufer habe lange im Rheinland gelebt und habe eine gute Schulbildung. Seine Ausdrucksweise enthielte einige Besonderheiten, deren Bedeutung noch untersucht werde.

Flottmann griff erneut zum Hörer und wählte die Nummer von Reinkes Festnetztelefon, landete aber auf dem Anrufbeantworter.

»Reinke meldet sich nicht.«

»Ich würde um die Uhrzeit auch nicht unbedingt abnehmen. Außerdem lassen wir ihn doch überwachen. Aber was ist mit Robert Thaler?«

»Ich schicke zu beiden einen Streifenwagen. Sicher ist sicher.«

Nachdem Flottmann das veranlasst hatte, ließ er sich erschöpft in seinen Drehstuhl fallen, der Geräusche von sich gab, als wäre er ebenfalls am Ende seiner Kräfte.

»Was machen wir jetzt?«, fragte Hilgersen.

»Warten und hoffen. Die Zeit können wir nicht anhalten. Und die Flut auch nicht.«

»Nee, können wir nicht.«

»Der Anrufer hat länger im Rheinland gelebt, sagt Böttcher.«

»Das wundert mich nicht.«

»Wieso?«

»Du weißt doch, dass die Leute hier so etwas nicht tun.«

»Ach, ja. Das hatte ich vergessen. Irgendetwas war mir beim Telefonat an ihm aufgefallen. Kannst du die Aufnahme mal abspielen?«

Hilgersen startete die Datei und ließ sie bis zum Ende laufen. »An einer Stelle hat er dich Commissario genannt.«

»Genau das war mir aufgefallen. Aber ich war zu angespannt, um es bewusst wahrzunehmen.«

»Und jetzt? Sagt dir das was? Commissario Brunetti? Vielleicht ist er ein Fan von Donna Leon.«

»Hm, aus dem Rheinland – Commissario –, es klingelt bei mir im Kopf, aber ich komm nicht drauf, was es ist.« Flottmann schlug mit der Faust auf den Schreibtisch, als könne er seine Erinnerungsblockade dadurch lösen. »Rheinland, Commissario – Commissario, Rheinland – Rheinland, Commissario«, murmelte er. Es machte ihn wahnsinnig, wenn ihm etwas auf der Zunge lag, er es aber nicht aussprechen konnte.

39

Petra Hinrichsens Hilferufe wurden allmählich leiser. Sollte sie sich ruhig die Seele aus dem Hals schreien. Inzwischen hatte er etwa die halbe Strecke bis zum Boot zurückgelegt. Einmal glaubte er, Motorengeräusche zu vernehmen. Vermutlich kamen sie irgendwo von den Inseln. Der Wind trug sie bei der Wetterlage von weit her.

Zur Sicherheit hatte er einen Kompass mitgenommen. Der befand sich in seinem Rucksack, zusammen mit weiteren nützlichen Dingen wie Ersatzbatterien für die Taschenlampe. Alles war wasserfest in kleinen Plastiktüten verpackt. Natürlich auch Helenas Tagebuch. Das hatte er immer bei sich. Und er las täglich darin, manche Stellen endlose Male. Das motivierte ihn für das, was er tat. Sie hatte es absichtlich in seinem Haus versteckt. Sie hatte gewollt, dass er ihre Aufzeichnungen fand. Brummbär, manchmal auch BB, hatte sie ihn genannt. Zuerst hatte er das albern gefunden, dann hatte es ihn genervt, und später hatte er es geliebt, wenn sie ihn so nannte.

Auf den Kompass hätte er verzichten können. Auch ohne ihn konnte er seiner eigenen Spur vom Hinweg folgen. Jedenfalls, solange das Wasser sie nicht überspülte. Doch er musste mit seiner Taschenlampe vorsichtig umgehen. Leicht konnte man den Schein aus großer Entfernung oder aus der Luft sehen. Ganz sicher waren bereits Schiffe und Hubschrauber im Einsatz, um nach ihm zu suchen.

Bald würden Flottmann und seine Leute herausfinden, wer er war, und dann wurde es eng. Die Flucht ins Ausland hatte er akribisch vorbereitet. Die falschen Papiere hatten eine Stange Geld gekostet, waren aber jeden Cent wert. Niemand würde die Fälschung erkennen. Er freute sich auf das neue Leben. Nichts hielt ihn mehr in Deutschland.

Am Telefon hatte er Flottmann erzählt, er habe das Boot

versenkt. Ob der Kommissar ihm das geglaubt hatte? Gut wäre es. Wenn die Polizei annahm, dass er Suizid beging und ihn der Ozean verschluckte, würde sie vielleicht nicht weiter nach ihm suchen. Das Wichtigste war jetzt, dass ihm ausreichend Zeit für die Flucht blieb. Seinem Stiefbruder Dieter hatte er genaue Anweisungen erteilt, wie er vorzugehen hatte. Das Haus musste verkauft und die Aktien versilbert werden. Dieter war nicht besonders hell im Kopf, aber der Anteil, den er ihm versprochen hatte, würde ihn zu Höchstleistungen antreiben, hoffte er. Auch den Geldtransfer über Western Union würde er wohl zustande bringen.

Der Weg zurück zum Boot war weit, und durch das Watt zu stapfen kostete viel Kraft. Dieses Mal hatten sie einen einfachen Kahn mit Außenbordmotor benutzt. Dieter hatte ihn gestohlen. Der kannte sich mit so etwas aus. Das Boot war klein, schwarz angestrichen und in der Nacht so gut wie unsichtbar. Dazu war es flach und wendig, ideal, um bei Niedrigwasser auf den Wattströmen zu schippern.

Er folgte immer noch seinen Fußabdrücken. Das war die sicherste Methode, um den Weg zurückzufinden. Sein Handy hatte er im Boot gelassen. Zwar glaubte er nicht, dass es im Watt geortet werden konnte, war sich aber nicht sicher. Er hatte das Gerät direkt nach dem Gespräch mit Flottmann ausgeschaltet.

Der hatte immer noch keine Ahnung, mit wem er es zu tun hatte. Wie auch? Es war über fünf Jahre her, dass sie aufeinandergetroffen waren. Und nun verband sie ein unglaublicher Zufall erneut. Er war überrascht gewesen, als er Flottmanns Namen in der Zeitung gelesen hatte. Es war wie ein Zwang gewesen, ihn anzurufen, und er hatte dabei so etwas wie einen Triumph verspürt. Der würde noch größer werden, wenn er erst einmal in Argentinien am Sandstrand von Pinamar lag und an den Kommissar dachte.

Mit der Erbschaft der Eltern hätte er sich gerne gemeinsam mit Helena ein schönes Leben gemacht, aber auf materielle Dinge hatte sie sowieso keinen großen Wert gelegt. Zuletzt hatte sie in einer Traumwelt gelebt und war noch anfälliger für den esoterischen Unfug geworden. Er hatte allen, die an ihrem Absturz schuld waren, eine Lektion erteilt. Nur Reinke war verschont geblieben. Aber der war gestraft genug. Wahrscheinlich würde er sich irgendwann vor Kummer totsaufen. Es lohnte sich nicht, einen weiteren Gedanken an ihn zu verschwenden.

Er hörte bereits das Rauschen des Priels. Er leuchtete mit der Taschenlampe auf seine Armbanduhr. Perfektes Timing! Bald würde das Wasser ansteigen. Dann wurde es brenzlig für ihn. Für das Miststück Petra Hinrichsen lief die Uhr in wenigen Minuten ab. Das geschah ihr recht. Ohne ihren negativen Einfluss wäre Helena noch am Leben.

Der Schein seiner Taschenlampe wanderte über die Wattfläche zum Priel. Wo war das Boot geblieben? Es hätte unmittelbar vor ihm liegen müssen. Er war exakt seiner eigenen Spur gefolgt. Ein Irrtum war ausgeschlossen. Sofort beschlich ihn ein ungutes Gefühl. Er schwenkte die Lampe in alle Richtungen, ohne Rücksicht auf die Gefahr, entdeckt zu werden. Das Boot war nirgends zu sehen. Es musste abgetrieben sein. War der Motor ausgefallen? Das Wasser lief auf, also musste es Richtung Festland gedriftet sein. Er rief laut nach seinem Stiefbruder. Keine Antwort. Er trat bis an die Prielkante heran. Der Strom war bereits angestiegen. Ihm lief ein Schauer über den Rücken. Er hatte gesehen, wie Dieter den Anker geworfen hatte. Der Kahn konnte also nicht abgetrieben sein. Aber dann wäre – nein, das wollte er sich nicht vorstellen. Erneut rief er nach seinem Stiefbruder. Seine Rufe blieben ohne Antwort.

Plötzlich traf ihn die Erkenntnis wie ein Faustschlag. Er hatte ihm alle Vollmachten über das Vermögen erteilt, im Vertrauen darauf, dass Dieter die Dinge wie besprochen regelte. Alles hatte er in einer detaillierten Checkliste so beschrieben, dass es auch der Dümmste kapierte. Einige Angelegenheiten, bei denen er nicht in Verdacht geraten konnte, hatte er schon selbst geregelt. Sobald er im Ausland angekommen war, sollte

Dieter alles andere erledigen. Niemand käme auf die Idee, ihn zu beschuldigen. Und falls doch, erwartete ihn eine geringe Strafe, einen Helfer, der nicht wusste, worauf er sich eingelassen hatte. Bisher hatte Dieter immer das getan, was er ihm auftrug. Darauf war stets Verlass gewesen. Und jetzt? Hatte er die Gelegenheit genutzt, um das ganze Vermögen einzusacken?

Er schrie seine Wut laut heraus. Mitten in der Nacht stand er im endlosen Watt und erwartete die Flut. Der kürzeste Weg zur Küste führte durch das reißende Wasser des Priels. Selbst wenn es ihm gelang, den Strom zu durchschwimmen, wäre der Weg bis zum rettenden Ufer zu weit. Und doch gab es keine andere Möglichkeit.

Er hörte das Geräusch eines Helikopters. Man war auf der Suche nach ihm und nach der Hinrichsen. Kurz überlegte er, Lichtzeichen zu geben. Stattdessen schaltete er die Taschenlampe aus. Ein Leben lang im Gefängnis zu verbringen war keine Option. Lieber würde er sterben. Aber er hatte die Hoffnung nicht begraben, dass sich alles zum Guten wendete. Mit Dieter würde er schon fertigwerden. Daran hatte er nicht den geringsten Zweifel. Doch zunächst einmal musste er der tödlichen Flut entkommen.

Der Helikopter kam näher, flog fast über ihn hinweg und entfernte sich wieder. Die Polizei hatte keine Chance, ihn zu entdecken, und die Hinrichsen noch weniger. Der Schlitten, den er zurückgelassen hatte, war schwarz gestrichen und ganz sicher auch nicht im Dunkeln auszumachen. Ihr Kopf war vermutlich bereits unter Wasser. Ihre Leiche würden sie, wenn überhaupt, erst am Tag finden.

Er schnallte den Rucksack ab. Den brauchte er nicht mehr. Auch die Taschenlampe würde ihn beim Schwimmen behindern. Falls er die andere Seite des Priels erreichte, konnte er dem Licht folgen, das nach seiner Einschätzung von der Hallig Hooge kam. Er zog Jacke und Leinenschuhe aus. Noch konnte er sich nicht zu dem waghalsigen Sprung in den Strom durchringen. Aber jede verflossene Minute senkte seine Überlebenschancen. Das Tagebuch! Er musste es unbedingt mitnehmen. Es war nicht groß und passte in seine Jeanstasche. Nachdem er es aus dem Rucksack geholt und eingesteckt hatte, sprang er ins eiskalte Wasser. Er war kein guter Schwimmer und spürte sofort die Strömung. Sie zog ihn in die Mitte des Priels. Gegen sie anzuschwimmen war sinnlos. Er musste sich treiben lassen und dabei in einem flachen Winkel dem gegenüberliegenden Ufer zustreben.

Die Strategie ging auf. Er erreichte die Prielkante und konnte sich dort emporhangeln. Als er wieder auf seinen Beinen stand, zitterte er vor Kälte und Angst. Er sank tief in den Untergrund ein und konnte sich nur mit Mühe fortbewegen. Aber er musste weg vom Gezeitenstrom. Das Meerwasser reichte ihm bereits bis zu den Waden, und der Weg bis zum Licht war weit.

Für einen Moment dachte er an sein Opfer, das er in einer aussichtslosen Lage zurückgelassen hatte. Fühlte er so etwas wie Reue, oder war es die eigene Furcht, die ihn nachdenklich werden ließ? Der Anflug schlechten Gewissens verflüchtigte sich schnell. Jetzt musste er um sein eigenes Überleben kämpfen. Er verfluchte seinen Stiefbruder. Niemals hätte er ihm so etwas zugetraut. Gut behandelt hatte er ihn nicht immer. Seit Dieter nach dem Knastaufenthalt zu ihm gezogen war, hatte es oft Konflikte gegeben. Dabei hatte er seine geistige Überlegenheit ausgespielt und war letztendlich stets als Sieger hervorgegangen. Aber das war doch kein Grund für diesen hinterlistigen Mordanschlag.

***

Petra Hinrichsen wollte nicht aufgeben. Sie wollte leben. Die einzige Möglichkeit, die ihr blieb, war, weiter um Hilfe zu rufen. Aber die Lichter von den Inseln oder dem Festland schienen zu weit weg zu sein, als dass sie gehört werden konnte. Wobei sie nicht sehen konnte, was hinter ihr lag.

Immer wieder spülten die Wellen salziges Wasser in Mund und Nase. Manchmal spie sie es wütend aus, ein anderes Mal schluckte sie es trotzig hinunter, um anschließend sofort wieder verzweifelt zu schreien. Plötzlich mischte sich ein Brummen in ihre Schreie, das an- und abschwoll. Zuerst war es kaum zu vernehmen, dann wurde es deutlicher. Sie war für jedes Geräusch dankbar, zeugte es doch davon, dass sie in den Weiten des Meeres nicht allein war. Der Ton, der näher kam, klang nach Hoffnung. Ein Helikopter! Kein Zweifel! Man war auf der Suche nach ihr! Sie versuchte, ihren Hals in die Richtung zu recken, aus der das Wummern drang. Sehnsüchtig wünschte sie sich, das Licht eines Scheinwerfers zu entdecken. Doch es blieb dunkel. Zu ihrem Entsetzen entfernte sich das Brummen wieder.

»Hier bin ich!«, rief sie aus heiserer Kehle.

Petra musste nun Kopf und Schultern anheben, um nicht zu ertrinken. Lange würde sie das nicht durchhalten. Wo, verdammt noch mal, war das Geräusch geblieben? Als hätte der Himmel sie erhört, tauchte es wieder auf, zuerst leise, dann lauter und schließlich ohrenbetäubend schön. Ein Scheinwerfer war auf sie gerichtet. Gerne hätte sie den Rettern zugewinkt, wenn es ihr möglich gewesen wäre. Petra schloss die Augen und ließ ihren Kopf erleichtert ins Wasser sinken. Es wirkte plötzlich wie eine kalte Dusche, die ihre Lebensgeister erweckte. Erneut richtete sie sich, so weit sie konnte, auf. Sie sah, wie Männer in gelben Anzügen zu ihr heruntterglitten und auf sie zukamen. Einer von ihnen schob ihr etwas unter den Nacken. Dann begannen die beiden, sie auszugraben. Dabei gingen sie behutsam vor, um sie nicht zu verletzen. Nach einer Viertelstunde hatten sie Petra aus dem Schlick befreit. Noch an Händen und Füßen gefesselt, wurde sie in einem Rettungskorb zum Helikopter hochgezogen.

***

Die Liebe zu Helena hatte ihn in die verfluchte Lage gebracht. Er sackte immer noch weit in den Schlick ein, sodass er nur langsam vorankam. Mehrmals fiel er und tauchte in das inzwischen knietiefe Wasser. Das Licht in der Ferne rückte nicht näher. Er konnte sich nicht einmal sicher sein, dass es künstlichen Ursprungs war. Es konnte ebenso ein Stern oder ein Planet sein, der sich am Horizont zeigte. Er lachte verbittert. Vielleicht nahmen Mars, Venus, Jupiter oder Saturn Rache an ihm, weil er nicht an ihren Einfluss auf das Erdgeschehen glaubte.

Der glatte Untergrund brachte ihn erneut zu Fall. Diesmal schluckte er Salzwasser. Er spuckte es wieder aus, und als er sich wieder aufgerappelt hatte, bemerkte er, dass ihm das todbringende Nass bis zu den Oberschenkeln reichte. Bald musste er schwimmen. Doch das würde er nicht lange durchhalten, sondern vorher an Unterkühlung sterben. Hätte er nur seine Taschenlampe nicht fortgeworfen. Er hätte damit SOS funken können. Sie zurückzulassen war ein Fehler gewesen.

Aber der größte Fehler in seinem Plan war es, seinem Stiefbruder zu vertrauen. Es wäre so einfach gewesen, sich gegen die Schandtat abzusichern. Eine Unebenheit zog ihn in die Tiefe. Verzweifelt paddelte er mit den Händen, bis er wieder schlammigen Boden unter den Füßen spürte. Das Wasser reichte ihm nun bis über die Gürtellinie. Es bremste ihn, und seine Schritte wurden immer kürzer. Er wusste, dass er den Kampf gegen die Flut verloren hatte.

40

Der erlösende Anruf kam um fünf Uhr. Petra Hinrichsen lebe und sei auf dem Weg ins Krankenhaus. Vom Täter fehle allerdings jede Spur. Flottmann schloss die Augen. Nicht vor Müdigkeit, sondern weil er erleichtert war. Die Nachricht musste er erst einmal verdauen. Eigentlich hätte er in Jubel ausbrechen müssen, aber dazu fehlte ihm die Kraft. Seine Erschöpfung war psychischer Art. Einen Mörder zu fassen war eine Sache, einen Mord zu verhindern eine ganz andere. Das war sozusagen die Königsdisziplin eines Ermittlers. Erneut hatte Gerber den entscheidenden Hinweis geliefert. Aber Flottmann war auch mit Hilgersen und sich zufrieden. Beide hatten wieder einmal gezeigt, dass sie ein gutes Team waren. Noch waren der Täter und sein Komplize unbekannt. Doch jetzt gab es eine weitere Zeugin und zahlreiche neue Ansatzpunkte. Flottmann war sich sicher, dass die Aufklärung kurzfristig gelingen würde. Die Soko war am Zuge.

Er rief Lena und anschließend Leon Gerber an. Der Musiker hatte nicht geschlafen, sondern war damit beschäftigt gewesen, seine Wasserstandsvorhersage immer und immer wieder zu verifizieren. Auch ihm fiel vermutlich ein riesiger Brocken vom Herzen, als er die gute Nachricht erfuhr.

Flottmann hätte nach Hause gehen können. Aber das Adrenalin in seinen Adern hätte ihn am Schlaf gehindert. Außerdem genoss er es, die Anspannung zusammen mit Hilgersen abklingen zu lassen. Sie unterhielten sich, bis die Bürotür geöffnet wurde und Silke Amsel hereinkam. Die Mittvierzigerin trat etwas burschikos auf, war aber nicht unattraktiv und erledigte so ziemlich alle anfallenden Arbeiten. Nur zu gewissen Tätigkeiten, die »unter ihrem Niveau« waren, ließ sie sich nicht überreden. Silke Amsel war offensichtlich erstaunt, dass Flottmann bereits im Büro war. Sie legte eine Akte auf seinen Schreibtisch.

»Das soll ich dir vom Dienststellenleiter geben. Ein weiterer Enkeltrickbetrug hier in Husum.« Sie sah ihn prüfend an. »Dein grüner Pullover sieht wie eine Pyjamajacke aus und passt so gar nicht zur blauen Jeans. Na ja, Geschmack hast du ja noch nie gehabt.«

»Von Mode verstehst du nichts, Silke. Mein Outfit ist der letzte Schrei. Gustav findet es auch gut.«

»Ach ja?«

Hilgersen nickte.

»Die wirre Frisur und die Bartstoppeln in deinem Gesicht gehören wohl auch dazu.«

»Hm, nicht schlecht beobachtet. Du hättest zur Polizei gehen sollen.«

»Mach dich nur lustig über mich.«

»Das liegt mir fern. Die Wahrheit ist, dass wir die Nacht durchgearbeitet haben, Gustav und ich. Wir sind ziemlich groggy und brauchen eine Stärkung. Würdest du für uns eine Ausnahme machen?«

»Die wäre?«

»Wir hätten gerne einen starken Kaffee, vielleicht mit einem Schuss Rum.«

Silke Amsel holte tief Luft. Flottmann erwartete, dass sie zu ihrer üblichen Belehrung ansetzte. Kaffee zu kochen gehöre nicht zu ihren Aufgaben. Und unter Anleitung seien auch Männer in der Lage, einfache Tätigkeiten zu verrichten. Aber zu seiner Überraschung sagte sie: »Okay. Alle Indizien sprechen dafür, dass ihr eine anstrengende Nacht hinter euch habt. Ich bringe euch den Kaffee. Aber das ist wirklich eine Ausnahme. Und sagt es niemandem weiter. Sonst kommen auch noch die anderen Kollegen damit an.« Bei den letzten Worten hatte sie bereits das Büro verlassen.

»Manchmal kannst du ja doch mit Frauen umgehen«, sagte Hilgersen.

»Wie wir wissen, reiche ich an dich nicht heran, Gustl.«

Silke Amsel kehrte nach wenigen Minuten zurück und

überreichte ihnen jeweils eine große Tasse mit dampfendem Kaffee. Geruch und Geschmack bestätigten, dass sie mit Rum nicht gegeizt hatte. Alkohol war in der Dienststelle natürlich verpönt. Aber für besondere Anlässe bewahrte »die Amsel«, wie sie alle nannten, stets eine Flasche in einem sicheren Versteck auf.

***

Dieter Ribbmeister hatte den Helikopter gehört und das Scheinwerferlicht gesehen. Offenbar war man auf der Suche nach ihm und seinem Stiefbruder. Deshalb war es zu gefährlich, den Husumer Hafen anzulaufen. Es galt, einen unverdächtigen Ort zum Anlegen zu wählen, irgendwo abseits des Fahrwassers. Dazu musste aber die Flut weit genug aufgelaufen sein. Also wartete er eine weitere Stunde, bis er das flache Boot nahe ans Ufer steuern konnte. Dort ließ er es zurück, lief den Rest des Weges durch das Watt und erreichte schließlich unbemerkt eine Stelle an Land nordwestlich von Hockensbüll. Von dort aus lief er nach Husum. Den Transporter hatte er in der Nähe des Schlossparks abgestellt, nachdem sie die Kiste an Bord gebracht hatten. Auf dem Hafengelände hätte das Fahrzeug jemandem auffallen können. Die Vorsichtsmaßnahme erwies sich jetzt als Vorteil.

Den Entschluss, mit dem Boot abzuhauen, hatte er spontan gefasst. Die Gelegenheit war einfach zu verlockend gewesen. Er hatte nicht widerstehen können. Sein Stiefbruder hatte ihn lange genug schikaniert. Jetzt trieb er als Leiche in der Nordsee. Die Fische sollten ihn fressen! Keine Träne weinte er ihm nach. Immer hatte er ihn um Geld anbetteln müssen. Damit war nun endgültig Schluss. Peter hatte ihn ausgenutzt und rumkommandiert, wenn es am Haus etwas zu reparieren gab und Besorgungen zu erledigen waren. Und immer hatte er damit gedroht, ihn auf die Straße zu setzen, wenn er nicht spurte. Denn das Haus gehörte Peter.

Dieters Mutter hatte nach der Scheidung einen vermögenden Anwalt kennengelernt und geheiratet. Aus dieser Ehe stammte Peter. Bei seiner Geburt war Dieter sechs Jahre alt. Von da an hatte sich alles nur noch um Peter gedreht. Er war der Liebling gewesen, dem alles glückte und der immer wusste, wo es langging. Schade, dass seine Eltern nicht mehr erlebten, wie ihr Liebling zum Mörder wurde. Beide waren vor Jahren bei einem Autounfall ums Leben gekommen. Peter hatte dabei wohl nicht die Finger im Spiel gehabt, auch wenn es ihm zuzutrauen war. Aber Dieter war sich sicher, dass er zumindest seine erste Frau vorsätzlich und nicht im Streit getötet hatte. Das Gericht hatte es dank Peters Anwalt anders gesehen. Nach dem Prozess hatte er eine Stelle im Norden angenommen und von der Erbschaft das Haus gekauft. Dieter war mit einer lächerlichen Summe abgespeist worden. Auch seine zweite Frau und den Sohn hatte Peter vergrault.

Immer hatte Dieter den Kürzeren gezogen. Aber nun wendete sich endlich das Blatt. Er lachte hämisch. »Wer von uns beiden ist jetzt der Depp? Du oder ich? Du Idiot bist in deine eigene Falle getappt. Ich bin unschuldig. Ich hab nur das Boot weggefahren. Mehr hab ich nicht getan.«

Er benötigte fast eine Dreiviertelstunde für den Weg bis zum abgestellten Transporter. Auch der gehörte jetzt ihm. Alles gehörte ihm. Er musste nur noch einige Formalitäten erledigen. Peter, der sich für so schlau gehalten hatte, hatte ihn mit umfangreichen Vollmachten ausgestattet, ihm die Passwörter zu den Konten aufgeschrieben und die Zahlenkombination für den Tresor verraten.

Zu Hause angekommen, nahm er sich eine Flasche Bier aus dem Kühlschrank und machte es sich im Wohnzimmer gemütlich. Im Fernsehen lief im Nachtprogramm ein Thriller, den er bereits kannte. Schlafen konnte er noch nicht. Er wurde das Gefühl nicht los, sein Stiefbruder könnte jeden Moment zur Tür hereinkommen. Unterwegs hatte er sich sogar eine Ausrede für den unwahrscheinlichen Fall zurechtgelegt. Der

Tank sei leckgeschlagen, und das Boot sei von der Strömung mitgerissen worden. Oder so ähnlich. Erst gegen Morgen ging er ins Bett. Peter würde nicht zurückkehren.

Doch er schlief schlecht. Dass er seinen Stiefbruder auf dem Gewissen hatte, war nicht der Grund. So wie der ihn die ganzen Jahre behandelt hatte, hatte er die Strafe verdient. Vielmehr beschäftigte ihn, was er alles erledigen musste. Das Schwierigste würde der Verkauf des Hauses werden. Peter hatte ihm auch dafür Anweisungen erteilt. Aber die Abwicklung würde dauern, und die Gefahr, dass die Polizei auf ihn aufmerksam wurde, stieg. Wenn man Peters Leiche fand, würden die Kriminalbeamten kommen und ihn vernehmen. Er war sich nicht sicher, ob er deren Verhörmethoden gewachsen war. Vielleicht sollte er einfach nur die Konten plündern, die Aktien verkaufen und sich dann ins Ausland absetzen. Vielleicht konnte er sogar Peters Flugticket benutzen, das im Kellersafe lag. Darin befand sich auch alles andere, die Zugangsdaten für die Konten und die Vollmachten. Peter hatte alles genau vorbereitet. Nur hatte er sich natürlich alles anders vorgestellt. Dieter konnte sich ein Grinsen nicht verkneifen.

Seine innere Unruhe hielt ihn wach. Er zog sich an, begab sich in die Küche und kochte sich einen starken Kaffee. Nach einem Schluck stellte er die Tasse auf die Arbeitsplatte zurück. Er murmelte die Zahlenkombination des Tresors vor sich hin. Darin würde er alles finden, was er brauchte, um sich ein angenehmes Leben einzurichten, inklusive eines Batzens Bargeld. Die Kombination hatte er auswendig gelernt. In den Ziffern war Peters Geburtsdatum enthalten, sodass er sich nur vier weitere Zahlen hatte merken müssen.

Ihn beschlich ein ungutes Gefühl. Kam nach dem Datum 2332 oder 3223? Oder war es vielleicht …? Nein, es war definitiv die erste Variante. Er ging hinunter in den Kellerraum, in dem allerlei Gerümpel aufbewahrt wurde, und tippte die Kombination in das Tastenfeld. Aber der Tresor ließ sich nicht öffnen. Augenblicklich bildeten sich Schweißperlen auf seiner

Stirn. Es galt, Ruhe zu bewahren. Er schnappte sich einen der ausrangierten Gartenstühle, setzte sich vor den Geldschrank und probierte eine Variante nach der anderen aus. Vergeblich. Das konnte einfach nicht wahr sein! Schließlich nahm er sich ein Blatt Papier, notierte alle möglichen Kombinationen und probierte sie aus. Nach über einer Stunde war er sich sicher, dass sein Stiefbruder den Code geändert hatte. Dieter stieß alle Flüche aus, die ihm spontan einfielen. Dieser Mistkerl hatte ihn gelinkt und ihm sein Vertrauen vorgegaukelt. In Wirklichkeit hatte er abwarten wollen, ob alles nach Plan verlief. Vielleicht hatte er sogar vorgehabt, ihm die richtige Zahlenkombination erst zu verraten, wenn er im Ausland angekommen war. Es war nicht einmal auszuschließen, dass Peter das Vermögen nur als Lockmittel für seine Dienste benutzt und gar nicht vorgesehen hatte, es zu teilen. Seinen eigenen Tod hatte er natürlich nicht eingeplant.

Dieter schlug mit der Faust gegen den Wandtresor, der laut seinem Bruder absolut aufbruchsicher war. Ohne fremde Hilfe würde er ihn nicht knacken können. Leider kannte er niemanden, der dafür in Frage kam. Bei einem seiner Einbrüche hatte er versucht, ein billiges Exemplar zu öffnen. Nicht einmal das war ihm gelungen. Auch in den zwei Jahren Knastaufenthalt wegen einschlägiger Delikte hatte er keine Kontakte mit Insassen geknüpft, die er anrufen konnte. Das Öffnen mit einem Schweißgerät, so wie man das in alten Filmen sah, funktionierte mit den modernen Tresoren nicht. Es war verflixt. Dieter lief nervös im Kellerraum auf und ab. Wie viel Zeit würde ihm noch bleiben, bis die Polizei auftauchte? Er hatte keine Antwort auf die Frage. Sie hing davon ab, wann man die Leiche seines Bruders fand. Das konnte in wenigen Stunden sein, in Tagen, Wochen oder Monaten. Vielleicht fand man sie auch nie.

Nach dem Knast hatte sein Stiefbruder ihn aufgenommen, allerdings hatte Dieter teuer dafür bezahlt, mit Erniedrigungen und Schindereien. Aber er hatte es ertragen müssen. Nach der

Entlassung aus dem Gefängnis hatte er keine Anstellung als Lagerarbeiter mehr gefunden und war von seinem Stiefbruder finanziell abhängig gewesen.

Lebte der Tyrann vielleicht noch? Das Wasser musste ihm bereits bis zum Hals stehen. Genau konnte er es nicht abschätzen. Im Grunde war ihm das egal, wenn da nicht eine Idee in seinem Kopf aufgetaucht wäre. Er stellte sich vor, er würde zu dem Ort zurückkehren, an dem er ihn abgesetzt hatte. Vielleicht würde er ihn noch lebend vorfinden, und wenn Peter das Wasser buchstäblich bis zum Hals stand, rückte der Schuft ganz bestimmt die richtige Zahlenkombination heraus. Aber es war zu spät. Er müsste zu seinem Boot, das er nicht einmal verankert hatte, zurücklaufen oder aber ein anderes stehlen. Das alles würde zu lange dauern, ganz abgesehen von der Suche nach seinem Stiefbruder. Der Plan war gut, aber aus zeitlichen Gründen zum Scheitern verurteilt.

***

Er war weit gelaufen, aber das Licht, das er angepeilt hatte, kam nicht näher. Es war weiter am Horizont hinaufgestiegen, was nur bedeuten konnte, dass es von einem Himmelskörper stammte. Dafür sprach auch die rötliche Färbung. Dennoch lief er dem Irrlicht störrisch entgegen. Dabei ruderte er mit den Händen, um sein Tempo zu erhöhen oder das Gleichgewicht wiederzuerlangen, wenn er ins Schlingern geriet. Die Nässe und Kälte machten ihm zu schaffen. Wäre es Winter gewesen, wäre er längst an Unterkühlung gestorben. Aber so verlängerte die milde Lufttemperatur seinen Todeskampf und bestrafte ihn für das, was er getan hatte. Hier, abseits aller Wattwanderungsrouten, gab es nicht einmal Rettungsbaken, auf denen er sich in Sicherheit bringen konnte.

Der Hubschrauberlärm war schon lange verstummt. War es den Rettungskräften gelungen, die Hinrichsen lebend zu bergen? Ausschließen konnte er es nicht. Im Grunde war es ihm egal. Letztendlich hatte er beabsichtigt, ihr und den anderen eine Lektion zu erteilen, was ihm ganz sicher gelungen war, auch wenn er es mit dem Leben bezahlte.

Wieder musste er an Helena denken. Sie war freiwillig ins Meer gegangen. Wie hatte sie das nur tun können? Wie hatte sie ihm das antun können? Ihr Tagebuch verriet Anhaltspunkte für ihre Beweggründe. Trotzdem verstand er es nicht. Sie hatte ihrer Tochter nah sein wollen und hatte geglaubt, den Prophezeiungen der Astrologinnen trauen zu können. Was für ein Irrsinn! Er schlug mit der flachen Hand auf das Wasser. Und nun würde ihn der gleiche Tod wie sie ereilen. Er sah ihr Gesicht vor sich. Sie schenkte ihm ein Lächeln, auf ihre unverwechselbare kindliche Art.

Ein Geräusch lenkte seine Aufmerksamkeit von den inneren Bildern ab. Es klang, als würde Metall auf Metall schlagen, und kam von weit her. Sein Unterbewusstsein ließ sein Herz stocken, noch bevor er ahnte, was die Töne zu bedeuten hatten.

41

Im ersten Streulicht der aufgehenden Sonne erblickte er die Konstruktion. Er war dem metallischen Geräusch entgegengeschwommen und konnte kaum glauben, was er sah. Vor ihm schaukelte ein Floß auf den Wellen. Darauf befand sich ein Galgen mit einer Glocke. Das Tau der Aufhängung hatte sich um den senkrechten Pfahl des Galgens gewickelt, sodass sie nicht mehr frei schwingen konnte. Dadurch wurde der Ton gedämpft. Er wusste sofort, worum es sich handelte. Es war Reinkes Werk. Rungholts Glocke! Und er wusste, dass das Floß seine Rettung bringen konnte.

Halb lief er, halb schwamm er darauf zu. Und nach mehreren Versuchen gelang es ihm, sich mit letzter Kraft auf die Holzbalken zu hieven. Mit den Fingern krallte er sich fest, obwohl das Wasser seicht war und keine Gefahr bestand, dass der Seegang ihn von Bord spülte. Erst langsam begriff er, welch unglaublicher Zufall ihm den wertvollen Untersatz geschickt hatte. Und ausgerechnet Markus Reinke bewahrte ihn damit womöglich vor dem Ertrinken. Es gab diese unwahrscheinlichen Zufälle, die eigentlich gar keine waren, sondern das Ergebnis einer Kette von Ereignissen. War das Ergebnis ohne Bedeutung, vergaß man den Vorfall. Hatte es aber gravierende Auswirkungen, war man überrascht und speicherte das Mysterium im Gedächtnis ab. Ähnlich war es mit Prophezeiungen und astrologischen Deutungen. Trafen sie zu, behielt man sie in Erinnerung. Im anderen Fall vergaß man sie sofort. Auf die Art verstärkte sich der Glaube daran. So war es auch Helena ergangen.

Den Zufall, der ihm das Floß beschert hatte, würde er ganz bestimmt nicht vergessen. Klamm vor Kälte blieb er noch eine Zeit lang regungslos auf den nassen Balken liegen, durch die das Wasser periodisch schwappte. Dann setzte er sich auf und lehnte sich mit dem Rücken an den Mast des Galgens. Er hätte jetzt mit der Glocke auf sich aufmerksam machen können. Aber das kam für ihn nicht in Frage. Die Aussicht, heil aus der Sache herauszukommen, ohne im Gefängnis zu landen, war urplötzlich sprunghaft gestiegen. Er verweilte mehrere Minuten an seinem Platz. Sein Blick fiel auf eine verrostete Kette. Ganz sicher befand sich an deren Ende ein schwerer Gegenstand. Als er genügend Kraft geschöpft hatte, kroch er auf allen vieren zu der Stelle, an der die Kette aus dem Wasser ragte. Kniend und mit beiden Händen zog er sie Stück für Stück empor, bis ein mickriger Anker auftauchte, der ursprünglich vermutlich dekorativen Zwecken gedient hatte. Jetzt war das Floß frei, und Flut und Wind würden ihn Richtung Küste treiben. Mit etwas Glück hatte er schon bald wieder festen Boden unter den Füßen.

Und dann? Der ursprüngliche Plan war geplatzt. Auf seinen Stiefbruder konnte er sich nicht mehr verlassen, und es war nur eine Frage der Zeit, bis die Polizei vor der Tür stand. Zwar hatten er und Helena ihre Beziehung immer geheim gehalten, aber trotzdem würde man bald auf ihn kommen und ihn unter die Lupe nehmen. Mit dem Anruf bei Flottmann hatte er einen Fehler gemacht. Doch in der Nacht war er fest davon ausgegangen, dass er bereits einen Tag später im Flugzeug nach Argentinien sitzen würde.

Sein Stiefbruder war zu einer unkalkulierbaren Gefahr geworden. Ihm fielen zwei Lösungen des Problems ein. Einfach waren beide nicht. Doch bevor er neue Pläne schmiedete, musste er erst einmal das Festland erreichen. So schnell das Wasser auch angestiegen war, so langsam schien das Floß dahinzutreiben. Aber immerhin driftete es mit der Flut tatsächlich Richtung Küste, die bereits im Morgenlicht zu sehen war. Wenn ihn nicht alles täuschte, erhob sich das Silo von Süderhafen in der Ferne. Süderhafen auf der Halbinsel Nordstrand. Auch die Engelmühle konnte er erkennen. Das war mehr als sechs Richtige im Lotto! Wenn er es bis dorthin schaffte, fand er leicht einen Weg nach

Hause. So schmutzig und abgekämpft, wie er war, konnte er natürlich kein Taxi nehmen oder trampen. Notfalls musste er die geschätzten fünfzehn Kilometer zu Fuß zurücklegen.

Er kam sich wie ein Schiffbrüchiger vor, allein auf einer Rettungsinsel im Ozean. Doch Land war in Sicht, und seine Chancen stiegen von Minute zu Minute. Die Strömung würde ihn kaum bis ans Ufer bringen. Aber wenn das Wasser flach genug war, konnte er die letzte Wegstrecke laufen. Vielleicht müsste er auch ein Stück schwimmen. Er hatte genug Kraft getankt, und sein Überlebenswille war stark, nicht zuletzt gestärkt durch die unbändige Wut auf seinen Stiefbruder. In Gedanken erwürgte er ihn mit bloßen Händen und stach ihm ein Küchenmesser ins Herz. Ob er das wirklich fertigbrachte, wusste er nicht. Verdient hätte der Verräter es allemal. Aber warum mischten sich Skrupel in seine Wut? Hatte die Gefühlsregung etwas mit seiner wundersamen Rettung zu tun?

Die letzte halbe Stunde hatte er sitzend und an den Galgen gelehnt verbracht. Das Meer war immer noch ruhig, und trotz Unterkühlung machte es ihm nichts aus, dass ihn ab und zu kleine Wasserfontänen trafen, die zwischen den Balken emporschossen. Nun konnte er nichts weiter tun, als eine günstige Stelle für den Landgang abzuwarten. Er griff in seine Gesäßtasche, zog die durchsichtige Plastiktüte mit dem Tagebuch hervor und las den letzten Eintrag.

Helenas Tagebuch, 26. November

Der Abend mit BB war so unvergleichlich schön, dass ich doch noch etwas in mein Tagebuch schreiben muss, bevor ich es verstecke. Wir haben den ganzen Abend interessante Gespräche geführt. Jetzt liege ich hier im Bett, und in einer halben Stunde werden wir mit Sekt auf meinen Geburtstag anstoßen. Ich bin glücklich. Es ist alles gut. BB, ich liebe dich über

Helena hatte den Satz nicht zu Ende geschrieben. »Ich liebe dich über alles«, musste er lauten. Da war er sich sicher. Vielleicht auch »Ich liebe dich über alles in der Welt«. Sie musste den Eintrag verfasst haben, als er im Bad gewesen war. Dann hatte sie das Tagebuch in die Schublade des Nachttischs gelegt, unter einen Stapel bedeutungsloser Papiere. Er hatte es erst viel später entdeckt.

Warum hatte das Schicksal ihm nicht einen Wink gegeben? Hätte er das Heft rechtzeitig gefunden, wäre alles ganz anders gekommen. Schicksal? Er hasste das Wort, weil es Unabänderlichkeit ausdrückte. Schicksal bedeutete, dass man keinen Einfluss nehmen konnte. Das war trügerisch, ja, geradezu betrügerisch. Es suggerierte, dass es sinnlos war, sich dagegen zu wehren. Man musste sich mit dem Lauf der Dinge abfinden. Eine gefährliche Einstellung, fand er. Zufälle gab es. Auch außergewöhnliche wie das Floß, das sich ihm im richtigen Augenblick gezeigt hatte. Eine Vorhersehung oder von Gott geschickt war es aber nicht. Er klappte das Tagebuch zu, verpackte es wieder in die Tüte und steckte es ein.

Hin und wieder gab die Glocke unterdrückte Laute von sich. Um das Risiko der Entdeckung zu minimieren, musste er sie zum Schweigen bringen. Also stand er auf, löste sie vom Seil und warf sie ins Meer. Gerne hätte er sie als Andenken an die wundersame Rettung behalten, aber er konnte sie natürlich nicht bis nach Hause transportieren. Ein Mann in dreckiger Kleidung mit einer Glocke in Händen wäre garantiert aufgefallen. Er grinste bei der Vorstellung.

Es kam der Zeitpunkt, an dem sich das Floß kaum noch mit der Strömung fortbewegte. Der Wind schob es zwar weiter auf die Küste zu, aber zu langsam, um abzuwarten. Mit Hilfe der Ankerkette maß er die Tiefe des Wassers. Sie betrug zwei Meter. Er müsste somit schwimmen, bevor er Boden unter den Füßen bekam. Dabei schien das Ufer zum Greifen nah. Aber auf dem Meer ließen sich Entfernungen nur schwer abschätzen.

Es war inzwischen hell geworden. Noch schliefen die meisten Bewohner der Halbinsel, und er hatte gute Chancen, unerkannt zu bleiben. Kurz entschlossen sprang er von Bord und tauchte in das kalte Wasser ein.

42

Stundenlang hatte sich Dieter Ribbmeister abgemüht, den Tresor zu öffnen. Er kehrte ins Wohnzimmer zurück, lief rastlos auf und ab und dachte nach. Wenn sein Stiefbruder lediglich die Zahlen des Geburtsdatums ausgetauscht hatte, bestand vielleicht doch noch die Möglichkeit, die richtige Zahlenkombination herauszufinden. Wenn es nicht Peters Geburtsdatum war, dann konnte es vielleicht sein eigenes sein. Was zunächst unwahrscheinlich anmutete, hätte zu Peter gepasst. Es wäre eine weitere Demütigung gewesen, ihn auf die Weise zum Narren zu halten.

Kaum war der Gedanke geboren, eilte Ribbmeister erneut in den Kellerraum, in dem der Tresor stand. Hektisch gab er die neuen Ziffern ein. Vergeblich. Erneut zog er seine Aufzeichnung über die in Frage kommenden Kombinationen hervor und probierte alle Varianten durch. Aber ohne Erfolg. Es wäre wohl zu einfach gewesen.

Aber er hatte die Idee mit dem Datum noch nicht aufgegeben. Helena! Sein Stiefbruder war von der Frau so besessen gewesen. Darum lag es nahe, dass er ihren Geburtstag gewählt hatte. Doch den kannte er nicht. »Verdammt!«, schrie er und trat gegen den Gartenstuhl, sodass das Holz splitterte und das Gestell zusammenbrach.

Je länger er nachdachte, desto logischer schien ihm seine Idee. Er musste ihr Geburtsdatum herausbekommen. Doch er kannte nicht einmal ihren Nachnamen. Falls Peter ihn erwähnt hatte, war er ihm entfallen. Vielleicht stand er auf einem ihrer Briefe oder einer Notiz. Dieter Ribbmeister stieg die Treppe hinauf und durchsuchte den Schrank im Flur, das Sideboard im Wohnzimmer und schließlich den Schreibtisch im Arbeitszimmer seines Stiefbruders. Dort fand er endlich einen Zettel mit ihrem vollen Namen und ihrer Mobilfunknummer, mit der er jedoch nichts anfangen konnte. Aber mit ihrem Nachnamen kam er weiter. Eine Möglichkeit war es, ihren Grabstein zu suchen, auf dem wahrscheinlich Geburts- und Todestag eingraviert waren. Aber er wusste nicht, auf welchem Friedhof sie begraben lag. Die Suche wäre langwierig, und die Zeit lief gegen ihn. Sobald man Peters Leiche fand, war das Spiel aus. Dann war alles verloren. Dabei ging es nicht nur um das Geld. Schnell würde die Polizei seine Mittäterschaft herausfinden. Da machte er sich keine großen Illusionen.

Er musste also Helenas Ehemann anrufen und unter irgendeinem Vorwand ihr Geburtsdatum erfragen. Mühelos ermittelte er dessen Festnetznummer.

Ribbmeister legte sich eine Strategie zurecht und rief Reinke an. »Hansen, von der Versicherung. Guten Morgen, Herr Reinke.«

»Guten Morgen. Von welcher Versicherung?«

»Die Lebensversicherung Ihrer verstorbenen Frau Helena.«

»Sie hat keinen Vertrag abgeschlossen.«

»Nicht? Vielleicht hat sie es ohne Ihr Wissen getan. Sie sind nach meinen Unterlagen der Begünstigte.«

»Das muss ein Irrtum sein.«

»Hm. Dann muss ich die Daten überprüfen. Helena Reinke. Können Sie mir bitte das Geburtsdatum Ihrer Frau nennen?«

»27. November 1988.«

»Oh, ja. Da liegt tatsächlich eine Verwechslung vor. Eine Namensgleichheit. Ich hab hier ein ganz anderes Datum vorliegen. Entschuldigen Sie bitte die Störung.« Ribbmeister legte auf.

Er rieb sich die Hände. So einfach war es gewesen, Helenas Geburtsdatum herauszubekommen. Er riss das Blatt, auf dem er es aufgeschrieben hatte, vom Notizblock ab und eilte zurück in den Keller. Sein Herz schlug ihm bis zum Hals, als er die neue Kombination eingab.

***

Markus Reinke schüttelte ungläubig den Kopf. Was hatte der merkwürdige Anruf zu bedeuten? Weder er noch Helena hatten jemals eine Lebensversicherung abgeschlossen. Der Anrufer hatte nicht einmal den Namen des Unternehmens genannt, für das er arbeitete. Da stimmte etwas nicht. Bevor er zum Telefon gegriffen hatte, hatte er im Display einen Schriftzug gesehen. Er nahm das Gerät erneut auf und wählte das Menü »Angenommene Anrufe« aus. Als er den letzten Eintrag las, staunte er nicht schlecht. Es war der Anschluss seines Freundes Peter Römer, aber nicht dessen Stimme gewesen. Außerdem verstand er den Zusammenhang mit der angeblichen Versicherung nicht.

Eine Zeit lang dachte er noch über das Gespräch nach, kam jedoch zu keinem Ergebnis. Der Vorfall hing mit Helena zusammen. Das alleine reichte aus, um der Sache nachzugehen. Er überlegte, ob er Peter anrufen sollte, beschloss aber, ihn aufzusuchen.

Zwanzig Minuten später stand er vor seinem Haus und drückte auf den Klingelknopf. Es dauerte, bis die Tür einen Spalt geöffnet wurde und Peter Römer ihn mit nacktem Oberkörper und nassen Haaren unwirsch begrüßte.

»Du? Ich hab gerade gar keine Zeit.«

»Ich will nur wissen, was hier los ist.« Reinke schob die Tür auf und trat in den Flur. Auf dem Boden lagen schlammverschmierte Kleidungsstücke. Römer packte ihn am Arm. »Was willst du hier?« Reinke schüttelte ihn ab und lief wortlos ins Wohnzimmer.

»Jemand hat mich von hier aus angerufen.« Er ging auf das Festnetztelefon zu. Aber sein Blick blieb an einer durchsichtigen Plastiktüte hängen, die danebenlag. Darin befand sich ein Heft mit der verwaschenen Aufschrift »Helenas Tagebuch«. Aus dem Augenwinkel sah er, wie Römer auf ihn zutrat und danach greifen wollte. Doch er war schneller. Er schnappte sich die Tüte, wehrte seinen Kontrahenten mit den Armen ab und stellte sich abseits auf. Dann riss er die Plastikhülle mit den Fingernägeln auf und hielt das Heft in der Hand.

»Okay«, sagte Römer, »du hast es so gewollt.«

Zu Reinkes Erstaunen verließ Römer den Raum. Reinke schlug das Tagebuch auf. Schon bei den ersten Zeilen, die er las, fiel es ihm wie Schuppen von den Augen. Tief im Inneren hatte er es bereits geahnt, aber jetzt schlug die bittere Wahrheit erbarmungslos zu. Sein Freund Peter war BB, wofür auch immer die Buchstaben stehen mochten, und das wenige, was er las, zeugte von Helenas Liebe zu diesem Schuft. Reinke schmetterte das Heft von sich.

»Du verdammter Mistkerl!«, schrie er. Er wollte Römer nachlaufen und zur Rede stellen. Doch der stand bereits in der Tür, mit einer Pistole in der Hand.

»Du bist in einem sehr ungünstigen Moment hier reingeschneit, Markus. Tut mir leid für dich.«

»Wie lange ging es schon mit dir und Helena? Wie hast du sie rumgekriegt? Mit deiner väterlichen Tour, nehme ich an. Die hast du immer schon perfekt beherrscht. Sie kommt besonders gut bei sensiblen und schutzbedürftigen Frauen an.«

»In der Hinsicht hast du ja komplett versagt. Deshalb solltest du mir das nicht vorwerfen. Du hast sie mit deinen unterschwelligen Vorwürfen in den Tod getrieben. Zusammen mit diesen verrückten Sterndeuterinnen. Ich dagegen hab sie aufrichtig geliebt. Aber das verstehst du nicht.«

»Du hast die Morde im Watt begangen!«

»Über deine bescheuerten Aktionen lachen die Leute nur. Sie bewirken nichts. Die haben mich sogar in Gefahr gebracht. Allerdings …« Römer stockte. »Allerdings hat eine mir das Leben gerettet. Aber das ist eine andere Geschichte. Meine Taten werden die Öffentlichkeit aufrütteln. Was musstest du mir dazwischenfunken? Es hatte sich gerade alles zum Besten gewendet. Jetzt kann ich dich leider nicht gehen lassen. Das musst du verstehen.«

»Nichts verstehe ich. Auch nicht, dass mein bester Freund mir die Frau wegnimmt.«

Römer ließ den Arm mit der Pistole sinken. »Wegnimmt?

Ihr wart bereits meilenweit voneinander entfernt. Und wenn ich nicht gewesen wäre, hätte sie sich schon lange vorher umgebracht. Es schmerzt mich sehr, dass ich ihren Tod nicht verhindert habe. Die Bestrafung der Schuldigen war das Einzige, was ich noch für sie tun konnte. Dich hab ich bisher verschont. Das war ein Fehler, den ich jetzt korrigieren werde.«

»Willst du mich erschießen?«

»Das wäre eine Möglichkeit.« Römer hob den Arm mit der Pistole wieder an.

Reinke befürchtete, sein Gegner könnte ernst machen. Er musste Zeit gewinnen. »Was war mit dem Anruf? Jemand hat von deinem Apparat telefoniert und sich als Versicherungsvertreter ausgegeben.«

»Als Versicherungsvertreter?« Römer lachte. »Das war mein Stiefbruder, der Taugenichts. Hat er nach Helenas Geburtstag gefragt?«

»Ja.«

»Hab ich mir gedacht. Er hielt sich für besonders schlau und wollte mich bestehlen. Tatsächlich hat er es geschafft, den Tresor zu öffnen. Aber sein Coup ist trotzdem misslungen. Er wollte mich mit einem Stuhlbein erschlagen. Ich hab ihn zum Teufel gejagt. Und da gehörst du auch hin. Du kommst jetzt mit mir.« Römer fuchtelte mit der Waffe und trat aus dem Türrahmen heraus ins Zimmer. »Vorwärts! Und leg dein Handy dort auf den Tisch.«

»Ich werde mich nicht vom Fleck rühren, bis du das Ding runternimmst. Und dann werde ich gehen.«

Römer richtete die Pistole auf Reinkes Beine. »Du schätzt deine Lage wieder einmal falsch ein. Bei drei werde ich dir ins Knie schießen. Dann wirst du keinen Widerstand mehr leisten. Ich brauch ein paar Tage für meine Flucht, und ich werde dafür sorgen, dass du mir nicht noch einmal in die Quere kommst.«

Reinke gab nach. Römer trieb ihn in den Flur, die Treppe hinunter und in den Keller. Dort schloss er ihn in einen Raum ein, der wie eine Wohnung eingerichtet war. Aber die vergitterten Fenster und die stabile Metalltür wiesen ihn als ausbruchsicheres Gefängnis aus. Reinke setzte sich auf das Bett und vergrub sein Gesicht in den Händen. Mehr noch als seine aktuelle Lage machte ihm die Enttäuschung zu schaffen. Helena hatte ihn mit seinem besten Freund betrogen, der sich dazu noch als Mörder erwies. Aber er selbst trug eine Mitschuld daran, dass sie sich ihm zugewendet hatte.

Er stand auf und sah sich um. Der einzige Weg hinaus führte durch die Tür. Er drückte die Klinke hinunter, aber natürlich war abgeschlossen. Ohne entsprechendes Werkzeug könnte er sie nicht aufbrechen. Obwohl es unwahrscheinlich war, dass er etwas Brauchbares fand, durchsuchte er das Zimmer. Als er das Bad betrat, wich er entsetzt zurück. In der Duschwanne lag ein Mann. Seine Beine waren verdreht, der Körper lehnte an der Wand, der Kopf war zur Seite geknickt, und die Augen starrten ins Leere. Blutige Flecken an der Schulter und in der Herzgegend ließen keinen Zweifel zu: Er war tot. Römer hatte seinen Stiefbruder erschossen, ihn zum Teufel gejagt, wie er es ausgedrückt hatte. Nicht einmal davor hatte er zurückgeschreckt. Der Anblick war unerträglich. Reinke wandte sich ab.

Allmählich schwante ihm, dass er hier nicht lebend herauskam. Römer würde ihn im Keller verrecken lassen, während er sich ins Ausland absetzte. Als Reinke wieder ins Zimmer trat, wurde ihm klar, dass sein Ende näher war, als er vermutet hatte.

43

Hilgersen war nach Hause gefahren, um ein paar Stunden Schlaf nachzuholen. Eigentlich hätte sich auch Flottmann aufs Ohr legen sollen. Aber nach der aufregenden Nacht würde er nicht schlafen können. In seinem Kopf spukte immer noch der Ausdruck »Commissario« herum. Hatte der Anrufer ihn unbedacht verwendet? Unbedacht oder nicht, so mancher Entführer und Erpresser war anhand von Sprachauffälligkeiten ermittelt worden, und irgendjemanden brachte Flottmanns Unterbewusstsein mit dem Wort »Commissario« in Verbindung. Er musste tief in seinem Gedächtnis kramen. Dazu nahm er seine Grübelstellung ein, die Füße auf dem Aktenbock, die Augen geschlossen und die Hände gefaltet, sodass seine Daumen umeinander rotieren konnten.

Bereits nach wenigen Daumenumdrehungen kam das ersehnte Aha-Erlebnis. Ein alter Fall aus seiner Bonner Zeit! Stück für Stück rieselte die Erinnerung wie Haarschuppen auf seine dunkle Pyjamajacke. Er hatte den Mann vor Augen, der ihn mit der Anrede verspottet hatte. Groß und kräftig, kurzes dunkelblondes Haar, kantiges Gesicht. Nur sein Name fiel Flottmann nicht ein. Während eines stundenlangen Verhörs hatten er und sein Kollege Winfried Lehmann Details seiner Tat aus ihm herausgequetscht. Dass er seine Frau getötet hatte, war ihm lückenlos nachzuweisen gewesen. Aber er hatte sich bei der Vernehmung äußerst geschickt angestellt. Und mit Hilfe seines Anwalts war es ihm gelungen, einen Vorsatz auszuschließen und damit die Anklage wegen Mordes zu verhindern. Nach Flottmanns Erinnerung war er mit fünf Jahren wegen Totschlags davongekommen. Wie viel er davon abgesessen hatte, wusste Flottmann nicht. Er nahm die Füße vom Aktenbock und rief seinen ehemaligen Mitarbeiter an. Er hatte Lehmann wegen seines scharfen Verstandes und seines herausragenden

Gedächtnisses geschätzt. Hätte er zusätzlich ein gewisses Maß an Führungsqualitäten besessen, wäre er vielleicht sogar Flottmanns Nachfolger geworden. Aber Lehmann hatte nicht einmal Ambitionen auf den Job gezeigt. Er war einer der unermüdlichen Kollegen gewesen, ohne die der Laden nicht lief und die mit der Regelbeförderung zufrieden waren.

Natürlich konnte Flottmann den obligatorischen Small Talk nicht vermeiden. Aber nach einigen Minuten gelang es ihm, auf den Punkt zu kommen.

»Peter Römer heißt er. Seine Frau hatte Würgemale am Hals gehabt. Ursächlich für ihren Tod war allerdings ein Genickbruch nach einem Treppensturz. Immerhin folgte das Gericht der Auffassung der Staatsanwaltschaft, dass er sie gestoßen hatte. Vorausgegangen war wohl ein heftiger Streit. Grund dafür war seine Eifersucht. Ich glaube, er ist mit fünf Jahren davongekommen. Mehr weiß ich nicht aus dem Kopf. Aber ich kann dir die Unterlagen schicken. Bei der Vernehmung war er ziemlich überheblich und hielt sich für besonders schlau, falls du dich erinnerst.«

»Den Eindruck hatte ich damals auch. Danke, Winfried. Peter Römer, sagtest du?«

»Ja. Weshalb interessierst du dich für ihn?«

»Erkläre ich dir später. Ich muss Schluss machen. Aber ich lass von mir hören. Grüß die Kollegen von mir. Bis dann.«

»Okay, bis dann.«

Flottmann legte auf. Sein Verdacht beruhte allein auf dem Wort »Commissario«. Das war nicht gerade viel. Wenn Römer der Täter war, würde das in gewisser Weise erklären, warum er Flottmann in der Nacht angerufen hatte. Es musste ihm Vergnügen bereitet haben, dem Kommissar, der ihn vor Jahren überführt hatte, sozusagen den Stinkefinger zu zeigen.

Nach ein paar Klicks hatte er die Adresse auf dem Bildschirm. Römer wohnte inzwischen tatsächlich in der Nähe von Husum, in der kleinen Gemeinde Schwesing. In diesem Moment kam Hilgersen ins Büro.

»Wieso bist du noch hier?«, fragte er.

»Hab auf dich gewartet. Ich wusste, dass du nicht schlafen kannst. Wir sind doch wie ein altes Ehepaar, da spürt man, wie der andere sich fühlt.«

»Ich bin mir nicht sicher, ob mir der Vergleich gefällt.«

»Aber du kommst im rechten Moment. Mir ist eingefallen, an wen mich der Anrufer erinnert.«

»Ach.«

»Ja. Peter Römer heißt er. Römer ist vor einigen Jahren genau wie ich vom Rheinland in den Norden gezogen. Er ist kein unbeschriebenes Blatt. Genaueres erzähl ich dir auf der Fahrt.«

»Hast du das SEK ...?«

»Mein Verdacht ist zu vage für eine groß angelegte Aktion. Los, schnappen wir ihn uns!« Flottmann stand auf und eilte zur Tür.

Minuten später fuhren sie, von zwei Einsatzwagen begleitet, Richtung Schwesing. Flottmann brachte Hilgersen während der Fahrt auf den neuesten Stand. Als Römers Haus in Sichtweite kam, sahen sie, dass der Dachstuhl in Flammen stand. Flottmann griff sofort zum Handy und alarmierte die Feuerwehr.

Hilgersen lenkte den Wagen auf den Hof und kam neben einem roten Passat älteren Baujahrs zu stehen.

»Das ist Reinkes Auto«, sagte Flottmann. »Was macht der hier?«

»Er könnte noch drinnen sein. Und Römer?«

»Wir wissen nicht, ob er bewaffnet ist. Vielleicht ist er schon über alle Berge. Hast du deine Walther dabei?«

»Hab ich. Wenn ich mich auf dich verlassen würde, wären wir schon lange tot.«

Flottmann verzichtete auf eine Erwiderung, denn im Grunde hatte Hilgersen recht. Beide stiegen aus, und Flottmann erteilte den Schutzpolizisten einige Anweisungen. Sie sollten Römer zur Fahndung ausschreiben lassen und das Gelände sichern.

Ohne sich abzusprechen, waren sich Flottmann und Hilgersen einig, ins Gebäude vorzudringen. Zwar würde die Feuerwehr bald eintreffen, aber falls sich Reinke im Haus befand, war er in akuter Lebensgefahr.

»Ich gehe besser vor«, sagte Hilgersen und zückte seine Waffe. Er winkte dem uniformierten Kollegen Schmidtmann zu, ihm zu folgen.

Die Tür war nicht verschlossen. Als sie in den Flur traten, schlug ihnen Brandgeruch entgegen, aber kein dichter Qualm. Vermutlich war das Feuer im Dachgeschoss ausgebrochen und fraß sich allmählich in die darunterliegenden Stockwerke. Hilgersen und Schmidtmann sicherten die Räume im Erdgeschoss, bevor Flottmann weiterging.

Aus dem Keller drangen Hilferufe. Flottmann glaubte, Reinkes Stimme zu erkennen.

»Nach unten!«, rief er den anderen zu. Er hätte auf sie warten sollen, stieg aber eilig die marode Steintreppe hinunter. Fast wäre er gefallen, konnte sich jedoch noch am Geländer festhalten. Er folgte den Rufen bis zu einer Stahltür. Der Schlüssel steckte. Als er öffnete, stolperte ihm Reinke entgegen.

»Dadrin ist ein Toter.« Reinke hustete.

»Wo ist Römer?«

»Keine Ahnung. Er hat mich eingeschlossen. Er ist der Mörder, den Sie suchen.«

Inzwischen waren Hilgersen und Schmidtmann in den Keller gefolgt. Von draußen hörten sie die Martinshörner der Feuerwehr.

»Okay, alle raus hier, bevor wir nass werden!«

Auf dem Hof herrschte geordnetes Chaos. Drei Einsatzwagen der Feuerwehr standen bereit, um den Brand zu löschen. Flottmann informierte den Einsatzleiter über die Leiche im Keller. Zwei Männer mit Atemschutzgeräten wurden geschickt, um sie zu bergen.

44

Peter Römer fuhr mit dem Transporter auf einen Autobahnparkplatz und stellte den Motor ab. Er musste nachdenken. Das Haus in Brand zu stecken war keine besonders gute Idee gewesen. Er hatte seine Handlungen von Anfang an akribisch geplant. Aber Stück für Stück war ihm alles aus dem Ruder gelaufen. Dass das Wetter ein Problem werden könnte, hatte er berücksichtigt. Deshalb war er zum Plan B übergegangen und hatte Petra Hinrichsen im Keller »zwischengelagert«. Aber er hatte nicht damit gerechnet, dass ihm Dieter in den Rücken fallen könnte. Das hatte einen ganzen Rattenschwanz an unvorhersehbaren Ereignissen ausgelöst, die so nicht hätten passieren dürfen. Unter anderem den Tod seines Stiefbruders und das Abfackeln des Wohnhauses. Damit wollte er seine Spuren und einen Zeugen beseitigen, Reinke, der ebenso schuldig war wie die drei Frauen. Leider würde das Feuer die Polizei auf ihn aufmerksam machen. In seiner Wut und Panik hatte er diesen Aspekt nicht bedacht.

»Ich Idiot!«, schrie er und schlug mit der Faust auf das Lenkrad. Aber was geschehen war, war geschehen. Jetzt musste er, so gut es ging, wieder kühl kalkulieren. Die Flucht nach Argentinien konnte er sich vorerst abschminken. Am Flughafen würde man ihn sofort verhaften. Deshalb kam nur das europäische Ausland in Frage. Seine Wahl fiel auf Frankreich.

Mit seinem Auto würde er nicht weit kommen. Die Fahndung danach war mit Sicherheit bereits angelaufen. Er nahm seine Pistole und wartete auf eine günstige Gelegenheit. Die bot sich nach einer Viertelstunde. Eine Frau setzte sich mit ihrem Toyota direkt vor ihn und stieg aus. Auf dem Parkplatz befand sich ansonsten keine Menschenseele. Er öffnete das Handschuhfach und nahm mehrere Kabelbinder heraus. Dazu ein Tuch und Schnüre sowie die Flasche mit Äther. Alles

Materialien, die sich bereits bei den Entführungen bewährt hatten.

Die Pistole steckte er in seinen Gürtel. Die würde er nicht benötigen. Er tränkte das Tuch mit dem Betäubungsmittel und stieg aus.

Die Frau war ebenfalls ausgestiegen und absolvierte ein paar Fitnessübungen. Sie war um die fünfzig und ein Leichtgewicht. Sie hatte ihm den Rücken zugewandt und beachtete ihn nicht, als er auf sie zuging. Blitzschnell legte er den Arm um ihren Hals und presste ihr das Tuch auf Mund und Nase. Es dauerte nur Sekunden, bis ihre Beine nachgaben. Sofort packte er sie und trug sie in das angrenzende Gestrüpp. Keinesfalls wollte er sie töten, auch wenn das die sicherste Methode gewesen wäre, sich ihrer zu entledigen. Er fesselte sie an Händen und Füßen. Kurz überlegte er, ob er ihr das Tuch als Knebel in den Mund stopfen sollte. Aber das Gift würde sie womöglich umbringen, und die Gefahr, dass ihre Schreie nach dem Aufwachen gehört wurden, war wegen des Verkehrslärms gering. Irgendwann würde man sie finden und befreien. Er benötigte lediglich einen ausreichenden Vorsprung. Wenn alles gut ging, würde er sich später ein anderes Fahrzeug besorgen, vielleicht sogar einen Leihwagen. Falsche Papiere, eine größere Summe Bargeld sowie seine Kreditkarten hatte er dabei.

Nachdem er den Parkplatz wieder erreicht hatte, stieg er in den Toyota. Die Pistole legte er auf den Beifahrersitz. Wie erwartet steckte der Zündschlüssel. Das Auto war alt und hatte nur einen kleinen Motor. Aber das war egal. Auf Geschwindigkeit kam es nicht an. Unentdeckt zu bleiben, darum ging es. Mit einem Blick auf die Tankanzeige fuhr er los. Der Inhalt sollte für die nächsten zweihundert Kilometer reichen.

Römer war müde. Er hatte über vierundzwanzig Stunden nicht geschlafen. Während er im Watt ums Überleben gekämpft hatte und auch danach hatte er keine Müdigkeit verspürt. Dieter war von seiner Rückkehr mehr als überrascht gewesen. Er hatte ihn angesehen, als wäre ihm ein Geist erschienen. Dann hatte er sofort zum Bein des zertrümmerten Gartenstuhls gegriffen und war auf ihn losgegangen. Zweimal hatte Römer auf ihn geschossen. Das war eindeutig Notwehr gewesen. Im Grunde hatte Dieter ihm die Entscheidung abgenommen. Tatsächlich wusste er nicht, ob er es fertiggebracht hätte, ihn vorsätzlich zu töten. Die Antwort auf die Frage war bedeutungslos geworden.

Er drückte auf das Gaspedal, sodass der Toyota auf hundertvierzig beschleunigte. Das war eine gute Reisegeschwindigkeit, doch das monotone Röhren des Motors schläferte ihn allmählich ein. Er kurbelte das Fenster auf seiner Seite etwas herunter und schaltete das Radio ein. Nach einigen Minuten Schlagermusik wurden Nachrichten gebracht. Zum Glück gab es weder eine Meldung über den Wohnhausbrand noch einen Fahndungsaufruf.

Für Sekunden fielen ihm die Augen zu. Wenn er einen Unfall verursachte, war es aus. Deshalb drosselte er das Tempo wieder. Blitzartig tauchten innere Bilder auf. Er kannte diese Flashbacks aus früheren Zeiten. Sie kamen unvermittelt und ließen sich nicht verscheuchen. Nach dem Tod seiner ersten Frau Carola hatte er sie verstärkt erlebt. Besonders ihr entsetztes Gesicht, als er sie gewürgt hatte, war vor und nach dem Prozess immer wieder aufgetaucht. Oft in der Nacht, manchmal auch am Tag. Der Stoß und ihr Fall über die Treppenstufen hatten dagegen keine bleibenden Bilder hinterlassen. Mit der Zeit war alles verblasst, und die Flashbacks hatten aufgehört. Aber gerade jetzt hatte er Carolas verzerrtes Gesicht und ihre aufgerissenen Augen wieder vor sich. Er fand es merkwürdig. Aber es beunruhigte ihn nicht, und er schob es auf seine Müdigkeit.

Er überlegte, ob er die Autobahn verlassen sollte. Auf der Landstraße wäre die Chance, unentdeckt zu bleiben, vielleicht größer. Doch niemand wusste, dass er mit dem alten Toyota unterwegs war. Er hatte die Besitzerin weit hinein in das Gebüsch getragen. So schnell würde man sie nicht finden, beruhigte er sich. Lautes Hupen schreckte ihn aus seinen Überlegungen auf. Er war zu weit auf die linke Spur geraten und hätte das fremde Fahrzeug fast gerammt. Ein starker Kaffee wäre gut. Aber er traute sich nicht, in eine Raststätte einzukehren.

Kurz hinter Itzehoe erblickte er im Rückspiegel einen Streifenwagen. Nach Sekunden der Panik gelang es ihm, sich zu beherrschen. Spur halten und nicht auffallen! Der blau-gelbe Passat blieb eine Zeit lang hinter ihm und wechselte dann auf die Überholspur. Römer starrte stur geradeaus, als das Fahrzeug sich neben ihn setzte. Aus dem Augenwinkel sah er, dass der Beifahrer zu ihm herüberblickte. Gleich würde er die Kelle zücken und ihn zum Anhalten zwingen. Aber der Wagen beschleunigte und zog an ihm vorbei. Römer atmete durch.

Der Schreck machte ihn hellwach, doch nach wenigen Minuten überfiel ihn wieder entsetzliche Müdigkeit. Er stellte das Radio lauter und traute seinen Ohren nicht, als das Lied von Fleetwood Mac erklang, das Helena so geliebt hatte. Die Melodie ging ihm durch Mark und Bein. Urplötzlich spürte er ihre Nähe. Für einen Moment sah er sie neben sich sitzen. Dann tauchte sie vor ihm auf, in ihrem weißen Kleid mit den Rosenblättern. Direkt vor ihm auf der Fahrbahn!

Er riss das Steuer herum und stieg in die Bremsen. Der Toyota geriet ins Schleudern und berührte die Leitplanke. Er ließ das Bremspedal los und lenkte gegen, aber das Fahrzeug reagierte nicht wie erwartet. Es schoss quer über die Fahrbahn auf den Grünstreifen, überschlug sich und rutschte auf dem Dach weiter. Wie in Zeitlupe sah er den Baum auf sich zukommen. Eine Sekunde später spürte er Hitze und beißenden Qualm. Er hatte nicht mehr die Kraft, um den Sicherheitsgurt zu öffnen.

45

Robert Thaler klopfte an die Tür und trat ein. Er hatte einen Strauß Sommerblumen dabei. Rote Rosen wären ihm zu aufdringlich gewesen. Petra empfing ihn mit einem Lächeln. Sie hatte keine sichtbaren Verletzungen davongetragen, doch das Martyrium der letzten Tage hatte sich tief in ihr Gesicht gegraben. Sie war alleine im Krankenzimmer.

Petra deutete auf eine Glasvase. »Danke, sie sind sehr schön.«

Nachdem er die Blumen versorgt hatte, setzte er sich auf einen Stuhl neben sie und streichelte ihr kurz über den Arm. »Wie geht es dir?«

»So lala. Man kümmert sich gut um mich. Aber ich will nach Hause. Die Polizei war heute Morgen hier und hat Fragen gestellt. Der Täter war Helenas Liebhaber. Ich kann es kaum glauben. Er machte mich wohl dafür verantwortlich, dass sie sich von Mila Hus beraten ließ. Ich hatte sie ihr empfohlen. Aber das ist doch kein Grund …« Ihre Stimme versagte.

»Menschen wie ihn kann man nicht mit normalem Menschenverstand messen.«

»Er war überzeugt, dass Helena durch die astrologische Beratung und insbesondere durch den Kontakt mit Annas Geist in den Tod getrieben wurde. Das hab ich aus den Fragen und Bemerkungen der Kommissare herausgehört.«

Robert Thaler schwieg. Er hätte jetzt etwas sagen müssen, fand jedoch nicht die richtigen Worte. Sie kannte seine Einstellung zu der Thematik. Seine Skepsis hatte sich durch die Ereignisse nur noch verstärkt. Auf keinen Fall wollte er eine neue Diskussion beginnen.

»Ich hab die Konsequenzen nicht vorausgesehen«, sagte sie.

»Das konntest du auch nicht. Niemand konnte mit so etwas rechnen. Du darfst dir keine Schuld daran geben.«

»Das ist leicht gesagt.« Sie drückte auf die Fernbedienung, worauf das Kopfteil angehoben wurde. »Ich hab stundenlang darüber nachgedacht.«

»Du bist das Opfer dieses Wahnsinnigen. Du musst an dich denken. Nur das ist jetzt wichtig.«

»Die Astrologie war ein ewiger Streitpunkt zwischen uns. Du hast mich gewarnt.«

»Nein, so war es nicht. Ich hab diese Horoskope für Unsinn gehalten und tue das immer noch. Aber echte Gefahren hab ich darin nicht gesehen. Für mich waren sie nur reine Zeit- und Geldverschwendung. Das ist alles. Außerdem hatte ich das Gefühl, dass du deine Entscheidungen, auch die, die uns betrafen, davon abhängig gemacht hast.«

»So war es in gewisser Weise auch. Das muss ich zugeben.«

»Und jetzt?«

»Ich weiß nicht. Nein, jetzt nicht mehr. Du hast mit Anzeigen und Plakaten nach mir gesucht?«

»Das war das Einzige, was ich tun konnte.«

»Und du hast mich sofort als vermisst gemeldet.«

»Nach dem Vorfall auf dem Friedhof hab ich mir Sorgen gemacht.«

»Weißt du, dass mir ein Gewitter das Leben gerettet hat?«

»Ein Gewitter?«

»Ja. Dieser Römer wollte, dass seine Opfer den Sternenhimmel vor Augen hatten, wenn sie starben. Und in der Nacht, als er mich entführt hat, war ein Gewitter aufgezogen, und der Himmel war bedeckt. Deshalb ist sein Plan nicht aufgegangen, und er hat mich zurück an Land gebracht. Er hat dann Mila Hus entführt, während er mich in einem Keller gefangen gehalten hat. Sie sollte an ihrem Geburtstag sterben.«

»Das hat dir die Polizei erzählt?«

»Ja, Hauptkommissar Böttcher aus Flensburg. Aber er hat mir nicht alles gesagt. Meine Rettung muss ziemlich dramatisch gewesen sein. Die Husumer Polizei hat wohl eine entscheidende Rolle dabei gespielt. Genaues weiß ich nicht. Sobald ich entlassen werde, soll ich ins Präsidium kommen.«

»Wenn du willst, begleite ich dich.«

»Das wäre lieb.«

Sie streckte ihre Hand aus, und er ergriff sie.

»Ruf mich an, wenn du entlassen wirst. Ich hol dich ab.«

»Ja, das mach ich. Danke. Meine Therapeutin wird gleich kommen. Sie glaubt, dass ich einen Knacks weghab. Wahrscheinlich hat sie recht.« Petra lachte.

***

Peter Römer war in einem gestohlenen Fahrzeug verbrannt. Nachdem man seinen Transporter gefunden hatte, war die Gegend abgesucht und die Besitzerin des Toyotas entdeckt und befreit worden. Sie war mit kleineren Blessuren und einem Schock ins Krankenhaus eingeliefert worden. Mit Peter Römers Tod fand der Wattenmordfall für die Husumer Polizei einen gewissen Abschluss. Aber es gab noch einiges am Rande aufzuklären. Dazu gehörten die mysteriösen Vorkommnisse, die Nordfriesland in den letzten Wochen in Aufregung versetzt hatten. Markus Reinke hatte seine Beteiligung daran in der Vernehmung bestritten, sich dann aber mit den Videos selbst geoutet. Offenbar war es ihm darum gegangen, mit den Filmen für öffentliche Aufmerksamkeit zu sorgen, bevor die Polizei ihm die Tour vermasselt. Zusammen mit Hilgersen suchte Flottmann ihn auf.

Reinke bat sie, im Wohnzimmer Platz zu nehmen.

»Wie geht es Ihnen?«, begann Flottmann.

»Nicht wesentlich schlechter als vorher. Allerdings hab ich immer noch den Toten im Badezimmer vor Augen. Ein schrecklicher Anblick. Mein bester Freund hatte ein Verhältnis mit Helena. Auch das muss ich erst einmal verkraften. Ich hab mich komplett in ihm getäuscht.«

»Peter Römer hatte das gleiche Ziel wie Sie«, sagte Flottmann.

»Indem er Morde beging?«

»Er wollte die Menschen aufrütteln und meinte, es nur auf so brutale Weise erreichen zu können. Allerdings war das nicht sein einziges Motiv. Er wollte Rache für Helenas Tod.«

»Rache liegt mir fern. Sie wollen meine Taten doch nicht mit seinen Verbrechen gleichsetzen?«

»Nein, natürlich nicht. Ich will noch nicht einmal verhehlen, dass mir Ihre Methode gefallen hat, auch wenn sie nicht ganz legal war. Trotzdem wird es Ermittlungen gegen Sie geben.«

»Weil ich Rungholts Glocken ertönen ließ?«

»Die Glocke wurde gestohlen. Aus der Marienkirche Lübeck. Sie hing ursprünglich einmal im Südturm.«

Reinke sah Flottmann erstaunt an. »Woher wollen Sie das wissen? Ich hab sie nicht gestohlen.«

»Das glaube ich Ihnen sogar. Auch Hehlerei ist ein Offizialdelikt.«

»Dann sind Sie gekommen, um mich festzunehmen?«

»Nein. Die Glocke war bereits ausrangiert und hatte somit eher nur noch Materialwert. Wenn Sie Glück haben, wird ein etwaiges Verfahren gegen Sie eingestellt. Aber es wäre gut für Sie und gut für uns, wenn Sie uns über die Vorgänge aufklären würden.«

Hilgersen nickte zustimmend.

»Das können Sie haben.« Reinke lehnte sich zurück und schlug die Beine übereinander. »Mein Motiv kennen Sie ja. Ich wollte unbedingt noch etwas für Helena tun. Außerdem wollte ich den Leuten zeigen, wie leichtgläubig sie sind. Aber das Problem ist nicht nur ihre Leichtgläubigkeit. Sie wollen gerne an etwas glauben, und sei es an Geister, Kobolde oder eben Astrologie und Kartenlesen. Eigentlich ist das harmlos. Aber wenn sensible und labile Menschen dem Unsinn verfallen, kann es ernsthafte Konsequenzen haben und sogar tödlich enden. Ich hab von allen meinen ›Taten‹ Filme gedreht und sie ins Internet gestellt. Vielleicht wird das manchem die Augen öffnen. Sicher bin ich mir allerdings nicht. Egal, ob es Erfolg haben wird, war es mir die Sache wert.«

»Ich wünsche es Ihnen.«

»Dass Peter zu einem Mord fähig wäre, hätte ich nie gedacht. Allerdings auch nicht, dass er mit Helena ein Verhältnis hatte.« Reinke seufzte. »Selbst wenn man am Boden liegt, bekommt man vom Schicksal noch einen Tritt. Peter war übrigens noch einmal bei mir und hat ganz freundschaftlich getan. Er ahnte oder wusste, dass ich hinter den Streichen steckte, und wollte mich von weiteren abhalten. Ich hab keine Ahnung, warum ihm das wichtig war.«

»Er hat befürchtet, dass Sie auffliegen und wir in Ihrem Umfeld ermitteln, zu dem auch er gehörte.«

»Schon möglich.«

»Sie wollten uns Ihre Aktionen erklären.«

»Natürlich. Also die Sache mit der Glocke war ganz einfach. Nachdem ich sie ›erworben‹ hatte, hab ich ein Floß gebaut und sie darauf an einen Galgen gehängt. Dann hab ich die Konstruktion bei ablaufendem Wasser mit einem Boot, das ich mir geliehen hatte, ins Meer hinausgeschleppt und verankert. Die Wellen haben die Glocke sicher auch schon tagsüber zum Läuten gebracht. Aber bei dem Umgebungslärm hat das niemand bemerkt. Erst als in der Nacht die Flut einsetzte, schwamm das Floß wieder auf, und der Seegang ließ die Glocke läuten. Das war alles. Mit ablaufendem Wasser sollte sich das Floß losreißen und im besten Fall in den Weiten des Ozeans verschwinden.«

»Für die Inszenierung haben Sie die Johannisnacht gewählt.«

Reinke nickte. Seine Mundwinkel verrieten, dass ihm die Schilderungen Spaß bereiteten.

Hilgersen beugte sich vor. »Und der Kornkreis? Dahinter stecken Sie doch auch, oder?«

»Ja, natürlich. Das war etwas schwieriger. Aber im Internet gibt es viele Tipps, wie man so etwas macht. Das Sternzeichen

Skorpion zu konstruieren war eine echte Herausforderung. Ich hab die Umrisse zur Tageszeit mit Bindfäden abgesteckt. Damit funktionierte das ganz gut.«

Flottmann ergriff wieder das Wort. »Sie haben den Skorpion gewählt, obwohl das Sternzeichen Ihrer Frau Schütze ist. Ein Hinweis auf die Verschiebung der Tierkreiszeichen und damit auf die Absurdität der Astrologie, nehme ich an.«

»Ja. Ich hab das in meinen Videos erklärt.«

»Dann interessiert uns noch der Geist im Bunker.«

Reinke holte tief Luft. »Wie Sie sicher wissen, hat Diana Keller meiner Frau Horoskope erstellt. Helena war bis zum Schluss davon überzeugt, dass alles vorherbestimmt ist und dass die Prognosen der Astrologin etwas über ihre Zukunft aussagten. Ich hab mir einmal so ein Horoskop angesehen. Das meiste darin waren allgemeine Aussagen, die auf jeden zutreffen könnten. Allerdings gab es auch Dinge, die speziell auf Helena zugeschnitten waren. Für mich ist klar, dass die Keller dabei Informationen verwendet hat, die sie Helena zuvor geschickt entlockt hat. Dadurch wurde Helena in ihrem Handeln bestärkt. Bei Gesunden führt das in der Regel zu einer positiven Verstärkung. Aber bei Menschen mit Depressionen bewirkt das oft das Gegenteil. Ich hab mich mit der Thematik intensiv beschäftigt, wie Sie sich denken können. Helena wollte etwas über Anna erfahren. Damit begann die eigentliche Katastrophe. Keller hat sie an Mila Hus verwiesen, die sich angeblich mit Annas Geist unterhalten konnte.«

»Mit Hilfe des automatischen Schreibens?«

»Ja. Keller und Hus haben sich gegenseitig Kunden zugeschoben. Und sie haben sich abgesprochen, sodass ihre Aussagen weitgehend übereinstimmten und damit besonders plausibel wirkten. Lange Rede, kurzer Sinn: Ich hab etwas recherchiert und herausgefunden, dass Kellers Tochter einen Blog über ihre Geisterjagd führt. Dort hat sie ihre Expedition zu diesem Bunker angekündigt. Für mich war das ein gefundenes Fressen, um der ganzen Bagage eine Lehre zu erteilen.

Ein paar Tage reichten aus, um die Elektronik fertigzustellen, die ich über mein Smartphone steuern konnte. Ich hab die Lautstärke so austariert, dass die Worte kaum zu verstehen waren. Es sollte ja etwas geheimnisvoll wirken. Die Tür hab ich mit einem Vorhängeschloss versehen, damit der Betrug nicht sofort aufgedeckt werden konnte. Na ja, zusätzlich hab ich dann noch eine Drahtschleife in den Boden gegraben, die ich mit einer Batterie beheizt und ebenfalls ferngesteuert habe. Ich hab das Ergebnis gesehen, das die Geisterjäger im Internet veröffentlicht haben. Ich fand das Infrarotbild ganz gelungen.« Reinke grinste. »Nach der Geisterjagd hab ich die Installationen wieder abgebaut. Es war wohl Wasser in den Bunker eingedrungen, und alles war mit Schlamm versifft. Es hat mich etwas Mühe gekostet, keine Spuren zu hinterlassen. Können Sie sich vorstellen, dass mich die Aktionen aufgebaut haben? Ich hatte das Gefühl, etwas gegen diesen Aberglauben zu tun.«

»Dazu gehört auch die Auflösung per Video, nehme ich an. Jetzt fehlt nur noch die Erklärung für den Teich. Wie haben Sie es geschafft, das Wasser über Nacht zu entfernen?«

»Teich? Welcher Teich?«

Hilgersen räusperte sich. »Lass mal, Waldemar. Ich hab den Vorfall aufgeklärt.«

Flottmann sah seinen Kollegen erstaunt an. »Davon hast du mir gar nichts erzählt.«

»Das wollte ich noch tun.«

»Hm, okay.« Flottmann wendete sich wieder an Reinke. »Ich danke Ihnen für Ihre Offenheit und hoffe, dass Ihre ›Performances‹ kein gravierendes juristisches Nachspiel haben.«

Die Kommissare verabschiedeten sich.

Auf dem Weg zurück zum Büro begann Flottmann das Gespräch. »Genial, wie Reinke die Astrologen und Esoteriker vorgeführt hat. Findest du nicht?«

»Bewiesen hat er damit nichts.«

»Er hat gezeigt, wie leichtgläubig Menschen sind.«

»Schon. Aber trotzdem könnte es auch echte Phänomene geben, die nicht erklärbar sind. Er hat mit seinen ›Performances‹, wie du das nennst, keinen Gegenbeweis erbracht.«

»Stimmt. Den kann sowieso niemand liefern. Niemand kann beweisen, dass es kein Einhorn gibt.«

»Wie meinst du das?«

»Dass etwas nicht existiert, lässt sich nicht beweisen.«

»Hm. Darüber hab ich noch nie nachgedacht.« Hilgersen stoppte vor einer Ampel.

»Für das Denken bin ja auch ich zuständig. Die Astrologinnen Keller und Hus haben sich über ihre Kunden ausgetauscht, hat Reinke behauptet, und ich glaube ihm. Das ist eine ziemlich miese Masche.«

»Willst du Diana Keller darauf ansprechen?«

»Nein. Was sie gemacht hat, mag moralisch verwerflich sein, ist aber wohl kaum etwas für die Justiz.«

»Es gibt unter den Astrologen eben schwarze Schafe. Genau wie in anderen Berufen. Solide Vertreter des Fachs würden so etwas nicht tun. Sie würden darauf achten, dass sie keine Aussagen treffen, die jemanden ins Unglück stürzen könnten.«

»Davon gehe ich auch aus. Die Frage ist nur, ob sie die Konsequenzen immer genau abschätzen können. Aber sag mal, wie war das jetzt mit dem Teich? Du hast das Problem gelöst? War jedenfalls da etwas Übersinnliches im Spiel?«

Hilgersen fuhr weiter. »Nicht so direkt.«

»Sondern?«

»Ich hatte da so einen Verdacht und hab Boden- und Wasserproben an das LKA geschickt. Das hat ein wenig für Ärger gesorgt.«

»Und, was ist dabei herausgekommen? Ich meine, bei den Analysen?«

»Ich hatte gehofft, dass darin Eisenpartikel wären. Meine

Theorie war, dass ein Meteorit in den Teich eingeschlagen ist. Ein Eisenmeteorit zum Beispiel.«

»Ziemlich unwahrscheinlich, oder?«

»Denk an den, der 2013 in Russland herunterkam. Der war viel größer. Er hat fast tausendfünfhundert Menschen verletzt.«

»Jemand hätte den Meteor sicher gesehen.«

»Meteor? Du meinst Meteorit.«

»Nein. Als Meteor bezeichnet man die Leuchterscheinung. Meteorit ist das, was unten ankommt.«

»Du bist wohl wieder mal als Klookschieter unterwegs, was?«

»In unserem Fach müssen wir immer exakt bleiben, Gustl. Erzähl weiter.«

»Na ja, die Fachleute vom LKA haben etwas anderes gefunden.«

»Und das wäre?«

»Urin und Reste von Fäkalien.«

Flottmann lachte. Dann verstummte er. »Und die Erklärung?«

»Eine Boeing 737 war in der Nacht auf dem Weg von Stockholm nach Amsterdam. Die Flugbewegungen kann man im Internet recherchieren. Jedenfalls hat sie einen Eisklumpen aus der Bordtoilette verloren. So etwas passiert heutzutage selten. Aber vor ein paar Jahren ist eine Frau auf die Art verletzt worden und nur knapp dem Tod entgangen. Der Brocken, um den es in unserem Fall geht, muss ungewöhnlich groß gewesen sein. Er ist aus fast elf Kilometern Höhe in den Teich geplumpst, hat fast das ganze Wasser rausgeschleudert und den Dreck in der Umgebung verteilt. Anschließend ist er geschmolzen.«

»Das ist irre. Donnerwetter! Meine Anerkennung, Gustl, dass du das herausgefunden hast.«

»Ich fasse das Kompliment jetzt mal nicht als eine deiner ironischen Bemerkungen auf.«

»Das Lob war ernst gemeint.«

»Danke. Der Bürgermeister war von der Erklärung auch ganz begeistert. Die Zeitung will darüber berichten und hat schon bei mir angefragt.«

»Ich hab dir ja prognostiziert, dass du mit der Sache berühmt wirst. Hätte der Himmel auch in diesem Fall Einfluss genommen, wäre das Ganze natürlich noch spektakulärer gewesen.«

»Hat der Himmel ja. Schließlich kam der Eisklotz von oben.«

46

Am nächsten Tag erschien Flottmann wie versprochen in Pyjamajacke und Jeans zur Arbeit. Die Fragen der Kollegen nach seinem Outfit beantwortete er mit »Mein Anzug ist in der Reinigung«, »Man muss immer mit der Mode gehen« oder »Einen schönen Mann kann nichts entstellen«. Wie zu erwarten war, übernahmen die Flensburger Kollegen alle weiteren Ermittlungen. Immerhin wurde die Husumer Polizei in einer Pressemitteilung lobend erwähnt. Das war schon mehr, als Flottmann gehofft hatte. Einen wesentlichen Anteil an Petra Hinrichsens Rettung hatte sowieso Gerber. Seine Idee, die Position des vergrabenen Opfers anhand des Tidestands und der Uhrzeit zu ermitteln, war genial gewesen, auch wenn sie im Nachhinein nur logisch erschien. Hinrichsen musste mehrere Schutzengel gehabt haben, wobei Flottmann das nicht im wörtlichen Sinn verstand. Aber die Vorstellung passte zu ihrer Rettung in letzter Minute. Vielleicht hatten die Volksweisheiten zu Freitag, dem Dreizehnten, oder der schwarzen Katze, die den Weg kreuzte, ebenso eine Daseinsberechtigung, wenn man sie mit einem Augenzwinkern verwendete. Und die Astrologie? Für sie galt Ähnliches. Wohl fast jeder kannte sein Sternzeichen, und sich gelegentlich das Horoskop in einer Zeitschrift durchzulesen hatte noch niemandem geschadet.

Wie jedes Mal nach der Lösung eines schwierigen Falls, wenn die Anspannung von ihm abfiel, verfiel Flottmann in eine Art von Depression. Ein wenig hatte am Morgen das Schmusen mit Kater Bogomil und das Telefonat mit Lena geholfen. Doch das Gefühl würde noch einige Tage anhalten. Er wusste, dass Hilgersen genauso empfand.

Beide beschäftigten sich mit Routinearbeiten. Flottmann ließ seinen Stift auf die Schreibtischunterlage fallen, stand auf und ging zur Küche, die so groß wie ein Fahrstuhl war. Davor musste er warten, bis Malte seinen Tee zubereitet hatte. Kurz überlegte er, ob er umdrehen sollte, denn eine spezielle Mischung aus Knoblauch- und Kamillegeruch stieg ihm in die Nase. Aber der Kollege hatte ihn schon entdeckt.

»Moin. Ich bin gleich fertig. Dann kannst du rein. Mann, ich hab gehört, dass ihr den Fall gelöst habt. Tolle Sache!«

»Du hast ja auch deinen Anteil daran. Und wenn nicht dein Urlaub dazwischengekommen wäre, hätten wir dich noch mehr zurate gezogen. Schließlich bist du unser Fachmann für Astrologie und Übersinnliches.«

»Ja, schade. Unser Urlaub in Frankreich war sowieso total verregnet. Da wäre ich lieber dabei gewesen.«

»Beim nächsten Mal, Malte. Die Verbrecher sterben nicht aus.«

»Wohl wahr.« Malte goss das heiße Wasser zu den Teebeuteln in seiner Tasse und gab zwei Löffel braunen Kandis hinzu. Dann verließ er den Raum. Er machte Anstalten, das Gespräch wiederaufzunehmen, aber Flottmann huschte schnell in die Küche und wandte ihm den Rücken zu. Malte zog ab, nur der Geruch stand noch eine Weile in der Luft.

Flottmann kehrte mit einer Kanne Kaffee ins Büro zurück und schenkte Hilgersen und sich ein. Dann setzte er sich an seinen Schreibtisch und schlürfte geräuschvoll vom starken Gebräu.

»Hast du deine Meinung zur Astrologie jetzt geändert?«, fragte er.

»Nein, warum sollte ich? Ich werde Malte beziehungsweise seine Lebensgefährtin bitten, ein Horoskop für Franziska zu erstellen. Das ist ein tolles Geburtstagsgeschenk. Sie ist übrigens Jungfrau wie ich.«

»Okay. Damit hast du meine Frage beantwortet.«

»Und du? Hast du deine Einstellung zur Astrologie geändert?«

»Ja. Früher hab ich sie nur für harmlose Spinnerei gehalten.

Sie ist nicht harmlos. Aber eine winzige Wahrheit steckt doch in ihrer Methode.«

»Ach!« Hilgersen blickte Flottmann erstaunt an.

»Der Zeitpunkt der Geburt hat tatsächlich eine gewisse Bedeutung. Je nach Jahreszeit ist der Fötus im Mutterleib unterschiedlichen Bedingungen wie der Ernährung der Mutter und der Außentemperatur ausgesetzt. Das hat natürlich einen gewissen Einfluss auf die Entwicklung des Kindes.«

»Interessant.«

»Es wurde wissenschaftlich untersucht, wie der Zeitpunkt der Geburt die Persönlichkeitsmerkmale beeinflusst. Die Auswirkungen konnten nachgewiesen werden, sind jedoch sehr gering. Aber natürlich hat das nichts mit den Sternen und Planeten zu tun.«

»Immerhin, immerhin!« Hilgersen schien begeistert über Flottmanns Ausführung zu sein. Vermutlich verstand er sie als ein gewisses Eingeständnis seines Kollegen.

»Sag mal, ziehst du das wirklich durch?«, fragte er nach einer Weile.

»Was?«

»Das mit dem Pyjama.«

»Klar. Ich halte mein Wort. Selbst wenn der Polizeipräsident vorbeikommt und sich bei uns bedankt.«

»Das wirst du wohl nicht beweisen müssen. Ich hab mich übrigens spontan zu einem Kurzurlaub entschlossen. Eine Woche Rom mit Franziska. Sonntag geht's los.«

»Du fährst ins Ausland? Wo es doch hier am schönsten ist?«

»Franziska wollte es gerne. Ist ja auch eher ein Bildungsurlaub. Kolosseum, der Papst, Romulus und Remus.«

Silke Amsel kam ins Büro und legte einen Umschlag auf Flottmanns Schreibtisch. »Alles in Ordnung mit euch?«

»Alles paletti«, antwortete er. »Dein Kaffee gestern war übrigens Spitzenklasse. Könntest du uns nicht noch so einen kochen?«

»Träumt weiter, Jungs«, antwortete sie und verließ den Raum.

»Das war ein Satz mit x.« Hilgersen grinste.

»Es war einen Versuch wert. Ich komme eben an deinen Charme nicht ran.«

»Mach dir nichts draus.«

Flottmann öffnete den Umschlag und hielt eine CD in der Hand. »Polarlichter« hatte Gerber sein Album genannt. Flottmann steckte die CD in das Computerlaufwerk und startete den Player. Dann legte er die Füße auf den Aktenbock und ließ sich verzaubern.

Anhang

Die Sonne ist so hell, dass wir die Sterne dahinter tagsüber nicht erkennen können. Sonst würden wir bemerken, dass die Sterne im Laufe des Jahres ostwärts über den Himmel wandern. Anders ausgedrückt, rückt der Sternenhimmel hinter der Sonne nach rechts. Der Grund für den sich täglich um etwa ein Grad ändernden Blickwinkel ist die Bewegung der Erde um die Sonne. Jeden Monat steht die Sonne vor einem anderen Sternbild. So durchläuft sie innerhalb eines Jahres dreizehn Sternbilder, und zwar in ganz unterschiedlichen Zeitspannen. Die Drehung der Erde um die eigene Achse (Tag-Nacht-Rhythmus) spielt bei der Betrachtung keine Rolle, wenn die Beobachtung stets zur gleichen Uhrzeit erfolgt.

Die Astrologen haben die dreihundertsechzig Grad der scheinbaren jährlichen Bahn der Sonne allerdings in zwölf statt dreizehn Tierkreiszeichen eingeteilt. Danach würde die Sonne jeweils dreißig Tage für den Durchlauf eines Zeichens benötigen, was aber nicht der Realität entspricht.

Insofern hat die astrologische Auslegung nie mit den Vorgängen am Himmel übereingestimmt. Die Präzession (das »Taumeln«) der Erdachse verschärft die Diskrepanz zusätzlich. Die Erdachse, die zurzeit genau auf den Polarstern zeigt, vollführt innerhalb von rund sechsundzwanzigtausend Jahren einen Kreis am Himmel. Dadurch verschiebt sich der Himmelsnordpol, und damit verschieben sich auch die Tierkreiszeichen (innerhalb von zweitausend Jahren um etwa ein Zeichen).

Unter Berücksichtigung des dreizehnten Tierkreiszeichens (des Schlangenträgers) und dieser Verschiebung ergeben sich laut NASA die folgenden Sternzeichen:

Widder:	19. April – 14. Mai
Stier:	14. Mai – 21. Juni
Zwillinge:	21. Juni – 20. Juli
Krebs:	20. Juli – 11. August
Löwe:	11. August – 17. September
Jungfrau:	17. September – 31. Oktober
Waage:	31. Oktober – 23. November
Skorpion:	23. November – 30. November
Schlangenträger:	30. November – 18. Dezember
Schütze:	18. Dezember – 20. Januar
Steinbock:	20. Januar – 16. Februar
Wassermann:	16. Februar – 12. März
Fische:	12. März – 19. April

Die NASA, die auf einer Lernseite für Kinder mit der Nachricht über das dreizehnte Sternzeichen für Verwirrung gesorgt hatte, sah sich zu einer Klarstellung verpflichtet. Astrologie sei eben keine Astronomie. NASA-Expertin Laurie Cantillo: »Wir haben keins der Tierkreiszeichen geändert, wir haben einfach nur gerechnet.«

Laut einer Umfrage des Instituts für Demoskopie Allensbach (2001) lesen 77 Prozent der Deutschen regelmäßig oder manchmal ein Horoskop in der Presse (bei den Frauen sind es 87, bei den Männern 66).

37 Prozent der Frauen, die Horoskope studieren, sagen, dass sie sich in der Vergangenheit zumindest ab und zu bei dem, was sie taten, danach gerichtet haben. Aber nur 22 Prozent der Männer.

Gerd Kramer
TOD AN DER SEEBRÜCKE
Broschur, 288 Seiten
ISBN 978-3-7408-0650-7

»Geschickt entfaltet Kramer verschiedene Szenarien, die er am Ende alle gekonnt miteinander verwebt. Auch wenn Flottmann meint, dass Hilgersens Witze schon mal besser waren, amüsieren wir uns köstlich.« Magazin St. Peter-Ording und Eiderstedt